KB078516

멱운 장편 소설
FUSION FANTASTIC STORY

# 전공 삼국지 13

먹운 장편 소설

초판 1쇄 찍은 날 § 2016년 5월 9일
초판 1쇄 펴낸 날 § 2016년 5월 16일

지은이 § 먹운
펴낸이 § 서경석

편집책임 § 이지연

펴낸곳 § 도서출판 청어람
등록번호 § 제387-1999-000006호
등록일자 § 1999. 5. 31
어람번호 § 제1-2421호

주소 § 경기도 부천시 원미구 부일로 483번길 40 서경B/D 3F (우) 14640
전화 § 032-656-4452  팩스 § 032-656-4453
http://www.chungeoram.com
E-mail § chungeorambook@daum.net

ISBN 979-11-04-90791-3 04810
ISBN 979-11-04-90353-3 (세트)

第一章
첫 대결

　채모의 독단적인 결정으로 유비와 채모, 위충의 연합군은 마침내 손수를 건너 동쪽 기슭에 영채를 차렸다. 이와 동시에 채모는 위충을 불러 서둘러 조조에게 힘을 합쳐 도응을 대파하자는 서신을 보내라고 독촉했다.

　하지만 서신을 조조 영중에 전달하기란 생각처럼 쉽지 않았다. 허도성 사방이 탁 틔어 있는 데다 서주군의 방비가 워낙 철통같아서 조조군 전령은 영채 가까이 다가가자마자 서주군 순라에게 붙잡히고 말았다. 이리하여 위충의 편지는 도응의 수중으로 들어갔다.

그런데 도응은 이 편지를 보고 별다른 반응을 보이지 않았다. 단지 시의를 불러 전령과 서신을 조조군 대영으로 보내 조조에게 처분을 맡기라고 분부했다. 조조는 편지를 다 읽고 지체 없이 붓을 들어 위충에게 형주군과의 맹약을 파기하고 당장 전장을 나와 여남으로 남하해 만총과 회합하라고 명했다. 이어 시의에게도 엄호에 필요한 서주군을 보내달라는 편지 한 통을 건네며 말했다.

"난 이미 할 만큼 다 했소. 위충이 채모와 유비 군중에서 빠져나올 수 있을지 여부는 내 소관 밖의 일이오."

시의는 아주 공손하게 편지를 건네받은 후 말했다.

"그야 물론입지요. 그 점은 우리 주공도 잘 알고 계십니다. 그리고 우리 주공에게 더 전할 말씀은 없으십니까?"

조조는 솔직하게 대답했다.

"내일 날이 밝는 대로 동남쪽으로 철수할 예정이오. 진정(辰후)을 거쳐 진현(陳縣)에서 휴식을 취한 뒤 여남으로 가려 하니, 귀군도 약속을 지켜 아군을 엄호해 주시오."

시의는 정중하게 조조의 말을 그대로 전하겠다고 한 뒤 작별 인사를 하고 조조군 영중을 나왔다. 시의가 나가자마자 곁에서 이를 지켜보던 조조군 장수들은 감정이 격해져 잇달아 조조 앞으로 달려와 의문을 제기했다.

"승상, 정말로 철수하는 겁니까? 형주군과 연합해 허도를 되찾을 생각은 아예 접으신 겁니까?"

"맞습니다. 이렇게 포기하기는 너무 아깝습니다. 군중에 전투가 가능한 군사가 수천이 있고 양초가 풍족한 데다 아군은 허도성 지리에 익숙해 형주군과 손을 잡는다면 허도를 되찾을 희망이 전혀 없는 것은 아닙니다!"

"승상, 당장 멀리 철수하지 말고 허도 전장 밖에서 형세를 관망하다가 도응과 형주군의 승부가 가려진 다음 결단을 해도 전혀 늦지 않습니다!"

그러나 이어진 조조의 한마디에 뭇 장수들은 꿀 먹은 벙어리가 돼버렸다. 조조가 냉랭하게 물었다.

"채모와 유비가 도응을 이길 확률이 얼마나 된다고 보는가? 육전에서 도응을 격퇴할 수 있다고 생각하는가?"

장수들이 눈만 멀뚱멀뚱 뜨고 있는 가운데, 조홍이 여전히 불복하며 말했다.

"꼭 그렇지 않습니다. 양성에서 형주군은 도응 무리를 격파하고 대장 국의까지 죽였습니다."

조조가 실눈을 뜨고 조홍을 노려보며 대꾸했다.

"그건 서주군이 적을 너무 얕봤기 때문이다. 형주군의 군정이 이미 다 드러난 상황에서 채모와 유비 멍청한 놈들이 손수 서쪽의 유리한 지형을 버리고 스스로 사지로 들어갔으니 패배는 정해진 바나 다름없다."

순욱이 조조의 말에 맞장구를 치고 설명했다.

"승상의 말씀이 옳습니다. 손수 서쪽에는 손수, 영수, 여수 세 줄기 큰 강과 함께 복우산, 석인산(石人山), 백운산(白雲山) 등 산맥이 가로막고 있어서 도응의 기병이 작전을 펼치기 불리합니다. 그런데 채모와 유비가 이런 복잡한 지형을 버리고 사방이 확 트인 손수 동쪽으로 나갔으니, 전력이 약한 형주군이 승리할 희망은 거의 없다고 보입니다."

조조는 장수들을 돌아보고 훈계하듯 말했다.

"똑똑히 들었느냐? 아군에게 8천여 군사가 있다고 하나 그중 태반이 부상을 입었고, 5천이 넘는 가솔과 노약자를 보호해야 한다. 이런 상황에서 또다시 줄을 잘못 선다면 아군은 완전히 패망의 길로 접어든단 말이다."

여기까지 말한 조조는 잠시 눈을 감았다 뜨고 말을 이었다.

"게다가 함께 도응을 협공하자는 유비의 제안에는 다 꿍꿍이가 숨겨져 있다. 아군이 전력을 다해 설사 도응을 물리치더라도 힘이 다한 아군은 결국 유비 놈에게 잡아먹히게 돼 있다. 그러니 너무 아쉬워할 필요는 없다. 도응에 대한 복수는 병마를 재정비한 후 다시 얘기하기로 한다. 지금은 절대 때가 아니다."

이 말에 조조군 장수들은 더 이상 참전을 고집하지 않고 일제히 조조의 명을 따랐다.

이튿날 아침, 날이 밝자마자 조조는 군사와 가솔들을 이끌고 신급(新汲)과 진정을 거쳐 진국으로 가기로 결정했다. 도응은 이 소식을 듣고 친히 일군을 거느리고 성을 나와 조조를 전송했다. 가슴에 원한이 가득한 조조는 감사의 말 따위의 인사치레도 내키지 않아 건성으로 공수한 뒤 즉시 말을 돌려 길을 재촉했다. 도응도 이에 전혀 개의치 않고 백여 기를 보내 조조군 대오를 호송하라고 명했다.

조조군의 뒷모습이 점점 멀어지자 유엽이 도응에게 건의했다.

"이제 조조군은 걱정할 필요가 없어졌군요. 채모와 유비가 이미 손수를 건너 동쪽 기슭에 영채를 세웠으니, 당장 저들의 대영으로 쳐들어가 일거에 적을 격파하시지요."

도응도 마음이 동하려는 순간, 가후가 재빨리 반대하고 나섰다.

"불가합니다. 채모가 손수를 건넜다고 하나 형주군은 물에 익숙해서 도하가 용이하고, 손수 서쪽은 지형이 복잡해 아군이 전력을 다하기 쉽지 않습니다. 이런 이유로 아군이 강공을 펼쳐 설사 승리하더라도 전과를 크게 올리기 어렵습니다. 가장 좋은 방법은 채모의 주력군을 손수와 멀리 떨어진 허도성으로 유인해 결전을 치르는 것입니다. 그래야 적에게 큰 타격을 입힐 수 있습니다."

도응은 고개를 끄덕이면서도 걱정이 돼 물었다.

"하지만 조조군이 이미 철수한 상황에서 전세가 불리하다고 느낀 채모와 유비가 바로 손수를 건너 퇴각하면 어찌하오?"

"그럴 가능성이 있지만 그리 크지는 않습니다. 형주군은 얼마 전 양성에서 대승을 거둬 사기가 크게 진작돼 있습니다. 따라서 채모는 조조군이 철수했다 해도 아쉬운 마음이 들어 아군의 동향을 떠보려 할 것입니다. 이때 아군이 거짓으로 패한다면 적을 허도성 아래로 유인하기 그리 어렵지 않습니다."

곰곰이 생각에 잠긴 도응은 잠시 뒤 손뼉을 치며 입을 열었다.

"좋소이다. 아군이 손수 가에서 적을 대파하기 어렵다면 잠시 출병하지 않고 적의 동정을 살피기로 합시다. 이번 작전이 실패해도 적을 내쫓을 수 있고, 성공한다면 국의 장군을 위해 복수할 절호의 기회가 될 것이오."

\*            \*            \*

조조군이 철수한다는 소식은 탐마를 통해 형주 군중에 전해졌다. 채모는 이를 듣고 대로해 당장 조조군 대장 위충을 불러 자초지종을 물으려 했다. 그런데 이미 조조의 편지를 받은 위충은 휘하 2천여 군사를 거느리고 퇴각 준비를 서두르고 있었다.

채모가 사람을 보내오자 위충은 모든 일이 탄로 났음을 알고 군사들에게 서둘러 영채를 나가 조조를 쫓아가라고 명했다.

하지만 위충이 군사를 이끌고 영지 대문을 나섰을 때, 측면에서 홀연 한 장수가 번개 같은 기세로 위충을 향해 달려들었다. 그 장수의 대갈일성에 놀란 위충이 칼을 떨어뜨리며 어쩔 줄 몰라 하는 사이에 위충의 목이 땅으로 떨어졌다. 조조군 장사들이 대경실색해 바라보니, 위충의 목을 벤 이는 바로 그 이름도 유명한 관운장이었다!

곧이어 둥둥 북소리가 울리며 유비가 영지에서 튀어나와 조조군의 길목을 가로막았다. 유비는 엄숙한 목소리로 위충이 동맹을 깨뜨리고 몰래 도응에게 항복해 조조에게 충성하는 장사를 죽이려 했다고 선포한 뒤, 무기를 버리고 자신에게 투항한다면 살길을 열어주겠다고 약속했다.

위충의 2천여 장사는 대장이 이미 관우에게 목숨을 잃고 사방으로 겹겹이 포위되자 달리 선택의 여지가 없어 대부분 칼을 버리고 투항했다. 이에 불복하는 일부 사병이 끝까지 저항해 봤지만 관우와 장비가 거느린 부대에게 몰살당하고 말았다. 노기충천한 채모가 현장에 달려왔을 때는 이미 상황이 모두 정리돼 유비가 2천여 조조군을 수중에 넣은 뒤였다. 채모는 조조군의 반란이 깔끔히 진압된 것을 보고 유비의 공로를 크게 치하했다.

상황이 어느 정도 수습되자 유비는 제갈량이 일러준 대로 채모에게 말했다.

"대도독, 지금 조조가 동맹을 저버리고 도망간 데다 아군은 너무 먼 길을 와 양초를 공급받기 어려워 허도를 공파할 가능성이 그리 크지 않소. 그러니 서주군이 가까이 오기 전에 빨리 철수하는 게 가장 좋은 방법이오."

하지만 채모는 손을 휘휘 저으며 대꾸했다.

"뭐가 그리 급하시오? 아군이 수백 리 길을 고생스럽게 행군해 허도까지 왔는데 싸움 한 번 해보지 않고 철군한다면 사람들의 웃음거리가 될 것이오. 어쨌든 조조군은 병력이 많지 않아 아군에게 별 도움이 되지 못했을 것이오."

그러고는 실눈을 뜨고 유비를 빤히 쳐다보더니 말했다.

"그래서 말인데, 현덕 공이 이번에 수고 좀 해줘야겠소이다."

내내 조마조마해하던 유비는 드디어 올 것이 왔다고 여겨 속으로 코웃음을 쳤다. 그러나 겉으로는 공손하게 대답했다.

"도독의 영이니 마땅히 따라야 하겠지요. 하지만 금방 위충의 대오를 제압한지라 저들을 새로 재편하려면 시간이 모자란……"

채모는 유비의 말을 끊고 웃으며 말했다.

"그런 건 신경 쓰지 마시오. 항병들은 영중에 두고 내가 대신 잘 관리하고 있다가 공이 돌아오는 대로 돌려주리다."

말문이 막힌 유비가 제갈량에게 슬쩍 눈을 돌렸을 때, 제갈량은 슬며시 고개를 끄덕였다. 그제야 유비가 채모에게 공수하고 말했다.

"삼가 도독의 명을 받들어 군사를 이끌고 출전하겠소이다. 다만 아군의 병력이 너무 적으니 도독이 꼭 접응해 주길 바라오."

채모는 크게 웃음을 터뜨리고 응낙한 뒤 얼른 출전해 서주군의 동향을 탐지해 보라고 재촉했다.


유비는 얼굴을 찡그리며 관우, 장비와 제갈량을 이끌고 영채로 돌아왔다. 이어 유비가 마뜩찮은 표정으로 제갈량에게 물었다.

"공명(孔明), 채모가 아군을 화살받이로 삼으려 하는 데 왜 동의하라고 한 것이오? 현재 도응은 군사가 수만에 기병이 다수라, 겨우 5천뿐인 아군으로는 허도처럼 개활한 지형에서 서주군을 당해내기 어렵소이다."

하지만 제갈량은 자신 있게 대답했다.

"아무 염려 마십시오. 아군은 이번 출전에서 반드시 승리할 것입니다."

유비는 물론 관우와 장비도 놀라 멍한 표정을 지었다. 제갈량은 고개를 끄덕이고 미소를 지으며 말을 이었다.

"제가 도응의 용병술을 자세히 연구해 보고서 그만이 가진 특징을 알아냈습니다. 도응은 탐욕스럽기 한이 없어 십 할을 취할 수 있다면 절대 구 할에 그치는 자가 아닙니다. 따라서 아군이 반드시 승리한다고 말한 것입니다. 도응은 더 많은 형주군을 없앨 목적으로 이번 전투에서 필시 거짓으로 패해 채모를 허도성 아래까지 유인하려 할 것입니다."

눈을 휘둥그레 뜨고 아무 말도 없던 유비는 한참 뒤에야 제갈량의 말뜻을 알아듣고 기뻐 어쩔 줄 몰라 했다. 하지만 관우가 고개를 갸웃하고 물었다.

"군사, 채모가 이미 손수를 건너 허도와 불과 40리밖에 떨어져 있지 않소. 도응이 채모를 대파하고 싶다면 직접 채모의 영지로 쳐들어가면 그만인데, 왜 번거롭게 허도성 아래로 유인한단 말이오?"

제갈량은 미소를 지으며 대답했다.

"도응이 선제공격에 나서면 확실히 승산이 아주 높습니다. 하지만 관 장군은 채모의 부대가 물에 익숙한 형주군임을 잊었습니까? 위기가 닥치면 손수를 건너는 것쯤이야 저들에게 일도 아니어서 도응이 도하해 추격에 나서기 쉽지 않습니다. 게다가 형주군이 지형이 복잡한 손수 서쪽으로 도망가 버리면 전과를 확대하기도 어렵습니다. 이런 이유 때문에 도응은 적을 섬멸할 시간과 공간을 최대한 확보하기 위해 저들을 허도성 아래로 유인하려는 것입니다."

제갈량의 건의에 따라 유비는 서주군에게 싸움을 걸어 휘하의 5천 군사를 거느리고 곧장 동쪽으로 달려갔다. 서주군 척후병은 이런 움직임을 발견하고 곧장 허도로 돌아가 도응에게 이를 알렸다.

이때 도응은 형주군과의 전투를 지휘하기 위해 고순에게 허도성 방어를 맡기고 성 밖 대영에 주둔하고 있었다. 드디어 적이 움직였다는 소식에 서주군 장수들은 앞다퉈 도응에게 달려가 선봉에 서서 적을 물리치겠다고 자청했다.

하지만 이미 가후의 유인책을 받아들인 도응은 전혀 서둘지 않고 장수들을 진정시키며 말했다.

"고작 5천 형주군을 상대하는 데 주력군까지 동원할 필요가 있겠소? 3천 보병만 보내도 충분히 응전할 수 있소이다."

장수들의 요청을 물리친 도응은 즉각 보병도위 진의를 불러 명했다.

"장군은 3천 보병을 거느리고 출전해 적을 맞이하시오. 다만 기를 쓰고 이기려 하지 말고 적당히 싸우다 퇴각하면 되오."

서주군의 '상패장군(常敗將軍)' 진의는 벌써 여러 차례 이 임무를 맡은 터라 도응의 의도를 금세 알아챘다. 그런데 이번만큼은 조금 걱정된 어투로 청을 올렸다.

"주공, 이번에 군대를 통솔해 오는 적장은 바로 유비입니다. 그러니 아군의 사상자가 너무 많이 발생하지 않도록 최대한 빨리 접응해 주십시오."

"그야 당연하지요. 내……."

도응은 입에서 나오는 대로 대꾸하다가 문득 말을 멈추고 깜짝 놀라 소리를 질렀다.

"유비라고? 귀 큰 도적놈이 군사를 거느리고 허도로 오고 있단 말이오?"

진의와 여러 장수들은 일제히 고개를 끄덕였다. 도응은 크게 노해 소식을 가져온 척후병을 불러 큰소리로 꾸짖었다.

"유비가 이리로 오고 있다는데 너는 어찌해서 5천 형주 보병이 동진한다고만 보고한 것이냐?"

"그게……."

우물쭈물하던 척후병은 급히 무릎을 꿇고 죄를 청했다.

"소인이 죽을죄를 지었습니다. 방금 전 적의 수와 병종(兵種)을 보고한 뒤 적장이 누군지 보고하는 걸 깜빡하고 있었는데, 주공께서도 이를 묻지 않아 말씀드리는 걸 잊었던 모양입니다. 죽여주십시오!"

도응은 기억을 더듬어보더니 자신이 확실히 이를 묻지 않은 걸 깨닫고 일단 척후병을 밖으로 내쫓았다. 일순간 장중에 침묵이 흐르는 가운데, 가후가 조심스럽게 물었다.

"주공, 혹시 유인책을 버리고 이 기회에 유비 형제를 제거할 생각이신지요?"

도응은 무겁게 고개를 끄덕이고 엄숙한 목소리로 대답했다.

"맞소. 저들 형제 중 하나라도 없앨 수 있다면 채모와 황사 휘하의 3만 군사를 몰살하는 것보다 훨씬 더 낫소. 여기에 제갈량까지 제거한다면 형주 토지를 얻는 것보다 낫소이다."

가후는 물론 여타 서주 문무 관원들도 도응이 이제 막 세상에 나온 제갈량을 왜 이토록 경계하는지 도무지 이해할 수 없었다. 도응은 그 이유를 전혀 설명할 수 없었기에 다만 신속히 명을 내렸다.

"진의 장군은 3천 보병을 이끌고 나가 대영의 서쪽 5리 쯤 떨어진 곳에 진을 치고 유비군을 맞이하시오. 사력을 다해 적과 맞서 싸워 절대 바로 도망갈 틈을 주어서는 아니 되오!"

진의가 예, 하고 대답했지만 도응은 마음이 놓이지 않았는지 다시 한 번 신신당부했다.

"꼭 명심하시오. 끝까지 유비를 물고 늘어져야 하오. 어떤 대가를 치르더라도 우리 원군이 도착할 때까지 버틴다면 장군의 공을 기억하리다. 시간이 없으니 얼른 나가보시오!"

진의가 명을 받고 나가자 도응은 다시 조운과 서황을 불렀다.

"그대들은 즉시 본부 기병을 조직해 대영 남쪽과 북쪽 영문

안에 대기하고 있으시오. 영중에서 호포(號砲)가 울리면 지체 없이 출격해 유비군을 협공하시오. 유비가 만약 패주한다면 끝까지 뒤를 쫓아 적군을 섬멸하시오!"

조운과 서황이 일제히 대답하고 밖으로 나가자 이번에는 도기를 향해 큰 소리로 명했다.

"너는 군자군을 거느리고 후영에 집결해 있다가 호포가 울리는 대로 즉시 후문으로 나가 길을 돌아 유비군의 퇴로를 끊어라!"

누구보다 유비를 증오하는 도기는 껑충껑충 뛰며 나는 듯이 밖으로 나갔다. 도응은 다시 명을 내렸다.

"허저, 위연, 태사자, 윤례는 본부 인마를 거느리고 대영 정문에 집결하시오. 진의가 적을 유인하는 데 성공하면 내 친히 군대를 이끌고 출격할 것이오. 이번에야말로 유비에게 묵은 빚을 갚고 말리다!"

네 장수가 일제히 명을 받고 병마를 조직하러 나가자, 도응은 마충을 불러 호위대를 집결시키고 호포를 준비하라고 명했다. 병력 배치가 모두 끝나고서야 도응은 가후와 유엽 등을 돌아보고 말했다.

"아군이 출격한 후 대영은 그대들이 맡아주시오. 아직 날이 환해 야전을 치르게 될지 모르겠지만 만일에 대비해 야전에 필요한 물품을 미리 준비해 두었으면 하오."

모사들이 예, 하고 명을 받은 후 유엽이 웃는 얼굴로 말했다.

"함진영 외에 아군 정예병이 총출동했다는 사실을 유비가 안다면 아마 진의 장군과도 감히 교전하지 못하고 걸음아 날 살려라 도망칠 듯합니다."

"그래서 일부러 병마를 모두 대영 안에 집결해 놓은 것 아니겠소? 유비가 놀라 도망쳐서는 안 되니까 말이오."

이렇게 말하는 도응의 얼굴에는 음흉한 미소가 떠올랐다.

＊　　　　＊　　　　＊

어떤 위험이 닥칠지 전연 모르는 유비는 해맑게 웃으며 연신 제갈량의 선견지명에 탄복하고 있었다. 바로 앞서 보낸 척후병의 보고 때문이었다. 도응은 과연 자신의 군대를 전력으로 막지 않고 겨우 3천 군사만 보내 응전하게 하고서 영문을 꽁꽁 걸어 잠갔다는 것이다. 혹시나 하는 마음에 걱정이 들었던 유비는 안도의 한숨을 내쉬고 필승의 자신감을 드러냈다.

제갈량 역시 간사하기로 이름난 도응의 흉계에 당연히 대비하고 있었다. 그러나 이 일대 지형이 너무도 탁 트인 데다 구릉조차 몇 개 없고, 수림도 지난번 대전으로 모두 베어져 복병을 배치할 만한 곳이 어디에도 보이지 않았다. 이에 제갈량은 설사 도응이 계략을 꾸미더라도 민첩하게 대응한다면 도응이 손을 쓰기 전에 전장을 벗어날 수 있으리라 확신했다.

하지만 제갈량의 대비책이 아무리 완벽하다 해도 수에 넣지 못한 사실 하나가 있었다. 바로 도응이 자신을 얼마나 경계하는지 전혀 몰랐다는 점이다. 지금의 제갈량은 나이가 어릴 뿐만 아니라 무명에 가까웠기 때문에 누구도 그에게 관심을 가질리가 없었다. 그러니 어찌 이것이 제갈량의 탓이겠는가.

이때 전방에서 척후병이 달려와 진의의 부대가 서주군 영채 5리 밖에서 더 이상 전진하지 않은 채 응전 태세를 갖추고 있다고 보고했다. 유비는 이를 듣고 진의가 대영으로 빨리 퇴각하기 위한 것이라 여겨 아무런 경계심 없이 대오를 이끌고 급히 앞으로 나아갔다.

이어 수 리 앞 전장으로 달려간 유비는 실소를 금치 못했다. 뜻밖에 진의가 방어력이 매우 약한 어린진을 펼쳐 사병을 전방에 밀어놓고 자신은 후방에 위치해 언제든지 도망갈 태세를 취했기 때문이다. 이를 본 유비는 즉각 큰 소리로 명을 내렸다.

"깃발을 올리고 언월진을 펼쳐라!"

깃발이 펄럭이고 유비군이 신속히 진세를 펼치는 사이에, 제갈량은 문득 무언가를 깨달은 듯 갑자기 외마디 비명을 질렀다.

"헉! 아무래도 적의 계략에 떨어진 것 같습니다!"

전혀 예상치 못한 제갈량의 말에 유비가 놀라 물었다.

"계략에 떨어졌다고? 그게 대체 무슨 말이오?"

우선으로 전방을 가리키는 제갈량의 얼굴은 이미 딱딱하게 굳어 있었다.

"적이 병력이 적으면서도 어린진을 펼쳤다는 건 아군을 격퇴하기 위함이 아니라 단지 아군의 발목을 잡아놓기 위함입니다. 어린진은 방어에 취약하나 돌격에 유리하여 가장 쉽게 혼전을 유도할 수 있습니다. 따라서 이는 후속 원군에게 시간을 벌어주려는 작전이 틀림없습니다!"

유비의 얼굴색이 크게 변하는 사이, 마주한 진의의 대오는 일제히 전고를 울리며 곧장 앞으로 돌격하고 있었다. 후방에 있던 진의는 군사들이 돌격함과 동시에 낭연(狼煙)을 피워 올리라고 명했다. 초석(硝石)과 유황을 바른 장작에 불이 붙자마자 검은 연기가 하늘로 곧게 치솟았다. 대영에 몸을 숨기고 있던 도웅은 신호를 보고 지체 없이 호포를 쏘라고 명했다. 일성 포향이 울리자 서주군이 사방에서 튀어나왔다.

조운과 서황이 이끄는 기병은 남쪽과 북쪽 영문을 뛰쳐나갔고, 도기가 거느린 군자군은 후영 쪽에서 출격했다. 도웅이 친히 이끄는 주력군도 정면에서 출동하니, 사로 병마의 수는 모두 3만을 넘었다. 서주 정예병은 길을 돌아 혹은 곧장 앞으로 호호탕탕하게 5리 밖 전장을 향해 쇄도해 들어갔다.

이때 진의의 대오는 이미 적진으로 뛰어들어 유비군과 혼전을 벌이고 있었고, 뒤쪽의 서주군도 끊임없이 앞으로 몰려들었다. 유비군 양익의 관우와 장비는 쾌재를 부르며 즉각 좌우에서 서주군을 공격해 들어갔다. 유비는 제갈량의 경고를 듣고 총망히 퇴각 명령을 내렸지만 전투에 몰입한 군사들 귀에는 아무것도 들리지 않았다. 특히 신바람이 난 관우와 장비는 병사들보다 앞에 서서 적을 베느라 정신이 없어 유비의 말이 귀에 들어올 리 없었다.

상황이 이러하자 유비는 하는 수 없이 징을 크게 쳐 군사를 거두고자 했다. 하지만 징이 울린 후 유비군은 갑자기 진퇴양난에 빠지고 말았다. 적이 이미 쇄도한 상황에서 방향을 돌렸다간 적의 칼에 쓰러질 것이 빤했고, 그렇다고 철수하지 않자니 군령을 어기는 꼴이 되었다. 이로 인해 유비군은 속히 전장을 빠져나올 수 없었을뿐더러 도리어 혼란이 가중되고 말았다.

이렇게 시간을 지체하는 사이에 기동력이 뛰어난 서주 기병은 이미 전장에 당도했다. 조운의 대오는 북쪽에서, 서황의 대오는 남쪽에서 각각 유비군을 포위하고 압박해 들어갔다. 적을 베는 데 정신이 팔렸던 관우와 장비는 그제야 상황이 심상치 않게 돌아감을 깨닫고 각기 서주 원군을 맞아 싸웠다.

관우는 서황과 국종의 공격을 막아내느라 바빴고, 장비는 조운과 맞닥뜨려 치열하게 교전했지만 승부가 좀처럼 나지 않았다. 그런데 이때 어느 샌가 유비군 배후로 돌아간 군자군이 길

목을 막고 후퇴하는 유비군에게 쉼 없이 화살 세례를 퍼부었다.

곧이어 유비를 완전히 절망에 빠뜨리는 장면이 이어졌다. 2만이 넘는 서주 주력군이 도응의 통솔 아래 정면에서 곧장 짓쳐들어오는 것이 아닌가. 선봉에 선 위연은 나는 듯이 혼전 중인 전장으로 뛰어들었다. 막무가내로 들이닥친 서주 정예병의 무시무시한 무력 앞에 유비군은 그야말로 추풍낙엽처럼 나가떨어졌다. 관우와 장비의 정예병을 포함해 유비군은 순식간에 대오가 무너져 거의 궤멸 상태에 이르렀다.

이 광경을 지켜보던 유비는 거의 미치기 일보 직전이었다. 그는 원한에 사무쳐 도응 쪽을 향해 들리지 않는 욕을 들입다 퍼부었다. 제갈량 역시 도응을 너무 과소평가한 자신을 질책하며 부끄러움과 후회가 담긴 눈물을 흘렸다.

전세는 이제 완전히 한쪽으로 기울고 말았다. 숫자나 무력, 경험 면에서 모두 절대적으로 우위를 점한 서주군은 마치 어른과 아이의 싸움처럼 유비군을 일방적으로 몰아붙였다. 도살에 가까운 서주군의 공격으로 들판에는 온통 유비군의 시체로 가득했다. 사방이 탁 트인 전장에서 유비군은 열 중 두셋이나 대영으로 살아 돌아갈 수 있을지 걱정해야 할 판이었다.

서주군은 유비를 사로잡으라는 함성을 지르며 사방에서 적을 추살해 들어갔다. 이미 대오가 무너진 유비군은 아비규환 속에서 적의 칼을 피해 사방으로 달아나기 바빴다.

유비 역시 가만히 앉아서 죽음을 기다릴 수 없는 터라, 호위병의 보호 아래 제갈량을 이끌고 탈출을 시도했다. 하지만 이번만큼은 전장을 빠져나가기가 쉽지 않았다. 후방에서 천하제일의 기동력을 자랑하는 군자군이 길을 막고 비 오듯 화살을 날려대는 통에 도무지 달아날 틈이 보이지 않았다.

이에 유비는 날렵하게 말에서 내려 갑옷을 벗고 재빨리 일반 사병의 군복으로 갈아입었다. 이어 여벌의 군복을 제갈량에게 건네며 분부했다.

"공명, 빨리 이 옷으로 갈아입고 날 따라오시오. 전마는 특히 눈에 띄니 당장 버려야 하오."

첫 출전에서 낭패를 당한 제갈량은 두려운 마음에 어찌할 바를 몰랐다. 그는 주저주저하다가 마침내 유비의 말을 따르기로 하고 말에서 내리면서 시무룩한 표정으로 말했다.

"주공, 오늘 이후로는 맹세코 주공을 위험에 빠뜨리지 않겠습… 으악!"

"왜 그러시오?"

유비는 깜짝 놀라 말에서 떨어지는 제갈량을 급히 부축했다. 이어 제갈량을 자세히 살피던 유비의 낯빛이 하얗게 질려 버렸다. 제갈량의 오른발 복사뼈 부위에 어디서 날아왔는지 모르는 화살이 박혀 있었기 때문이다. 생명에는 지장이 없었지만 살촉이 관절 깊숙이 박혀 걸음을 옮기는 것이 불가능했다.

"주공, 량은 이제 틀렸습니다. 주공이라도 얼른 몸을 피하십시오."

제갈량은 자신의 부상 정도가 어떤지 깨닫고 억지웃음을 지으며 유비에게 먼저 가라고 재촉했다. 그의 수려한 두 눈에서는 눈물이 배어 나왔다.

상황이 다급한지라 유비는 제갈량을 버려둔 채 달아나고 싶었다. 그러나 곰곰이 생각해 보니 자신에게 꼭 필요한 책사를 잃을 수 없었던 데다 제갈현이 이 사실을 안다면 가만히 있을 것 같지 않았다. 이에 유비는 아무 말 없이 제갈량 몸에 박힌 화살대를 자르고 그에게 일반 군복을 입힌 다음, 말 등에 꽁꽁 묶고서 고삐를 끌며 말했다.

"공명, 갑시다. 살아서 돌아갈 수 있을지는 운에 맡기기로 합시다."

제갈량의 두 눈에서는 뜨거운 눈물이 왈칵 쏟아졌다. 그는 감격 어린 눈으로 유비를 응시하다가 목멘 소리로 입을 열었다.

"감사합니다, 주공. 량이 간뇌도지(肝腦塗地)한다 해도 어찌 주공의 은혜를 다 갚을 수 있겠습니까."

미소로 화답한 유비는 전장을 유심히 살펴보았다. 퇴로인 서쪽은 군자군이 버티고 있어서 도망치기가 쉬워 보이지 않았다.

이에 유비는 달아나는 사람이 적은 쪽으로 급히 몸을 옮겨 일
단 혼란스러운 전장에서 빠져나왔다. 유비는 호위병에게 추격
해 오는 적병을 막으라고 명한 후 제갈량을 말에 끌어내려 등
에 업고 도보로 도망쳤다.

죽을 고비를 몇 차례 넘긴 끝에 앞쪽에 숲이 나타나자 유비
는 재빨리 수림 속으로 몸을 피했다. 이어 백성들이 물을 끌어
내려고 파놓은 도랑 여기저기에 몸을 숨기며 서주군의 눈을 피
했다. 몸이 온통 진흙 범벅이 돼 걸음을 떼기도 어려웠지만 이
를 따질 겨를이 없었다.

이때 채모는 유비군이 참패했다는 소식을 듣고 서주군이 군
영까지 들이닥칠까 두려워 군사 만 명을 보내 접응하라고 명했
다. 물론 이들은 사기가 크게 오른 서주군에게 순식간에 와해됐
지만 전장은 더욱 혼란이 가중돼 유비에게는 오히려 달아날 기
회를 제공했다.

전장과 멀리 떨어진 수풀 속에 몸을 숨긴 유비는 날이 어두
워질 때까지 기다리면 대영으로 돌아갈 수 있다는 말로 제갈량
을 안심시켰다. 제갈량은 다리가 욱신거려 고통을 호소하면서
도 주먹을 불끈 쥐고 도응에게 이 수모를 꼭 되갚아 주리라 다
짐했다.

수상이나 하류가 복잡한 지형이었다면 형주군과 서주군의

승부를 예측하기 어려웠겠지만 손수 동쪽 개활지에서의 전투
는 서주군에게 일방적으로 유리하게 전개되었다. 이는 어쩌면
교전이라기보다 학살이라고 부르는 편이 옳았다.

　상황이 이러하다 보니 유비군을 구원하러 8천 군사를 이끌고
출전한 등룡은 제대로 싸워 보지도 못한 채 군사만 잃고 대영
으로 패주했다. 서주군이 여세를 몰아 형주군 대영 앞까지 추
격해 들어오자, 채모와 황사는 감히 밖으로 나가 싸우지 못하
고 영채 앞에 설치한 차단물에 의지해 화살을 날리며 영채를
사수했다. 혹여 패잔병에 의해 영채 방어가 무너질까 두려워한
채모와 황사는 약속이나 한 듯 자기 군사든 적군이든 가리지
말고 화살을 날리라고 명령했다.

　다행히 형주군은 물에 익숙해 대영으로 들어가지 못하더라
도 손수로 도망칠 수 있었다. 등룡은 선두에 서서 영채를 돌아
손수로 뛰어들었다. 뒤따르던 형주군도 앞다퉈 손수에 뛰어들
어 능숙한 몸놀림으로 강을 건넜다. 추격에 나선 서주군은 닭
쫓던 개 지붕 쳐다보듯 강을 바라보며 안타까운 탄식만 내쉬었
다. 이들로서는 화살을 날려 강중의 적을 죽이는 것이 최선이었
지만 그 효과는 아주 미미했다.

　사실 서주군이 준비를 좀 더 철저히 하고 시간만 충분했다면
형주군의 간이 영채를 무너뜨리는 것쯤은 일도 아니었다. 하지
만 서주군은 야전에만 대비하느라 공성 무기를 갖추지 않은 데

다 해도 점점 서산으로 지기 시작했다. 이에 도응은 과감히 형주군 대영 공격을 포기하고 허저와 위연에게 이곳을 감시하라고 명한 뒤, 전력을 다해 유비 형제와 제갈량의 행방을 쫓기 시작했다.

엄밀한 수색 끝에 서주군은 부상을 입은 관우가 손수 서쪽 기슭에 나타난 것을 확인했지만 유비와 장비, 제갈량의 종적은 끝내 찾지 못했다. 날이 완전히 어두워져 수색이 더 이상 불가능해지자 도응은 하는 수 없이 군대를 거두고 영채로 돌아갔다.

이 전투에서 형주군은 포로로 잡히거나 살해되고 실종된 군사가 3천 명이 넘을 정도로 큰 손실을 입었다. 하지만 누가 뭐래도 가장 큰 액운을 만난 건 유비군이었다. 5천 군사 중 칠 할이 넘는 수가 몰살돼 겨우 천여 명 만이 요행히 손수를 건넜다. 관우와 장비는 모두 가볍지 않은 부상을 입었고, 주장 유비는 혼전 중에 아예 실종돼 버렸다. 다들 유비가 혹여 변고를 당하지 않았을까 걱정하고 있는 한편, 사경에 가까운 시각에 유비는 부상당한 제갈량을 업고 형주 군영으로 돌아왔다. 이로써 유비는 다시 한 번 도응의 마수에서 벗어날 수 있었다.

겨우 목숨을 건진 유비는 물론 채모와 황사도 이미 싸울 마음을 잃은 지 오래였다. 이들은 논의 끝에 야간에 행동을 개시해 양초와 치중을 손수 서쪽 기슭으로 옮기고, 부랴부랴 영채를 버리고서 손수를 건너 퇴각했다. 또한 손수 가의 모든 부교와 나루를 훼손해 서주군이 즉각 추격에 나서지 못하도록 방비했다. 이리하여 날이 밝을 때쯤에 형주군은 완벽하게 철군을 마쳤다.

서주군 척후병이 이 소식을 도응에게 전하자 서주 장수들은 당장 추격에 나서자고 주장했다. 하지만 도응은 가후의 건의에 따라 추격을 포기하기로 결정했다.

여기에는 두 가지 이유가 있었다. 하나는 손수 서쪽의 지형이 매우 복잡하고 대형 하류 세 개가 가로막고 있어서 추격이 용이하지 않을뿐더러 매복을 만날 가능성이 높았다. 또 하나는 바로 기주군이 움직였기 때문이다. 서주군이 허도를 접수했다는 소식이 알려지자 원소는 병상에 있음에도 불구하고 친히 대군을 이끌고 관도로 출격했다. 도응은 남의 성과를 가로채려는 원소의 의도를 잘 알고 있었기에 이에 대비하지 않을 수 없었다.

원소의 출격으로 도응은 두 가지 난제를 떠안게 되었다. 하나는 헌제의 귀속권이요, 다른 하나는 허도의 소유권이었다. 원소 역시 도응에게 보낸 편지에서 직접적으로 이 두 문제를 언급하고 답안을 제시했다.

원소는 조금도 거리낌 없이 자신에게 이 문제를 가지고 도응과 담판을 벌일 자격이 있다고 주장했다. 만약 기주군이 먼저 조조군의 병력을 약화시키지 않고, 또 서주군이 허도 공격에 나선 틈을 타 서주 내지로 쳐들어갔다면 도응은 절대 허도와 천자를 손에 넣을 수 없었다는 이유를 들었다.

헌제 부양 문제가 얼마나 중요한지는 굳이 말할 필요가 없었다. 헌제를 손에 넣었다는 건 천하를 호령할 대의명분을 얻는 것과 같았다. 허도의 소유권 역시 매우 민감한 문제였다. 지키기는 쉽지만 공략하기 어려운 허도는 전략적으로 상당히 중요한 곳이었다. 서주군이 허도를 장악하면 서쪽과 남쪽으로 유표와 조조를 공략할 수 있고, 북쪽으로는 하내와 기주를 엿볼 수가 있었다. 동시에 허도에서 발달한 둔전은 새로운 곡창 지대로 삼을 수 있었다. 이런 곳을 양보하자니 서주 문무 관원은 물론이고, 도응도 아까운 마음을 금치 못했다.

"주공, 원소가 천자를 요구한다면 내주어도 괜찮습니다. 단순한 원소가 천자를 손에 넣게 되면 우리 서주에 대한 호감을 증가시킬 수 있습니다. 그러나 허도와 진류 등은 절대 원소에게 넘겨서는 안 됩니다!"

모사들과 이 문제를 어찌 처리할지 논의하던 도중에 유엽이 허도와 진류 양보에 대해 단호히 반대하고 나섰다. 이어 그가 다시 경고했다.

"허도와 진류가 원소 수중에 들어간다면 아군은 주요 식량 생산지뿐 아니라 서쪽으로 사례와 형주로 통하는 길을 잃고 맙니다. 게다가 기주군에 의해 북쪽과 서쪽 전선이 완전히 포위돼 세력을 확장하기가 하늘에 오르기보다 더 어려워질 것입니다!"

순심이 유엽의 말에 맞장구를 치고 간했다.

"허도와 진류는 아군이 무력으로 취한 것이라 원소의 요구를 거절할 정당한 명분이 있습니다. 주공께서 만약 이곳을 양보한다면 아군은 세력을 확장할 공간을 잃을뿐더러 회남의 곡창 지대가 거대한 위협에 직면할 수 있습니다. 허도 인근의 손수, 유수(洧水), 영수는 모두 회하로 곧장 통해 식량과 군사를 옮기기 아주 편리합니다. 이런 요지가 원소 손에 떨어진다면 회남은 편안할 날이 없을 것입니다!"

도응은 난처하기 짝이 없었다. 일전에 서주와 기주의 밀월 관계를 유지하기 위해 허도가 소재한 영천과 진류를 원소에게 양보할 마음을 품었으나 유엽과 순심의 분석을 듣고 보니 자신의 생각이 너무 순진했음을 깨달았다.

이러지도 저러지도 못하던 도응은 자신이 가장 신뢰하는 가후 쪽으로 눈길을 돌렸다. 그런데 가후는 도응의 뜻을 알면서도 난처한 기색을 드러내며 말했다.

"주공, 이번에는 저 역시 결단을 내리지 못하겠습니다. 아군의 현재 군사력이라면 천자와 허도를 내주지 않고 원소와 전면전을 벌여도 결코 열세에 놓이지 않을 것입니다. 하지만 도의적으로나 평판으로는 좋은 소리를 듣기 어렵습니다. 아군이 허도를 접수하고 천자를 구한 건 분명한 사실이나 원소가 먼저 큰희생을 치렀고, 또 주공은 원소의 사위입니다. 이때 원소와 사이가 틀어져 개전한다면 주공이 여러 해 동안 애써 쌓아온 명성이⋯⋯."

가후는 주저주저하다가 계속 말을 이었다.

"그러나 천자와 허도를 넘겨준다면… 주공은 한실의 충신을자처할 수 있습니다. 반면 원소가 천자의 명의로 내린 조서를따르지 않을 수 없는 터라 수동적인 입장에 처하게 되고, 또 전략적으로 중요한 허도를 내주기도 실로 아까우니⋯⋯."

"아무리 아까워도 넘겨주어야 합니다! 주공은 고조가 항우에게 관중을 양보한 일을 모르십니까? 먼저 함양(咸陽)으로 들어가 자영(子嬰:진秦의 마지막 황제)을 포로로 잡은 고조는 관중을항우에게 양보하고도 결국에는 천하를 얻었습니다! 주공이 오늘 처한 상황은 고조와 비슷한데, 왜 고조를 본떠 원소에게 허도와 천자를 양보해 도의를 지킨 명성을 얻은 뒤 천하를 도모하지 않으십니까?"

모두 놀라 바라보니 쩌렁쩌렁하게 장중을 울린 이 목소리의주인공은 바로 시의였다. 시의는 앞으로 나와 도웅에게 공수하고 말을 이었다.

"주공, 이는 주저할 일이 아닙니다. 바라옵건대 주공이 오랫동안 쌓아온 충의의 명성을 손상시키지 말고, 또 사방을 적으로 만드는 곤경에 빠지지 마십시오!"

유엽이 언짢은 투로 따져 물었다.

"자우 선생의 말은 황당하기 짝이 없구려. 당시 고조가 항우에게 관중을 양보한 건 실력이 항우만 못 해 어쩔 수 없이 내린 결정이었소. 하지만 지금 아군은 원소와 일전을 겨룰 만한데 왜 고조를 본뜨라는 것이오?"

시의가 침착하게 대꾸했다.

"아군의 군사력이 원소에 뒤지지 않는 것은 사실이지만 원소와 조조, 유표, 원술 등의 연합 세력을 당해낼 수는 없소이다. 원술, 조조, 유요는 이미 아군의 철천지원수요, 유표도 이번에 아군과 원한을 맺었는데 만약 아군이 다시 천자와 허도 문제로 원소와 반목하게 된다면 사방으로 적에게 둘러싸이는 위험한 지경에 처할까 걱정이라오."

유엽도 지지 않고 다시 따졌다.

"하지만 아군이 천자와 허도를 원소에게 양보한다고 조조, 원술, 유표 등과의 원한 관계가 사라진답니까?"

시의는 미소를 띠고 대답했다.

"그럴 리가 있겠소? 하지만 위협을 어느 정도 줄일 수는 있소. 잘 한번 생각해 보시오. 만일 원소에게 허도를 양보했다고 가정한다면 원소군의 제일 목표는 과연 누가 될까요? 병사가 정예롭고 양식이 풍족해 날로 강성해지는 우리일까요, 아니면 불공대천의 원수인 조조나 병력이 약한 유표일까요? 또 원소가 이토록 위협적인 존재라면 조조, 유표, 원술, 유요 등이 연합해 아군을 견제할까요, 아니면 원소의 위협에 대항할까요?"

조목조목 따지는 시의의 반박에 유엽은 그만 할 말을 잃었다. 그러자 시의가 침중한 목소리가 계속 말했다.

"만약 우리가 원소의 요구를 거절했다고 칩시다. 그럼 유표는 겉으로 보기에 원소의 세력이 더 강대하므로 틀림없이 원소와 동맹을 맺고 아군을 협공할 것이고, 조조는 아군을 방패로 삼아 먼저 숨을 돌린 연후 세력을 확장하기 위해 서주 내지로 쳐들어올 가능성이 있습니다. 또한 강동의 원술과 유요도 이런 절호의 반격 기회를 놓칠 리가 없습니다. 더욱이 원술은 원소와 배다른 형제라 이런 상황에서 원소와 화해하고 동맹을 맺을 것이 빤하잖습니까?"

도응은 시의의 심모원려에 절로 고개가 끄덕여졌다.

잠시 숨을 고른 시의가 간절한 어조로 도응에게 간했다.

"주공, 허도 요지를 양보하는 것이 아깝기 그지없습니다. 하지만 이는 부득이한 선택입니다. 우리가 천자와 허도를 양보해 잠시 원소와 관계를 완화하면 전략적으로 큰 이득을 얻을 수 있으나 인색하게 굴다간 매우 위험한 지경에 놓이게 됩니다. 한 가지만 더 말씀드리지요. 지금 아군의 전선은 예상 외로 너무 길어졌습니다. 북쪽으로는 발해(渤海)까지 뻗어 있고, 남쪽으로는 장강까지 이어져 있는데, 여기에 다시 서쪽 허도로 손을 뻗친다면 20만 병력으로 과연 지켜낼 수 있을까요? 따라서 서쪽으로 뻗은 손을 잠시 거두고 군비 확장에 매진한다면 허도를 되찾고 천하 통일을 이루는 것이 무에 걱정이겠습니까?"

도응이 시의 설득에 마음이 동하려는 순간, 순심이 다시 퉁명스럽게 반론을 제기했다.

"자우 선생의 말이 일리가 있으나 허도 요지를 차지한 원소가 다시 여남과 진국, 양국(梁國)까지 손에 넣는다면 회남과 서주 내지가 위협받을 수 있소. 이에 대처할 좋은 방법이라도 있으신지요?"

시의가 고개를 가로저으며 대답했다.

"원소가 그곳들을 손에 넣기란 말처럼 쉽지 않소. 조조는 이미 사례나 관중으로 가는 길이 아군과 유표, 원소에게 막혀 버렸소. 따라서 남양 북부를 다시 탈환하지 않는 한, 여남과 진국, 양국이 조조가 유일하게 용신할 수 있는 땅이오. 이런 곳을 원소가 쳐들어온다면 조조도 필시 목숨을 걸고 저항할 테고, 또 뛰어난 모사가 많고 군사가 정예로워 능히 이를 물리칠 수 있다는 생각이외다."

잠시 숨을 돌린 시의가 계속 말을 이었다.

"그리고 만 번 양보해서 원소가 조조를 멸하더라도 아군에게 불리해질 일은 없소이다. 훨씬 더 위협적인 조조가 사라지고 원소와 결전을 벌이게 된다면 주공의 영명함과 지혜로움으로 원소쯤이야 무에 두려울 것이 있겠소?"

시의의 분석에 가후가 박수를 치고 찬탄한 뒤 입을 열었다.

"주공, 후도 자우 선생의 생각에 찬동합니다. 건안 원년 이래 5년 동안 아군은 쉬지 않고 남정북벌에 나서 세력을 크게 확장했으나 장사들은 이미 지칠 대로 지친 상태입니다. 지금 허도와 천자를 원소에게 양보하고 서주로 돌아간다면 요량컨대 반년 이상 휴양생식의 시간을 가질 수 있습니다."

턱에 손을 괴고 골똘히 생각에 잠겨 있던 도응은 진응 쪽으로 재빨리 고개를 돌리고 분부했다.

"당장 원소에게 보낼 편지 한 통을 써주시오. 악부의 희생이 없었다면 어떻게 허도를 취하고 천자를 구할 수 있었겠느냐고 언급한 뒤, 즉시 남하해 영천과 진류, 두 군을 인수하고 조건 없이 천자를 모셔가라고 하시오. 사위의 효심을 밝히는 것도 절대 잊지 말고요."

진응은 붓을 들기 전에 도응에게 공수하고 말했다.

"한 가지 드릴 말씀이 있었는데, 기회가 없어서 이제야 말씀드립니다. 원소가 지금 병중에 있다고 합니다."

이 말에 도응의 눈이 동그래지며 다급히 물었다.

"원소가 병에 걸렸다고? 그건 어찌 알았소? 그리고 무슨 병이오?"

진응이 대답했다.

"기주 사신에게서 들었습니다. 기주 사신과 한담을 나누던 중에 그가 주공의 병세를 묻길래 대충 둘러댔는데 원소도 병중에 있다는 얘길 꺼내더군요. 그래서 제가 계속 추궁해 보니 원소가 허도 참패로 몹시 화가 나 피를 토하고 쓰러졌는데, 지금까지도 식음을 잊어 매일 음식량이 수 되도 되지 않는다고 합니다."

순간 도응의 얼굴에 미소가 가득 번지며 원소에게 좋은 약과 음식을 같이 보내라고 명했다.

\*          \*          \*

효성스러운 사위가 영천과 진류, 두 군과 함께 천자를 바친다는 서신을 보내오자, 원소는 뛸 듯이 기뻐 병이 한결 나아지는 기분이 들었다. 또한 도응이 보낸 약과 음식으로 구미를 찾은 원소는 허도 참패 후 처음으로 입에 술을 댔다.

이튿날, 원소는 흥이 나 겹겹이 포위한 관도 공격을 직접 지휘했다. 조조군은 고립무원 상태에 처한 데다 노약자가 많은 관계로 더 이상 버티지 못하고 투항을 선택했다. 그런데 원소는 예전 관도와 허도에서 당한 원한을 갚는다며 저항할 힘조차 없는 포로들을 몰살하라고 명했다. 원소는 그래도 분이 풀리지 않아 후방의 군사들을 즉각 허도로 옮기기로 결정했다. 허도와 진류를 접수한 후 가능한 한 빨리 조조를 멸하러 출격하기 위해서였다.

원소의 조조군 대학살이 일어난 날, 도응은 허도성에서 헌제가 하사하는 승상직을 거절했다. 그러고는 헌제에게 승상 직위를 폐지하고 삼공(三公)을 다시 설치해 대권을 분산시키라고 요청했다. 또한 표를 올려 원상을 거기장군, 원회를 표기장군에 제수하고, 자신은 그 아래인 위장군(衛將軍)에 임명해 달라고 청했다. 헌제가 재삼 권했지만 도응은 굳이 사양하고 받지 않았다. 헌제도 더 이상 방법이 없어 하는 수 없이 도응의 말에 따랐다.

헌제는 또 도읍을 서주로 옮기고 싶었으나 도응은 이 명마저 거부했다. 천도는 국운과 관련된 중대한 일이라 반드시 사세삼공인 원소의 의견을 듣고 결정해야 한다는 핑계를 댔다. 헌제는 원소가 이를 용납하지 않으리란 사실을 잘 알고 있었다. 하지만 권력이 수중에 없으니 모든 걸 하늘에 맡길 수밖에 없지 않은가.

한편 조조의 인질이 돼 허도에 머물던 도상은 쉬이 서주로 가려 하지 않았다. 이미 이곳에서 혼인도 하고 아이를 낳은 데다 헌제의 말벗으로 있는 이 생활에 만족했기 때문이다. 하지만 도응은 형을 이곳에 남겨놓을 수 없었다.

조조야 아들이 서주에 인질로 있을 뿐 아니라 말이 통하는 사람이라 별걱정이 없었지만 원소는 달랐다. 수가 틀어진다면 그는 도상을 베고도 남을 인물이었다. 이에 도응은 형장의 안전이 걱정돼 함께 서주로 돌아가려고 했으나 도상은 전혀 말을 듣지 않았다. 결국 도응은 도상을 크게 꾸짖고 군영에서 한 발짝도 나가지 못하게 한 뒤, 진응에게 형을 대신해 사직을 청하고, 마충에게는 사람을 이끌고 성으로 들어가 가솔을 군중으로 데려오라고 명했다.

도응이 형과 실랑이를 벌이고 있을 때, 기주 대군이 관도를 접수한 후 전속력으로 허도를 향해 달려오고 있다는 급보가 전해졌다.

선봉장인 원상의 대오는 이미 원릉에 당도해 늦어도 다음 날 오후면 허도에 이를 예정이었다. 도응은 이 소식을 듣고 안도의 한숨을 내쉰 뒤 말했다.

"다행히 원상이 선봉에 서서 크게 걱정할 필요는 없을 것 같소. 만약 원담이 선봉에 섰다면 우리가 허도에서 순조롭게 철수하도록 내버려 두지 않았을 것이오."

시의가 도응을 슬쩍 떠보며 물었다.

"혹시 원소가 이 기회에 항우의 홍문연을 흉내 낼까 걱정하시는 건지요?"

도웅은 쓴웃음을 지으며 대꾸했다.

"지난번 내가 거짓으로 화살에 맞았다고 꾸몄을 때, 원소는 그 틈을 타 서주를 병탄할 마음을 품었었소. 이번에 그가 허도로 합류하면 핑계를 대 나를 그의 대영으로 꾀어 단칼에 죽이지 말라는 법도 없소이다."

시의는 고개를 끄덕이고 건의했다.

"그 정도는 사전에 충분히 예방할 수 있습니다. 주공께서 아예 원소를 보지 않으면 그만입니다. 상처가 재발했다는 핑계로 내일 아침 전군을 이끌고 진류로 철수하고, 이곳에는 일부 병마만 남겨두고서 원상에게 성을 넘겨주시면 됩니다."

도웅은 주저하며 말했다.

"그래도 되겠소? 어쨌든 원소는 내 악부인데 얼굴도 보지 않고 가면 예의에 부합하지 않을뿐더러 내가 자신을 경계한다고 여기게 될까 염려되오."

순심이 옆에서 시의를 거들었다.

"군자는 천명을 알고 신중히 행동하기 때문에 위험한 담장 아래에 서지 않는다고 했으니, 주공께서 원소를 보지 않고 가는 것 역시 성인의 언행에 부합합니다. 심이 오랫동안 원소를 따라다녀 견리망의(見利忘義)하는 그의 성격을 잘 알고 있습니다. 이번에 서주군과 기주군이 허도에서 회합한 뒤, 원소가 일거에 중원의 패주 지위를 확립할 목적으로 낯빛을 바꾸고 주공을 제거하지 말란 법도 없습니다. 설사 원소가 이런 마음을 먹지 않더라도 원담과 곽도, 신비 등이 옆에서 원소를 사주할 것이 뻔합니다. 그러니 만일의 사태에 대비하심이 옳다고 사료됩니다."

가후 역시 도응에게 권했다.

"원소에게 아군이 자신을 경계한다고 알게끔 하는 것이 꼭 나쁜 일만은 아닙니다. 적어도 우리가 언제든 반목에 대비하고 있으니 함부로 손을 쓰지 말라는 경고를 보낼 수 있습니다."

도응은 한참 동안 생각에 잠겨 있다가 고개를 끄덕이고 말했다.

"좋소. 전군에 철군 준비를 서두르라고 이르시오. 내일 아침 일찍 진류로 철수하고, 허도에는 윤례가 남아 원상에게 전권을 넘겨주라고 하시오. 나는 허도성 안으로 들어가 천자께 작별 인사를 고하고 오리다. 아마도 장수들이 이 결정에 불복할 터이니 여러분은 각 영채로 가 이는 원소와 미리 약속한 일이라 반드시 지켜야 한다고 설득해 주시오."

모사들은 일제히 대답하고 각기 임무를 맡아 막사를 나갔다. 가후는 군사의 신분으로 영중에 철군 명령을 선포하고, 모사들은 각 영채를 찾아가 철군 이유를 설명하고 군심을 무마했다.

한편 도응은 홀로 허도성 안으로 들어가 헌제에게 작별 인사를 고하고, 도상을 대신해 어사대부직을 사임했다. 서주로 갈 꿈에 부풀어 있던 헌제는 당연히 크게 놀라 이유를 물었다. 도응은 원소와의 맹약을 핑계로 자신은 원소의 명에 따라 허도로 달려와 어가를 구한 것인데, 지금 원소 대군이 허도로 돌아오고 있으니 약속대로 허도를 그에게 넘겨줘야 한다고 아뢰었다.

도응이 아무리 설명해도 소용없었다. 헌제는 끝까지 도응을 따라 서주로 가겠다고 고집했다. 헌제는 끝내 눈물을 흘리며 도응에게 물었다.

"경은 진정한 한실의 충신이오?"

도응은 바닥에 머리를 찧고 아뢰었다.

"신이 어찌 폐하께 불충하는 마음을 먹겠습니까? 다만 사람은 믿음이 없으면 설 수 없는 법입니다. 원소에게 허도를 인계하겠다고 약속한 이상, 이는 반드시 지켜야 합니다. 또 아무 준비 없이 천도하면 백성을 혼란에 빠뜨리게 되고, 신도 천자를 겁탈했다는 천고의 오명을 뒤집어쓰게 됩니다. 그러니 당분간 종묘사직을 허도에 온전히 보존하십시오."

아무런 힘도 없는 헌제는 도응의 태도가 결연한 것을 보고 어쩔 도리가 없었다. 그는 눈물을 훔치며 말했다.

"경이 기어코 약속을 지켜야 한다고 하니 내 어찌 경을 신의를 저버리는 자로 만들 수 있겠소? 하지만 짐이 한 가지 묻고 싶은 것이 있소. 원소가 허도로 입성한 후 만약 동탁, 조조처럼 전권을 휘두르고 기군망상한다면 경은 어쩔 셈이오?"

도응은 재빨리 큰 소리로 대답했다.

"원소가 천도(天道)를 저버린다면 이 응, 대대로 한의 녹을 먹는 신하로서 천자의 어지를 받들어 서주군을 모두 이끌고 출동해 원소를 토벌하고 어가를 구하겠습니다!"

"좋소. 짐이 그럼 애경에게 밀지를 내리리다."

그러더니 헌제는 궁인(宮人)에게 흰 비단을 가져오라고 명한 후 손가락을 깨물어 혈조를 썼다. 헌제는 이를 가지고 친히 도응 앞으로 걸어가 울먹이는 목소리로 말했다.

"도 애경, 원소가 입조 후 동탁과 조조처럼 기군망상한다면 경은 이 혈조로 의병을 일으켜 원소를 토벌하고 어가를 구하시오!"

도응은 꿇어 엎드려 혈조를 받고 눈물을 뿌리며 말했다.

"폐하, 안심하십시오. 정말 그런 날이 온다면 신이 다시 허도로 돌아와 폐하를 영원히 곁에서 모시겠습니다!"

이어 헌제와 도응은 서로 부둥켜안고 한바탕 목 놓아 울었다.

도응의 허도 철수 결정에 대해 한실 문무백관들은 크게 개의치 않는다는 반응을 보였다. 소수만이 도응에게 무책임하다고 따졌을 뿐, 복완을 비롯한 대다수 관원들은 그대로 허도에 머물길 원했다.

첫째로 조조가 전에 막대한 돈과 물자를 들여 수축한 허도성을 떠나 서주에서 새 출발을 하고 싶지 않았고, 둘째로 관원들 중 다수가 사세삼공인 원소와 친분이 두텁거나 혹은 친척, 인척 관계를 이루었기 때문에 원소가 허도에 입성하면 더 좋은 대우와 더 높은 관직을 받으리라는 기대감이 있었다.

이런 이유로 서주군의 철수는 별다른 문제없이 진행되었다. 이튿날 아침 일찍 전군이 철수를 서두르고, 허도성에 남은 윤례와 그의 군사 3천 명은 원상이 도착하면 성을 넘겨줄 임무를 맡았다.

허도를 차지할 꿈에 부푼 원상은 행군을 서둘러 예상보다 이른 그날 정오에 허도성에 도착했다. 서주군이 오전에 이미 철수했다는 소식을 듣고 매부를 만나지 못해 아쉬운 마음이 들었지만 그것도 잠시뿐이었다. 그는 윤례에게서 허도성 방어 권한을 넘겨받고 입성하자마자 사대문을 꽁꽁 걸어 잠갔다. 이어 심복 심영에게 어림군을 통괄하고 황성을 철통같이 봉쇄하라고 명한 연후 헌제를 배알하러 입조했다.

원상은 미리 친신 이부(李孚)를 시켜 자신에게 관직을 내려달라고 사주해 놓았는데, 헌제가 먼저 도응의 말을 전하며 원상에게 대장군 다음 가는 거기장군직을 하사했다. 원상은 흡족한 미소를 지으며 황은에 감사하고, 속으로 도응의 배려에 크게 감격했다.

원상의 이런 졸렬한 행동에 헌제를 비롯한 문무백관들은 마음속으로 불만이 가득했다. 하지만 이는 원상이 나이가 어려 치기를 부리는 것이라 치부하고, 빨리 원소가 허도로 와 조정의 기강을 바로잡아 주길 바랐다. 그런데 하루가 지나 기주 대군을 이끌고 허도성 아래에 당도한 원소는 아들의 방자한 행동을 꾸짖기는커녕 도응이 이미 전군을 이끌고 철수했다는 말에 벽력같이 화를 냈다.

"당돌한 놈이 내 분부도 없이 멋대로 철군했다고?"

원소가 분노한 데에는 다 이유가 있었다. 예상대로 허도로 남하하는 도중에 원담 일당은 끊임없이 원소에게 가 계책을 올렸다. 서주군과 회합하는 이 기회에 도응을 꾀어내 붙잡아 두고 우두머리를 잃은 서주군을 병탄한 연후 여세를 몰아 물자가 풍부한 서주 5군과 군대를 모두 손에 넣으라고 종용했던 것이다.

원소는 이에 대해 당연히 마음이 크게 동했다. 다만 최염과 진진의 단호한 반대 때문에 공개적으로 선언하지 않았을 뿐, 허도에 이르는 대로 도응을 볼모로 잡아 서주군을 선봉으로 삼고 연주 남부로 퇴각하는 조조군을 추살할 마음을 먹고 있었다.

만약 도응이 이 명에 따르지 않는다면 그를 죽인다고 협박해 서주군을 병탄할 요량이었다.

이런 기대감으로 원소가 휘파람을 불며 허도에 당도했는데 도응이 이를 미리 간파하고 줄행랑을 쳤으니, 계획이 모두 물거품으로 돌아간 원소가 펄쩍 뛰며 화를 내는 것도 당연했다. 곽도와 신비 등 원담 일당이 원소를 부추길 절호의 기회를 놓칠 리 만무했다. 이들은 원소 앞에서 웃음을 짓고 말했다.

"주공, 아무래도 서주군이 우리를 심히 경계하는 듯합니다. 조조가 곧 멸망하면 기주군의 다음 상대는 서주가 될 터라, 도응이 아군을 방비하지 않으면 안 되겠지요."

이 말에 원소는 홍, 하고 코웃음을 치며 대꾸했다.

"내 상대가 되겠다고? 자신 있으면 얼마든지 덤비라고 해라. 도응 놈에게 과연 그럴 배짱이 있는지 모르겠구나!"

곽도와 신비는 서로 눈짓을 교환하며 원소의 반응과 태도에 만족감을 표시했다. 이때 최염이 원소에게 공수하고 간했다.

"주공, 노여움을 가라앉히십시오. 도응이 작별 인사도 없이 떠난 건 무례한 행동이 맞지만 지금 아군의 적수는 여전히 국적 조조로 절대 그에게 재기할 기회를 주어서는 안 됩니다. 게다가 지난 여러 차례 전투로 아군은 심각한 피해를 입어 휴식을 취하며 병마를 재정돈할 시간이 절대적으로 필요합니다. 이에 반해 서주군은 손실이 가장 적으니, 이런 때 서주군과 반목하고 원수가 되는 건 결코 지혜로운 결정이 아닙니다. 따라서 도응이 기왕 달아난 마당에 굳이 그를 막지 말고 잠시 우호 관계를 맺었다가 아군이 원기를 회복한 연후에 손을 써도 늦지 않습니다."

곽도와 신비는 최염의 말을 감히 반박하지 못했다. 이때 허도로 다시 돌아온 병마는 채 5만이 되지 않는 데다 허도 참패 후 군사들의 사기가 크게 꺾여, 정예로운 서주군과 결전을 벌인다는 건 스스로 죽음을 자초하는 바나 다름없었기 때문이다. 원소 역시 이 점을 분명히 깨닫고 있었다. 이에 고개를 끄덕이고 말했다.

"계규의 말이 옳소. 지금은 도응과 얼굴을 붉힐 필요가 없으니 그냥 도망가게 내버려 두시오. 내 군대를 재정비한 후 그놈과 결판을 보리다."

이때 헌제는 원상의 요청으로 친히 백관을 거느리고 원소를 맞이하러 허도성을 나왔다. 천자가 직접 마중 나오고 좌우로 문무백관이 늘어선 모습을 본 원소는 득의양양한 표정을 지었다. 그는 조금도 거리낌 없이 거드름을 피우며 말을 몰아 헌제 앞으로 달려갔다. 열 걸음 앞에서야 말에서 내린 원소는 두 무릎을 모두 꿇지 않고 한쪽 무릎만 꿇은 채 헌제에게 공수하고 예를 올린 후, 자신이 갑주를 입고 있어 온전히 예를 올리지 못하는 점을 양해해 달라고 청했다. 헌제는 심기가 불편했지만 감히 이를 밖으로 표출하지 못했고, 문무백관 역시 서로 얼굴을 바라보며 원소에 대해 품었던 순진한 생각을 슬슬 후회하기 시작했다.

"부친, 소자는 승복할 수 없습니다! 승복할 수 없다고요!"

이때 원담이 갑자기 노기등등해 원소 앞으로 달려오더니 큰 소리로 외쳤다.

"소자가 듣기로 천자께서 둘째 아우를 표기장군에, 셋째 아우를 거기장군에 봉하고서 소자에게는 아무런 봉작도 하사하지 않았다고 합니다. 지난번 허도 대전 때 오직 소자만이 여러 차례 조조군을 격파해 가장 큰 공을 세웠는데, 왜 저만 관직을 받지 못한단 말입니까?"

원소는 눈을 치켜뜨고 거만하게 헌제에게 물었다.

"폐하, 정말 그런 일이 있었습니까?"

헌제는 노기를 억누르고 고분고분 대답했다.

"그렇소. 본래는 짐이 도 애경을 거기장군에 봉하려 했는데, 그가 스스로 공로가 미미하다고 여겨 이를 받아들이지 않고 위장군직을 원했소. 그러고는 원상을 거기장군에, 원희를 표기장군에 임명해 달라는 표를 올렸길래 짐이 윤허했소."

이 말에 원소는 난감한 표정을 지었다. 도응이 자발적으로 최고위 세 개 관직을 원가에 양보하고 네 번째 관직을 자처했는데, 자신이 이 자리마저 빼앗아 버린다면 탐심이 지나치다고 조롱당할 것이 아닌가. 고심하던 원소는 하는 수 없이 헌제에게 공수하고 말했다.

"폐하, 신의 장자 원담이 국적 조조와의 교전에서 자못 큰 공을 세웠습니다. 하여 신의 장자를 전장군(前將軍)으로 삼았으면 하는데, 폐하의 의중은 어떠하신지요?"

원소가 이리 말하는데 헌제가 달리 무슨 말을 할 수 있으랴. 그저 고개를 끄덕이며 허락할 뿐이었다. 하지만 원담은 여전히 화를 참지 못했다. 전장군은 다섯 번째 위치한 관직이어서 두 아우는 물론 도웅보다 아래에 있었기 때문이다.

이에 원담은 헌제에게 고개도 조아리지 않고 감사를 표한 후 벌떡 자리에서 일어나 씩씩거리며 옆으로 물러났다. 그가 마주한 원상을 매섭게 노려보자, 킬킬 웃고 있던 원상도 지지 않으려 눈을 부릅뜨고 형을 쏘아보았다. 이들의 눈빛에서는 마치 불꽃이 튀기는 것 같았다.

원소 부자의 망발을 지켜보던 문무백관들은 하나같이 얼이 빠져 후회가 가득한 표정을 지었다.

'큰일이군. 사세삼공의 원소가 조조보다 더 제멋대로일 줄은 꿈에도 몰랐어. 도 사군과 비교한다면 그야말로 천양지차로구나. 이럴 줄 미리 알았다면 천자께 어가를 서주로 옮기자고 할 것을……'

상황이 정리되자 원소가 입을 열었다.

"폐하, 이제 성 안으로 드시지요. 신이 처음 허도로 온지라 길이 익숙지 않으니 폐하께서 안내해 주시기 바랍니다."

헌제는 치미는 울화를 참고 친히 원소를 대동해 허도성 안으로 들어갔다. 그런데 의기양양하게 발걸음을 떼던 원소는 갑자기 하늘과 땅이 빙빙 돌고 머리가 어질어질해지는 느낌이 들었다. 다리가 휘청거려 하마터면 쓰러질 뻔했는데, 마침 곁에 있던 도승과 최염이 그를 부축했다. 이들이 놀라 원소에게 무슨 일이냐고 물었을 때, 원소는 손발이 마비되고 온몸을 바늘로 콕콕 찌르는 듯한 통증을 느꼈다. 한참 뒤에야 서서히 정신을 차린 원소가 고개를 가로젓고 말했다.

"괜찮다. 아무 일도 아니다."

第二章
원소가 쓰러지다

　기주군이 허도에 입성함으로써 우여곡절이 많았던 허도 대전
은 마침내 일단락되었다. 대규모 혼전 속에서 원소군, 조조군,
서주군, 형주군이 돌아가며 혈전을 벌여 무려 15만이 넘는 장사
가 전쟁터에 뼈를 묻었다. 다단(多端)한 국면 변화와 복잡한 참
전 세력은 제후군의 동탁 토벌전에 결코 뒤지지 않았다.

　도웅이 신의와 명성을 중시해 무력으로 장인을 제거할 절호
의 기회를 포기하고 허도와 천자를 양보했지만 원소는 여전히
불만이 가득했다. 도웅이 인사도 없이 철수했다는 것 외에 원

소를 분노케 만든 건 바로 승상직을 폐지하고 삼공을 다시 설치하라는 주청 때문이었다.

동한 때에는 조정에 사마(司馬), 사도(司徒), 사공(司空)의 삼공을 두어 권력을 분산시켰다. 그런데 조조가 천자를 끼고 제후를 호령한 후 조정의 권력을 독점하기 위해 헌제에게 삼공을 폐지하고 자신을 승상에 봉하라고 핍박했다. 이어 도응이 조조를 쫓아낸 뒤 승상을 폐지하고 삼공을 다시 설치하라고 주청해 헌제의 재가를 얻어냈다. 이로써 승상직을 거절한 도응은 충군의 명성을 널리 얻게 되었다. 하지만 조조처럼 대권을 독차지하려던 원소는 이 조치에 그야말로 울화가 치밀 지경이었다.

사실 군권이 손에 있으니 관직명이야 어떻든 전연 상관이 없었다. 삼공 중 아무 직책이나 요구하고 조정을 장악하면 그만이었지만 정치적으로 식견이 매우 좁은 원소는 깜짝 놀랄 만한 선택을 했다. 바로 사마직을 거부한 채 헌제에게 승상직을 다시 설치하게 하고, 자신을 승상 겸 기후(冀侯), 대장군에 봉하라고 핍박한 것이다.

명목상으로도 한실 조정을 완전히 장악하려는 이 조치에 헌제는 원한이 사무쳐 치를 떨었다. 문무백관 사이에서도 의론이 분분하며 일부 충직한 관료들은 공공연하게 원소의 결정에 반대를 표명했다. 그중에는 대중대부(大中大夫) 공융도 포함되어 있었다.

하지만 원소는 인정사정없이 공융 등을 죽여 버리고 원하는 대로 승상에 올랐다. 이로써 원소의 명성은 땅에 추락하고 말 았다. 천자에서 일반 사인(士人)에 이르기까지 원소의 독단과 전 횡을 증오하지 않는 자가 없었다. 문무백관들은 고상하고 예의 바른 도가 형제를 그리워하며, 도응이 다시 허도로 돌아오기를 간절히 바랐다.

원소의 만행은 여기서 그치지 않았다. 심복을 배치해 황성을 봉쇄한 것 외에, 모사 최염의 반대에도 불구하고 조조 잔당 색 출 작업에 나섰다. 조조와 조금이라도 관련된 관료들은 모조리 조사와 심문을 받았다. 순식간에 허도성 안 곳곳은 비명 소리 로 가득했고, 많은 한실 관료가 패가망신해 가족이 뿔뿔이 흩 어졌으며, 미처 허도를 빠져나가지 못했던 조조군은 무참히 살 해되었다. 탐욕스러운 원소군 관원들은 이 틈을 타 재물을 갈 취하기까지 했다.

원소는 일순간에 허도를 쑥대밭으로 만들었지만 외교적으로 는 최염의 권고에 따라 적절한 조치를 취했다. 천자의 이름을 빌려 유표, 마등, 유장(劉璋), 장로(張魯), 원술 등에게 사신을 보 내 조공을 바치라고 요구했다. 이를 통해 제후들과 동맹을 맺고 조조군을 고립시키고, 원소군의 천하 통일에 가장 큰 걸림돌이 되는 서주군마저 고립시키고자 했다.

이 조치는 어느 정도 성과를 거두어 적어도 유표는 원소와 결맹하는 데 흔쾌히 동의하고, 형주종사(從事) 한숭(韓嵩)을 허도에 사신으로 파견했다. 그런데 원소는 한숭과 대면한 자리에서 결맹 조건으로 유표에게 즉각 여남으로 출격해 조조의 잔여세력을 섬멸하라고 요구했다.

유표가 남의 화살받이나 되는 어리석은 임무를 당연히 맡을 리 없었다. 이에 한숭이 유표에게 이를 알리겠다는 핑계로 허도를 떠난 뒤, 형주군은 원소와 아예 연락을 끊어버렸다. 아무리 기다려도 회답이 오지 않자 원소는 유표가 동맹을 거부했다고 여겨 발연대로했다.

마냥 기다릴 수 없었던 원소는 차자 원희에게 여남으로 출병해 평여로 달아난 것이 확인된 조조를 공격하라고 명하는 한편, 원담의 건의에 따라 서주로 사신을 보내 천자의 명의로 도응에게 여남으로 출격하라고 요구했다.


원소군 사자 소유(蘇由)가 서주로 달려갔을 때는 이미 건안 5년도 거의 저물어가는 시기였다. 이때 서주군은 단숨에 군대를 10만 정도 확충해 총병력이 30만을 상회했다. 연주 전란의 영향으로 먹고살 길이 막막해진 연주 난민이 대거 서주군에 가입한 영향이 매우 컸다. 여기에는 조조군 옛 병졸도 다수 포함되어 있었다.

최대 군사 모집 장소인 팽성군은 군대에 자원하려는 사람들로

붐볐고, 소패에서 팽성에 이르는 길 양쪽으로는 어디서나 신군을 조련하는 모습이 눈에 띄었다. 눈발이 휘날리는 가운데서도 갑옷과 무기, 기치를 완벽히 갖추고서 훈련하는 모습은 실로 장관을 이루었다. 소유는 감탄이 절로 나오면서도 속으로 두려운 마음이 들었다. 훗날 기주군이 서주군과 개전하게 된다면 나날이 강해지는 이런 군대를 과연 당해낼 수 있을지 걱정이 앞섰다.

소유는 부유하고 번화한 팽성에 이르러 마침내 도응을 만났다. 그가 도응 앞에서 여남 출병을 독촉하는 어지를 낭독하는데, 도응은 어지를 받들지도 않고 다짜고짜 물었다.

"이 성지는 천자의 명이요, 아니면 장인의 의사요?"

소유가 어리둥절한 표정으로 이를 묻는 의도가 뭐냐고 되묻자 도응이 단도직입적으로 대꾸했다.

"허도에 있을 때 천자께서 일찍이 나와 조조의 담판의 증인이 되어주셨소. 당시 조조가 아군을 습격하지 않는다면 나 역시 조조를 추격하지 않겠다고 약조했소. 또한 천자께서도 사람들 앞에서 여남으로 출병하라는 어지를 내리지 않겠다고 말씀하셨소. 지금 조조가 약속을 지켜 아군을 습격하지 않았는데, 천자께서 갑자기 왜 이런 어지를 내렸는지 궁금해서 물었던 것이오. 일국의 군주가 식언을 한 것이오, 아니면 장인이 내게 출격을 명한 것이오?"

소유가 말문이 막혀 아무 대답도 못 하자 도응이 계속 말을 이었다.

"번거롭겠지만 돌아가 천자께 아뢰시오. 먼저 식언을 후회한다는 조서를 내린다면 내 기꺼이 군사를 이끌고 조조 토벌에 나서겠다고 하시오. 그렇지 않다면 죽어도 신의를 저버리는 일을 할 수가 없소."

이어 도옹은 우물거리는 소유를 당장 내쫓아 버렸다. 소유가 나가자 배석해 있던 가후가 미소를 지으며 도옹에게 물었다.

"결심을 굳히신 겁니까? 그래도 양국 정도로 출병하는 시늉 정도는 하는 게 어떻겠는지요?"

도옹이 대답했다.

"그럴 필요 없소. 쓸데없이 병력과 전량을 낭비하느니 차라리 일언지하에 거절하고 기주 병력을 소모시키는 편이 훨씬 더 낫소이다."

"원소가 이를 빌미로 아군과 개전에 나설까 걱정되지 않으십니까?"

가후는 이렇게 묻고 한마디 더 보충했다.

"정상적인 사람이라면 절대 이런 일을 벌일 리 없지만 원소라면 이런 비정상적인 짓을 저지르고도 남겠지요."

도옹도 웃음을 띠고 되물었다.

"이를 빤히 알면서도 물은 건 나더러 원소를 도발하라고 부추기려는 의도 아닙니까?"

가후가 갑자기 미소를 거두고 고개를 끄덕인 후 정색하고 말했다.

"바로 그렇습니다. 현재 원소군은 원기가 크게 상했습니다. 반면 아군은 허도 대전에서 손실이 가장 적었고, 또 서주로 돌아와 군세를 크게 확장하고 만반의 준비를 갖추어놓았습니다. 이런 때에 원소를 격노하게 만들어 친히 군사를 이끌고 서주로 쳐들어오도록 유도한다면 아군에게 승산이 매우 높습니다. 게다가 원소를 제거해 화근을 없애 버릴 수도 있습니다."

도응 역시 진지한 표정으로 대답했다.

"문화 선생 앞이니 내 솔직히 말하리다. 나도 그런 생각을 한두 번 한 것이 아니오. 하지만 원소는 어쨌든 내 우식(愚息)의 외조부인데, 고의로 그를 격노케 해 승리를 취한다면 천하의 입을 다 막기는 어려울 것이오. 하여 거듭 고민한 끝에 포기하기로 결정을 내렸소."

가후가 다시 물었다.

"원소의 건강에 이상이 생기고 병세도 얕지 않아 보이는 지금이야말로 절호의 기회가 아니겠습니까?"

사실 도응이 원소 도발을 포기한 이유도 바로 이 때문이었다. 이제 원소의 죽음이 가까웠는데 굳이 자기 손으로 죽여서 사람들의 입방아에 오를 이유는 없었다.

"상관없소. 원소가 병으로 죽든 늙어 죽든 내 손에만 죽지

않으면 되오. 그렇지 않다면 북방을 통일하는 데 필시 거대한
저항에 부딪힐 것이오."

가후는 도응의 태도가 결연한 것을 보고 눈앞의 이익 때문
에 지금까지 애써 쌓아온 명성을 스스로 망쳐서는 안 되겠다는
생각에 천천히 고개를 끄덕이고 말했다.

"주공의 뜻이 정 그러하시니 후도 더는 주공을 악인으로 만들
지 않겠습니다. 다만 원소가 가능한 한 빨리 명을 달리해 아군
이 세력을 크게 떨칠 기회가 하루 빨리 찾아오길 바라겠습니다."

*       *       *

소유가 도응의 출병 거절 소식을 가지고 허도로 돌아오자, 원
소는 노발대발해 당장 군사를 이끌고 서주로 쳐들어가겠다고
떠벌렸다. 다행히 최염이 눈앞의 적은 조조이므로 먼저 조조에
게 절대 재기의 기회를 주어서는 안 된다고 극력 만류한 끝에
야 원소는 화를 억지로 누를 수 있었다.

원소의 화가 조금 누그러진 것을 본 곽도가 조심스럽게 건의
를 올렸다.

"승상, 도응이 신의를 지킨다는 이유로 출병을 거부했다고 그
를 편하게 놔두어서는 안 됩니다. 그래서 말씀인데, 다시 사신
을 도응에게 보내 조조 토벌에 써야 한다며 양초 20만 휘를 바

치라고 요구하십시오. 승상께서 예전에 조조군을 견제하지 않았다면 서주군은 일찌감치 조조에게 멸망당했을 터이니, 이 정도 양초를 요구할 충분한 자격이 있으십니다."

이 말에 원소는 다시 화가 치밀어 책상을 내려치고 소리쳤다.

"맞는 말이오! 도웅 놈이 보잘것없을 때 내가 딸을 그에게 시집보내고, 옹서의 정을 보아 조조군을 제약하지 않았다면 그가 어떻게 강대한 실력을 키울 수 있었겠소? 이제 자립할 능력이 좀 생겼다고 감히 본 승상을 안중에 두지 않는 놈을 절대 그냥 둘 수 없소!"

이어 진림을 돌아보고 명을 내렸다.

"도웅 놈에게 줄 서신을 속히 써라. 조조군을 멸하는 데 쓸 양초 20만 휘를… 아니다! 30만 휘를 바쳐 앗 인… 인애에 바답하라고 일러라!"

원소는 갑자기 발음이 꼬이며 손발이 점점 마비되는 느낌이 들기 시작했다. 곁에 있던 진림도 이를 눈치챘지만 혹여 불호령이 떨어질까 두려워 감히 아무 말도 하지 못하고 즉각 붓을 들었다. 진림이 비단에 막 글을 쓰려 할 때, 별안간 방문이 쾅 하고 열리자 뼛속까지 파고드는 한풍이 방 안으로 밀려들었다. 갑옷을 입은 진림이 자기도 모르게 몸을 움츠리는데, 안으로 들이닥친 원담이 다급한 목소리로 소리쳤다.

"부친, 큰일 났습니다! 둘째… 둘째가 여남으로 출격했다가 양산(羊山)에서 조조군의 매복을 만나 대패하고, 양초와 치중도 모두 불타 버렸습니다!"

뜻밖의 변고에 놀란 관원들이 온몸이 눈으로 덮인 원담에게서 원소로 시선을 옮겼을 때, 원소의 몸이 갑자기 옆으로 기울더니 앉은 채로 바닥에 쓰러지는 것이 아닌가! 최염과 곽도 등은 화들짝 놀라 급히 원소를 일으켜 세웠다. 그런데 원소는 이미 입이 삐뚤어지고 눈이 희번덕거려 동공이 보이지 않았으며 얼굴 근육은 쉴 새 없이 떨리고 있었다……

건안 6년(201년) 정월 열여드레 날, 원소가 갑자기 중풍으로 쓰러졌다. 관도와 허도 참패 후 화병을 얻고 피를 토한 원소는 고혈압 증상이 가중되기 시작했다. 이때 도응이 여남 출병 요구를 단호히 거절해 노발대발하던 원소의 간열(肝熱)이 급증했고, 여기에 원희의 대패 소식이 약해질 대로 약해진 원소의 신경을 자극했다. 감정 변화가 극심한 상황에서 설상가상으로 원담이 갑자기 문을 열어 따뜻한 방 안에 찬바람이 유입되자, 원소의 체표(體表) 혈관 면적이 수축해 혈압이 급격히 상승하면서 중풍으로 쓰러져 버린 것이다.

당대의 여러 명의들이 꼬박 하루 동안 치료한 끝에 원소는 가까스로 정신을 차렸다. 하지만 그는 이미 예전의 원소가 아니었다. 말 한마디도 제대로 하지 못해 무슨 말인지 알아들을 수

가 없었고, 왼쪽 손발은 겨우 움직일 수 있었지만 오른쪽 사지
는 완전히 감각을 잃어 나무토막처럼 딱딱하게 굳어버렸다. 또
한 몸이 극도로 허약해지고 음식을 혼자서 먹지도 못했다. 그
야말로 전형적인 반신불수 증상이 나타난 것이다.

"의관들이 보기에 어떠한가? 주공께서 일어나실 수 있겠는가?"

원소가 시종 드러누워만 있자 이미 두 눈에 핏발이 선 최염
은 태의(太醫)들을 붙잡고 다그치듯 물었다. 하지만 누구 하나
말을 꺼내지 못하고 낙담한 표정만 짓고 있었다.

연이은 최염의 추문에 태의령(太醫令)이 고개를 가로젓고 말
을 더듬으며 대답했다.

"승상의 이 병… 병환은 졸중(卒中)입니다. 고래로 지금까지
완치된 선례가 없었습니다. 가벼우면 말씀을 제대로 못 하시고
오른쪽 사지를 쓰시지 못하며, 중하면 일어나시지 못할 수도 있
습니다. 게다가 수명도 크게 줄어들 가능성이 높습니다."

이어 태의승(太醫丞)이 한마디 더 덧붙였다.

"승상께서는 그나마 운이 좋은 편입니다. 이 병은 실로 무서
워 열에 일고여덟은 사망하는데, 하늘이 도와 깨어나셨습니다."

최염은 다리에 힘이 풀려 바닥에 털썩 주저앉았고, 도승, 진
림, 음기의 두 눈에 눈물이 가득 고였다. 한편 원담 일당은 짐짓
비통해하면서도 얼굴에 희색을 감추기 어려웠고, 봉기, 이부 두

원상의 수하는 긴장된 표정이 역력해 이 사태를 어찌해야 좋을 지 몰랐다.

사실 이때 원상은 허도에 있지 않았다. 그는 모친과 어린 아우들의 거처를 허도로 옮기고, 기주와 유주의 군대를 모아 허도로 오라는 명을 받고 업성으로 돌아간 상태였다.

최염은 그래도 마지막 희망의 끈을 놓지 않고 태의들에게 원소가 꼭 일어날 수 있도록 최선을 다해 달라고 신신당부했다. 의관들이 분주하게 움직이는 사이에 곽도가 원담의 귀에 대고 몇 마디 속삭이자, 원담이 사람들에게 크게 소리쳤다.

"이 일은 실로 중대하니 즉각 승상부의 내외 대문을 모두 봉쇄하고 일절 누구의 출입도 엄금하라. 부친의 병세를 알고 있는 너희들은 당분간 부중에 기거하며 부친을 돌보아라. 외부 일은 내가 알아서 처리하겠다!"

황당한 원담의 명에 사람들이 눈만 멀뚱멀뚱 뜨고 있을 때, 신비가 갑자기 악, 하는 비명을 지르고 외쳤다.

"봉기와 이부가 어디 갔지? 이자들이 보이지 않습니다!"

상황이 심상치 않자 봉기와 이부는 실내가 어수선한 틈을 타 방문을 몰래 빠져나간 뒤였다. 원담은 크게 노해 즉각 도승에게 봉기와 이부를 잡아 옥에 가두라고 명했다. 이어 다시 승상부를 엄밀히 봉쇄하라 명하고, 자신은 곽도, 신비와 함께 이 사태를 논의하러 총총히 밀실로 향했다.

원담의 참람한 행동에 허탈한 표정을 짓고 있던 최염은 길게 탄식을 내쉰 뒤 병상에 누워 있는 원소 쪽으로 고개를 돌렸다. 그런데 원소의 모습에 최염은 그만 가슴이 미어지는 줄 알았다. 입과 눈이 돌아간 원소가 힘겹게 한참 동안 웅얼거리더니, 두 눈에서 천천히 눈물이 배어 나오는 것이 아닌가. 최염도 이를 보고 참지 못해 침상 앞에 엎드려 오열하고는 목멘 소리로 말했다.

"주공, 어찌 저런 견자를 두셨습니까!"

원담은 부친의 병이 깊고 두 아우가 허도에 없는 기회를 틈타 서둘러 대권 장악에 나섰다. 심복 여광과 잠벽에게 각각 허도성 방어와 황성 방어 임무를 맡기는 동시에 무기고를 닫아걸고 허도성으로 관민의 출입을 엄금했다.

이어 곽도의 건의에 따라 원소의 명의를 빌려 원희와 원상, 고간에게 전령을 파견했다. 전장에 있는 원희와 연주 북부에 주둔하고 있는 고간에게는 상의할 일이 있다며 급히 허도로 오라고 명했고, 원상에게는 원소가 곧 구석(九錫)을 받을 예정이니 기주 병권을 심배와 맹대에게 맡겨두고 대전(大典)에 참석하라고 일렀다. 이렇게 경쟁자들을 속여 허도로 유인한 뒤 무력으로 제압할 계획이었다.

완벽해 보였던 이들의 계획은 첫 단추부터 차질이 생겼다. 원담 일당이 모여 차후 대책을 강구하고 있을 때, 성 방어 임무를 받고 나갔던 여광이 급보를 알려왔다. 봉기와 이부가 앞서서 허도성을 탈출해 관도 쪽으로 달아나고 있다는 것이었다. 원담은 이를 듣고 대경실색해 급히 팽안(彭安)에게 3백 경기병을 이끌고 추격해 저들을 보는 대로 죽여 버리라고 명했다.

태의들이 지극정성을 다해 원소를 구하려고 애썼지만 원소의 증세는 갈수록 심각해져 여전히 말을 하지 못하고 침상에서 일어나지 못했다. 원담은 이를 알고 외려 기쁜 표정을 지으며 곽도와 신비를 부르고는 원소의 유언을 위조해 자신이 후계자가 돼 대업을 계승하는 것이 어떻겠느냐고 물었다. 곽도와 신비가 좋은 생각이라며 맞장구를 칠 때, 문 밖에서 최염이 찾아왔다는 보고가 들어왔다. 본래 최염을 싫어하던 원담은 짜증 섞인 목소리로 외쳤다.

"만나지 않겠다고 일러라. 부친에게 변고가 생기면 그놈을 죽여 함께 매장하고 말 테다!"

호위병이 명을 받고 나갔는데, 잠시 후 다시 돌아와 원담에게 공수하고 말했다.

"계규 선생이 갈 생각을 하지 않고 있습니다. 그리고 주공께 대공자를 후계자로 삼으라고 청하는 문제에 대해 꼭 드릴 말씀이 있다고 합니다."

"뭐라고?"

원담은 잠깐 어리둥절한 표정을 짓더니 이내 무릎을 치며 기뻐했다.

"이게 꿈은 아니겠지? 내가 부친의 대업을 잇는 데 최염이 찬성하다니?"

곽도가 웃으면서 진언했다.

"최염은 똑똑한 사람입니다. 생사의 갈림길에서 지혜로운 선택을 하는 건 당연하지요. 공자, 그의 귀순을 받아들이십시오. 최염은 기주 명사에 기주 호족 출신이라 그의 보좌를 받는다면 같은 기주 호족인 심배를 염려하지 않아도 됩니다."

원담은 닭이 모이를 쪼듯 고개를 끄덕이며 명했다.

"빨리 계규 선생을 청해오너라. 아니다, 내가 직접 그를 맞으러 가야겠다."

원담이 가벼운 발걸음으로 방을 나가 최염을 만나니, 몇 시진 못 본 사이에 그의 얼굴은 몹시 야위어 몇 년은 늙어 보였다. 원담이 먼저 예를 갖추는데도 최염은 답례를 하지 않고 무기력하게 물었다.

"대공자, 제 예상이 틀리지 않다면 공자는 곽 대인, 신 대인과 어떻게 주공의 유언을 위조할까 논의하고 있으셨지요?"

원담의 음침한 얼굴에 살기가 드러나려 할 때, 곽도가 먼저 억지웃음을 지으며 말했다.

"농담도 지나치시구려. 우리가 어찌 주공의 유언을 위조한단 말이오?"

조소를 날린 최염은 금세 웃음을 거두고 담담하게 말했다.

"대공자, 굳이 힘을 낭비하지 마십시오. 같이 주공을 뵈러가 제가 주공께 대공자를 후계자로 삼으라고 말씀드려 진짜 유촉(遺囑)을 받아주겠습니다."

"지금 대체 무슨 말을 하는 거요?"

원담이 깜짝 놀란 표정을 지었지만 최염은 전혀 아랑곳하지 않고 발걸음을 돌렸다. 원담과 곽도 등은 한참 동안 어리둥절한 얼굴을 하고 있다가 결국 최염을 따라 원소의 침실로 갔다.

원소의 침소로 들어섰을 때, 원소는 병상에 누워 계속 신음을 내고 있었고, 도승, 진림, 음기가 곁에서 시중을 들고 있었다. 최염은 별말 없이 원소의 병상 앞으로 걸어가 두 무릎을 꿇고 진중하게 아뢰었다.

"주공, 외람되지만 제가 대공자를 대신해 전위(傳位) 문제를 논의하려고 합니다."

이때 갑자기 원소의 눈이 번쩍 떠지며 섬뜩한 빛을 드러냈고, 목구멍에서는 끊임없이 나오지 않는 말을 웅얼거렸다. 대로한 호위대장 도승이 달려와 최염의 옷깃을 끌어당기며 노호했다.

"이 무슨 망발이오. 주공께서 버젓이 살아 계신데 감히 전위를 청하다니요?"

최염은 이에 개의치 않고 차분하게 원소에게 말했다.

"이 일이 참람한 짓임을 똑똑히 알고 있습니다. 하나 주공의 가업을 위해 부득불 참월을 범해야겠습니다. 태의 말로는 주공께서 영원히 일어나실 수 없다고 합니다. 지금 만약 후계자를 정하지 않고 다른 공자들이 올 때까지 기다렸다간 결국 큰 혼란이 일어나 후계자를 정하기에 늦을뿐더러 주공께서 고생스럽게 이룬 기업도 무너지고 맙니다."

원소의 눈빛이 점점 암담하게 바뀌었다. 최염이 계속 말을 이었다.

"주공께서 삼공자를 후계자로 점찍어 둔 사실을 잘 알고 있습니다. 삼공자는 능력이 탁월해 주공의 기업을 잇기 부끄럽지 않습니다. 하지만 어쨌든 그는 셋째입니다. 폐장입유(廢長立幼) 한다면 대공자와 이공자가 과연 이에 승복할까요? 저들은 가업을 잇기 위해 필시 삼공자와 전쟁을 일으킬 것입니다. 형제간에 다툼이 일어나 서로 죽고 죽이며 싸운다면 도웅은 물론 조조, 유표 등에게 손쓸 기회를 주게 됩니다. 주공께서는 이를 원하십니까?"

최염은 괴로운 표정으로 고개를 저으며 말했다.

"주공께서 대공자를 좋아하시지 않는 것 역시 잘 알고 있습니다. 하지만 그는 어쨌든 장자입니다. 주공의 기업을 계승하는 데 이만큼 정당한 명분도 없습니다. 이공자와 삼공자가 설사 내켜하지 않더라도 도의적으로 약세에 있기 때문에 고개 숙여 따를 수밖에 없습니다. 따라서 대공자를 후계자로 삼아야 속히 우리의 군대와 토지가 안정되고 외부인에게 침략의 빌미를 제공하지 않을 수 있습니다."

이어 최염이 원소에게 절을 올리자 원소는 눈을 질끈 감아버렸다. 원담은 기쁨을 주체하지 못해 얼굴에 희색이 그대로 드러났다.

최염이 다시 한 번 간절하게 청했다.

"주공께서도 마음의 결정을 내리셨으리라 사료됩니다. 대공자에게 기업을 물려준다는 데 동의하시면 눈을 두 번 깜빡이고, 동의하시지 않는다면 한 번만 깜빡여주십시오."

침소에 쥐 죽은 듯 적막이 흐르는 가운데, 모두의 시선이 초췌한 원소의 얼굴에 집중되었다. 원담은 특히 더 긴장해 심장이 쉬지 않고 펄떡펄떡 뛰었다. 그러나 원소는 시종 눈을 뜨지 않고 목구멍으로 계속 알아듣지 못할 소리를 냈다. 최염은 곧바로 원소의 의중을 알아채고 물었다.

"혹시 대공자가 자리를 이은 후 형제들을 핍박할까 걱정하시는 것인지요?"

원소는 그제야 눈을 뜨고 두 번 깜빡거렸다.

이에 최염이 다시 물었다.

"그럼 이 자리에서 대공자에게 절대 형제들을 해치지 않겠다고 맹서하게 하면 어떻겠습니까?"

원소는 다시 눈을 두 번 깜빡였다. 원담은 크게 기뻐 즉시 원소에게 달려가 두 무릎을 꿇고 자신이 자리를 잇는다면 절대 형제들의 털끝 하나 건드리지 않고 종신토록 함께 부귀영화를 누리겠다고 맹세했다. 원담의 맹세가 끝나자 최염이 원소에게 물었다.

"주공, 이제 안심이 되십니까? 그럼 외람되이 다시 여쭙겠습니다. 대위(大位)를 대공자에게 전수하시겠습니까?"

원소는 마침내 눈을 두 번 깜빡이고, 더할 나위 없이 힘겹게 고개까지 끄덕거렸다.

원소의 몸짓은 미동처럼 경미했지만 원담의 눈에는 천지가 무너지는 것처럼 격렬하게 보였다. 그 순간 원담은 기뻐서 무슨 말을 해야 좋을지 몰랐다. 단지 온몸이 학질에 걸린 양 벌벌 떨고 있을 뿐이었다.

최염은 원소에게 고두하고 평온한 어조로 말했다.

"신의 청을 받아주셔서 감사합니다. 저수 선생도 이제 구천에서 편히 눈을 감을 수 있게 되었습니다."

그러고는 억지로 자리에서 일어나 곽도에게 말했다.

"공칙, 주공을 대신해 전위 문서를 작성해 주시오. 필요하다면 나와 공장이 서명해 증인이 돼주겠소."

곽도는 허둥지둥 옆으로 가 전위 문서를 기초했다. 원담은 원소에게 정중히 세 번 절한 후 자리에서 일어나 최염의 손을 꼭 쥐고 기쁨에 겨워 말했다.

"계규 선생, 이 공로는 내 평생 잊지 않으리다. 나를 힘써 돕기만 하면 반드시 선생을 후대하고, 오늘 은혜를 절대 저버리지 않겠소."

"감사합니다, 공자. 아니, 이제 주공이시지요. 저는 양대 주공의 녹을 먹는 자로서 마땅히 전력을 다해 새 주공을 보필하겠습니다."

최염이 원담의 말에 답례하고 원소에게 고개를 돌렸을 때, 원소의 두 눈에서는 하염없이 눈물이 흘러내렸다.

원소의 정식 전위 문서가 완성되자 더 이상 모든 일을 감출 필요가 없어졌다. 그날 밤, 원담은 서둘러 허도성 안의 모든 기주 관원을 소집해 원소의 전위 문서를 내보이고, 원소의 병이 깊어 정사를 다스릴 수 없으므로 자신이 원소의 허락을 받아 공식적으로 부친의 권력을 이어받고 기주의 주인이 됨을 선포했다!

이 문서가 최염, 진림, 도승 등 원소의 심복들이 증인으로 선진품이었기 때문에 원상 일당을 포함해 불복하던 관원들도 모두 원담에게 큰절을 올리고, 그를 새 주인으로 인정했다. 물론 권력에 빌붙는 무리들이 이 틈을 타 원담의 비위를 맞추며 아부를 떨자 원담은 흡족한 미소를 지으며 득의양양해했다.

이때 사태를 냉철히 직시하는 소유와 전주(田疇) 등이 원담 앞으로 나아가 진언했다.

"주공이 비록 선주(先主)의 전위를 받았다고 하나, 병권을 손에 쥔 직계 형제들이 심복하지 않을까 우려됩니다. 따라서 재앙이 일어나지 않도록 원희, 원상 두 공자를 잘 위무하고 적절한 처리를 내리시길 바랍니다."

그제야 원담은 정신이 퍼뜩 들어 고개를 끄덕이고 말했다.

"나 역시 이 점을 가장 걱정하고 있었소. 아우들의 병권 문제를 해결할 좋은 방안이 있으면 누구든 허심탄회하게 얘기해 보시오."

소유가 먼저 대답했다.

"관건은 삼공자입니다. 이공자는 수중에 병마가 많지 않고 성격이 돈후하여 주공에게 불복할 가능성이 크지 않습니다. 또한 고간 장군은 옛 주공의 외조카라 선주께서 주공에게 전위한 사실을 알면 두마음을 품을 리가 없습니다. 하지만 삼공자는 기주와 청주의 병마를 통솔하고 있고, 전량이 풍부한 땅을 장악한 데다 심배, 봉기 등이 곁에서 보좌하고 있습니다. 이런 그가 주공의 계위에 불복한다면 자연히 일이 꼬일 수밖에 없습니다."

전주가 이어서 진언했다.

"삼공자에게는 또한 도응이라는 막강한 외원까지 있습니다. 서주는 전량이 풍족하고 군대가 강대하여 삼공자가 도응과 손을 잡는다면 전체적인 군사력이 아군을 압도하게 됩니다. 그러므로 삼공자에게 회유책을 쓰는 것이 가장 좋은 방법입니다. 무력으로 문제를 해결하려 했다간 상상하고 싶지 않은 결과를 초래할 수도 있습니다."

"그럼 셋째를 어떻게 회유하는 것이 좋겠소?"

원담이 원소에 비해 수하들의 의견을 경청하는 것처럼 보이지만 사실 여기에는 그럴 만한 이유가 있었다. 원담 수중의 군대는 실상 허도 대전에서 참패한 패잔병인 데다 원희의 대오와 하내의 군대까지 합친다 해도 총병력이 6만이 되지 않았다. 병력 수가 기주의 원상에도 미치지 못하는데, 원상과 도응의 연합군이라면 말해 무엇하겠는가.

소유가 건의를 올렸다.

"무엇보다 삼공자를 진정시키는 것이 중요하니, 일단 그에게 기주목을 물려받게 하십시오. 그리고 장기 장군을 유주자사에, 이공자를 연주목에, 고간 장군을 병주목에 봉해 네 중신의 마음을 달래는 겁니다. 그런 다음 심배를 상서령(尙書令)에 임명한다는 핑계로 허도로 불러들여 삼공자의 수족을 잘라 버리십시오. 또한 도응을 청주, 서주, 양주 3주 주목에 봉해 그의 마음을 구슬린 연후 주공의 대위가 안정되고 민심이 돌아올 때를 기다렸다가 서서히 삼공자 수중의 병권을 약화시키십시오."

수하들의 진언을 잘 듣고 있던 원담의 표정이 갑자기 일그러지며 노호했다.

"둘째와 장기, 고간을 주목, 자사에 봉하는 것은 별 상관없지만 셋째를 기주목에 봉했다간 범에게 날개를 달아주는 격이 되지 않소? 게다가 도응 놈이 본래 우리 땅인 청주를 교묘한 속임수로 편취했는데, 그를 청주목에 임명한다면 스스로 청주가 그의 소유임을 인정하는 꼴이 아니오?"

이때 최염이 끼어들어 간했다.

"주공, 지금의 형세상 이는 부득이한 선택입니다. 청주 토지 중 팔 할이 도응에게 점거당해 이를 내놓으라고 요구하면 도응이 수락할 리 절대 만무합니다. 그렇다고 무력으로 이를 빼앗기에는 우리 힘이 부족합니다. 따라서 잠시 도응에게 봉호를 내려 안심시킨 연후 아군이 병마를 재정비할 때를 기다렸다가 다시 도모하는 것이 옳은 결정입니다."

이 말에 원담의 표정이 더욱 어두워졌다. 곽도와 신비가 옆에서 계속 이를 받아들이라는 눈짓을 보내고서야 원담은 억지로 고개를 끄덕이며 말했다.

"좋소. 도응 놈에게 이 봉호를 내리리다. 하지만 나머지 청주 토지를 내주어선 아니 되오. 이 땅은 훗날 청주를 되찾아올 때 쓸 교두보니까! 그리고 기주는……."

원담은 잠시 멈칫하더니 매서운 눈초리를 하고 소리쳤다.

"기주는 바로 우리 원씨 기업이 소재한 곳이어서 절대 셋째에게 넘겨줄 수 없소! 셋째와 심배를 당장 허도로 불러들이고 기주목은 내 친히 겸임할 것이오. 그곳에는 따로 관원을 파견해 관리하도록 하겠소!"

최염이 깜짝 놀라 이에 반대하려고 하는데, 곽도가 먼저 앞으로 나와 공수하고 말했다.

"주공의 말씀이 지당합니다. 신비는 유능하고 충직하니 그를 기주치중에 임명해 기주를 관리하게 한다면 전량과 병마 공급에 차질이 없을 것입니다."

원담은 두말없이 곽도의 의견을 받아들이고 진림에게 명했다.

"공장은 당장 셋째와 심배에게 줄 공문을 작성해 주시오. 저들에게 부친의 전위 사실을 알리고 속히 허도로 와 봉상(封賞)을 수령하라 이르시오. 기주의 병권과 정무는 맹대, 관통(管統), 왕수에게 잠시 맡겨놓으면 되오."

원담이 일사천리로 일을 진행하자 최염은 쓴웃음을 짓고 물었다.

"삼공자가 과연 이 명에 따르리라고 보십니까?"

원담은 골똘히 생각에 잠겨 있다가 되물었다.

"계규 선생, 이렇게 하지 않으면 셋째의 진심을 어떻게 알 수 있겠소? 그대가 셋째에게 기주목을 맡기려는 뜻이야 잘 알고 있지만 그가 나의 계위를 인정하는지 여부를 모르는 상태에서 함부로 그를 기주목에 봉할 수는 없는 노릇이오. 하지만 걱정 마시오. 셋째가 내게 신복(臣服)하기만 한다면 그깟 주목 자리 하나쯤이야 뭐가 아깝겠소?"

원담의 이 말은 분명한 사실이었다. 원상이 어떤 태도를 취할지 모르는 상황에서 무작정 그를 기주목에 봉했다가 반란이라도 일어난다면 걷잡을 수 없는 사태가 일어날 것이 뻔했다. 이에 최염은 일단 원담의 말을 믿기로 하고 말했다.

"그러하다면 제가 삼공자와 심배에게 따로 편지를 써서 주공의 명령과 함께 기주로 보내려 하니, 이를 허락해 주십시오."

원담은 환한 웃음을 짓고 대답했다.

"물론이오. 이 일이 성공하기만 한다면 내 선생에게 중상을 내리겠소."

최염은 공수하고 감사를 표했지만 마음속으로는 긴 탄식을 내쉬었다.

'이 상황에서 상이 무에 중요하겠소? 삼공자가 제발 이 요청을 받아들여 형제간에 다툼이 일어나지 않길 바랄 뿐이외다. 그렇지 않으면 외부인에게 우리의 틈을 노릴 빌미를 제공하게 된단 말이오.'

이튿날 아침, 원담은 문무 관원을 이끌고 입조해 헌제를 배알한 자리에서 원소의 직위를 그대로 이어받아 자신을 승상 겸 기후, 대장군에 봉해 달라고 협박했다. 헌제는 감히 그의 말을 거스를 수 없어 그가 원하는 직책을 모두 하사했다. 원담은 기쁜 마음으로 이를 수락하고, 조정을 장악할 목적으로 요직에 자신의 심복들을 하나하나 앉혔다.

이때 원담에게 더욱 반가운 소식이 전해졌다. 며칠 후, 여남에서 허도로 돌아온 원희가 흔쾌히 원담을 새 주인으로 인정하고 수중의 병권을 모두 내놓았다. 원담도 크게 기뻐 원희를 연주목에 봉하고 후한 상을 더해주었다.

고간 쪽에서도 희보가 날아들었다. 현재 복양에 주둔 중인 고간은 심복 곽원(郭援)을 허도로 보내 원담의 계위를 수용하고, 원담의 직접적인 지휘를 받겠다고 표시했다. 이로써 하내와 병주의 군대를 손에 넣게 된 원담은 휘하의 병마가 순식간에 10만을 넘었다. 마음이 들뜬 원담은 즉각 고간을 병주목 겸 유차후(楡次侯)에 봉하고, 잠시 연주를 지키며 기주 후방과 서주의 연락을 차단하라고 명했다.

원희와 고간의 복종은 사람들의 예상을 크게 벗어나지 않은 터라, 원담을 비롯한 모두의 관심은 온통 스스로 원씨의 적자라고 자처하는 원상에게 쏠려 있었다. 그런데 기주에서는 여전히 아무런 반응도 나타나지 않았다. 원상과 심배에게 연락을 취하러 간 사신은 감감무소식이었고, 심지어 여양을 지키는 왕마조차 업성과 연락이 두절돼 업성에서 도대체 무슨 일이 일어나는지 알 수 없었다.

다들 안절부절못하며 기다리고 있을 때, 청천벽력 같은 소식이 전해졌다. 원상이 기주성에서 원소의 유언을 내보이며, 원소가 예전에 몰래 써둔 유언을 정실인 유씨가 계속 보관하고 있었다고 선언한 것이었다! 하늘에서 갑자기 뚝 떨어진 이 유언에는 당연히 원상에게 기업을 이으라는 명이 적혀 있었다.

이에 원상은 원담의 계위를 단호히 반대하고, 스스로 기주, 유주, 병주, 청주, 연주 5개 주 주목에 오르고 대장군 겸 기후를 자칭했다. 이어 격문을 띄워 부친을 시해하고 스스로 대위에 오른 원담을 성토한 후, 원소군에게는 자신의 지휘를 따르고, 제후들에게는 군사를 동원해 천하의 역적을 토벌하라고 공표했다.

원담 역시 이 소식을 듣고 발연대로해 당장 아우와의 개전 준비에 돌입했다.

한편 막다른 골목에 몰린 조조는 원씨 형제의 분열 소식에 크게 웃음을 터뜨리고 하늘이 아직 나를 멸하지 않았다며 재기의 기회를 노렸다. 유표와 유비도 흐뭇한 미소를 짓고 은밀히 허도로 출병할 계획을 세웠다. 유비는 아예 허도로 사신을 보내 원담과의 연락을 타진하고 혼란스러운 이 기회를 틈타 한몫 잡고자 했다.

원상은 기주에서 10만이 넘는 군대를 조직해 형과의 개전을 준비했다. 고간, 왕마 등을 귀순시킨 원담은 여양과 복양에 4만이 넘는 군사를 배치하는 것 외에 하내와 병주의 병마를 몽땅 복양에 집결하고 친히 북상해 원상 토벌을 준비했다. 조조도 병마를 재정비하고 세력을 그러모아 동산재기할 기회를 기다렸고, 유표와 유비는 몰래 병력을 이동시켜 어부지리를 취할 준비를 했다.

그런데 검을 뽑고 활시위를 당긴 상황에서 누구도 쉽사리 선제 행동에 나서지 못하고 있었다. 그 이유는 바로 한 사람의 반응을 기다리고 있었기 때문이다. 그는 다름 아닌 서주의 도응이었다.

도응의 반응에 따라 제후들의 전략이 바뀔 정도로 도응의 위상이 급상승했던 것이다. 이는 사실 원소가 쓰러지고 가장 막강한 원소 진영에 내분이 일어나면서 벌어진 당연한 수순이었다.

도겸이 서주에 정착한 이래, 십수 년간의 노력 끝에 멸망 직전까지 몰렸던 서주군은 드디어 당대 제일의 제후 세력으로 부상했다. 단숨에 천하를 병탄할 실력에는 이르지 못했지만 이제는 능히 군웅을 굽어보고, 일거일동이 천하의 향방을 좌우할 정도가 되었다. 도응을 따르면 흥하고 거스르면 망하니, 원씨 형제는 물론 유표, 조조도 행동에 나서기 전에 항상 서주군의 반대편에 서지 않을까 돌아봐야 했다.

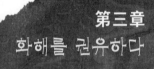

第三章
화해를 권유하다

　도웅은 원소가 쓰러졌다는 소식에 통곡하는 정처 원예를 달래는 중이었다. 원담과 원상이 모두 사신을 보냈지만 짐짓 골육상잔을 일으킨 형제를 꾸짖을 뿐 어떤 의사도 명확히 밝히지 않았다.

　물론 여기에는 그럴만한 이유가 있었다. 도웅은 지금 원씨 형제의 대략적인 실력을 가늠해 보고 있었기 때문이다. 시간이 흘러 이들의 전력이 어느 정도 파악된 데다 원담과 유표의 동맹 체결 정황까지 드러나자 도웅은 마침내 심복 모사들을 불러 출병 문제에 대해 논의했다.

"지금 상황으로는 기주 관원 대다수가 장자인 원담의 계위에 찬성하는 걸로 보이오. 유주의 장기가 아무런 입장도 표명하지 않고 있지만 원담을 배신하고 원상을 도울 가능성이 크진 않소. 또한 원상이 10만 대군이라고 떠벌이고 있으나 실제 병력은 기껏해야 8만일 테고, 그중 대부분이 정예로움과는 거리가 머오. 따라서 우리가 그를 돕지 않으면 얼마 버티지 못할 것이오."

전에 원소 수하로 있던 순심 역시 장기의 충직한 성품을 잘 알고 있었기에 도응의 생각에 찬동을 표했다. 그런데 이때 진등이 갑자기 앞으로 나와 반대 의사를 밝혔다. 장중의 모사들은 이런 절호의 기회를 왜 마다하는지 몰라 의아한 눈빛으로 진등을 응시했다.

사람들의 시선이 부담스러웠는지 진등은 다급히 손사래를 치고 대답했다.

"오해하지는 마십시오. 저는 주공의 출병에 반대하는 것이 아니라 지금은 때가 아님을 말씀드리고 싶어서입니다."

도응이 그 이유를 묻자 진등이 대꾸했다.

"저는 아군의 군사 배치와 군량 현황을 담당하는 직책에 있습니다. 현재 아군의 병력이 30만으로 증대됐다고 하나 신병 조련을 완벽하게 마치지 못했고, 또 신구 교체 작업이 한창 진행 중이어서 군대 내부가 조금 혼란스럽습니다. 게다가 아군의 양초가 부족한 상황은 아니지만 해마다 정벌 전쟁에 나서고 맹우에게 원조한 터라 창고의 양식이 생각만큼 풍족하진 않습니다. 따라서 가을밀이 익는 3월을 출병 시기로 잡는다면 신병 조련이나 신구 교체 작업 시간을 벌고 양초도 충분히 확보할 수 있어서 훨씬 더 여유롭게 북방 병탄에 나설 수 있습니다."

진등의 설명에 도응이 난처한 표정으로 다시 물었다.

"그 의견이 일리가 있소만 두 달이나 남은 3월까지 기다리다가 만에 하나 원상이 버티지 못한다면 어찌한단 말이오?"

그러자 가후가 미소를 짓고 말했다.

"주공께서 원씨 형제의 교전을 바라지 않는다면 저에게 한 가지 계책이 있습니다. 일이 순조롭게 풀릴 경우, 원상의 군사력 증강을 도울 수 있을 뿐 아니라 원담의 병력을 효과적으로 소모시킬 수도 있습니다."

도응은 귀가 번쩍 뜨여 무슨 묘계냐고 묻자 가후가 차분하게 대답했다.

"아주 간단합니다. 두 형제간에 화해를 권하십시오. 장패와 손관 장군에게는 기주 변경에 둔병하게 하고, 또 진도 장군에게 군사를 이끌고 정도에 주둔하게 한 다음 주공께서 친히 나서서 원씨 형제의 정전 협상을 주선하십시오. 그리고 저들에게 누구든 약속을 어기면 아군이 즉각 응징에 나서겠다고 경고하십시오. 그리하면 원씨 형제가 감히 경거망동하지 못하고, 아군도 이 틈을 타 전쟁에 대비할 시간을 벌 수 있습니다."

모사들은 모두 손뼉을 치며 찬탄했고, 도응도 만면에 희색을 띠고 물었다.

"문화 선생, 방금 전 원상의 군사력을 증강시킬 수 있다는 건 또 무슨 말이오?"

가후가 대답했다.

"이것 또한 매우 간단합니다. 협상 중에 원담, 원상에게 원씨의 토지를 똑같이 나눠 원상을 기주와 유주 주목에 삼는 조건으로 명목상 원담에게 신복하라고 요구하십시오. 그리고 아군은 절대 원상을 도와 출병하지 않을 것이며, 원상이 반란을 일으킬 경우 당장 출격해 반란을 진압하겠다고 약속하십시오. 이 협상이 성사되기만 하면 유주와 병력과 기주의 전량, 여기에 심배의 능력을 가진 원상이 결코 원담의 아래에 있지 않을 것입니다."

이때 진웅이 끼어들며 물었다.

"질문이 하나 있습니다. 원담과 원상이 정말로 우리의 화해 요구를 수용하고, 또 아군도 원상이 반란을 일으켰을 때 원담을 도와 반란 진압에 나서겠다고 약속했는데, 원상이 만일 반란을 일으킨다면 아군은 어쩔 수 없이 원상과 교전해야 하지 않습니까?"

그러자 진등이 진웅을 보고 웃으며 대답했다.

"아우는 왜 그리 순진한가? 아군이 원상과 평생 우호 관계를 맺으면 북방을 언제 병탄하고, 또 천하를 언제 통일하겠는가? 그리고 원상도 원담을 멸하고 원씨의 기업을 계승한다면 어찌 우리 서주를 병탄할 마음을 먹지 않겠는가?"

진응은 자신의 우매함을 자책하며 머리를 긁적거리고 물러났다. 같이 웃음을 짓고 있던 도응이 즉각 명을 내렸다.

"그럼 그리하기로 결정합시다. 원룡과 문화 선생은 각기 원씨 형제의 사신을 만나 정전 협상을 요구하고, 말을 듣지 않는 쪽은 악부를 대신해 불효자라는 명목으로 응징에 나서겠다고 경고하시오!"

                    *              *              *

도응과 줄곧 사이가 좋지 않았던 원담은 언제든지 유표, 조조 등과 동맹을 맺고 일전불사를 준비하고 있었다. 유표, 조조 등도 최대한 자신의 이익을 도모하기 위해 원담을 도와 도응과 싸울지, 아니면 도응에게 협력해 원담을 멸할지 목하 고민 중이었다. 한편 원상은 당연히 매부가 자신과 힘을 합쳐 원담을 공격할 것이라는 기대에 부풀어 있었다.

그런데 사람들의 예상과 달리 도응이 원담, 원상 형제에게 정전 협상을 요구하고, 누구든 자신의 화해 권유를 듣지 않으면 당장 정벌에 나서겠다고 발표한 것이 아닌가! 이와 동시에 도응은 협상 장소를 허도와 업성에서 거리가 비슷한 정도로 정하고, 원담과 원상에게 전권 사자를 정도로 보내 협상을 벌이라고 요구했다.

이밖에 도응은 원소의 명의로 천하에 격문을 띄워 원담, 원상 형제의 다툼은 원씨 집안 내부의 일로서, 자신은 사위의 자격으로 원씨 집안의 불행을 막기 위해 나섰다고 선언했다. 따라서 원씨 일에 함부로 끼어드는 자가 있다면 이를 서주군에 대한 선전포고로 알고 끝까지 보복에 나서겠다고 언명했다.

이 소식이 세상에 알려지자 천하의 사림(士林)과 군민은 도응의 인의(仁義)를 입이 마르도록 칭송했다. 하지만 조조와 유비는 이를 바드득 갈고 세상을 속이려는 도응의 교활함에 치를 떨며 마구 욕을 퍼부었다.

한편 긴장된 마음으로 매부의 출병을 기다리던 원상은 이 소식을 듣고 낯빛이 흑색으로 변했다. 매부가 자신을 버렸다고 여겨 울상을 짓고 있는데, 심배가 찾아와 누구도 돕지 않으려는 도응의 이 조치가 실은 원상을 비호하기 위한 것이라고 설명하자 원상은 그제야 얼굴이 활짝 펴지며 도응의 화해 권유를 받아들였다. 이어 허도에서 구사일생으로 살아 돌아온 봉기를 전권 대표로 삼아 정도로 보내 원담과 담판을 지으라고 명했다.

이 소식에 당황한 사람은 또 있었다. 기주 내지를 침공하려

만반의 준비를 갖추고 있던 원담은 순식간에 진퇴양난에 빠지고 말았으니 말이다. 진공하자니 골육상잔을 벌였다는 오명을 뒤집어쓸 뿐 아니라 도응에게 개전의 빌미를 제공하게 돼 도의적으로나 실력 면에서 모두 약세에 처할 것이 빤했다.

그렇다고 공격을 포기하자니 속전속결의 기회를 놓쳐 반기를 든 원상이 기주에 안착해 훗날 그를 제거하려면 시간이 얼마나 걸리고 병력과 전량을 얼마나 소모해야 할지 몰랐기 때문이다. 또한 원상과 협상을 벌이게 돼도 원상이 토지 분할을 요구할 것이 확실해, 전량이 풍부한 기주 땅을 잃게 되면 자신의 천하 제패도 그만큼 어려워질 것이 분명했다.

여기에 한 가지 더 난감했던 건 원희와 고간까지 서신을 보내와 평화적으로 문제를 해결하기 위해 서주군의 화해 권유를 받아들이라고 한 요청이었다. 원희야 크게 염려할 바가 없었지만 고간은 수중에 대군의 병권을 쥐고 있는 데다 병주에서 영향력이 막대한지라 그의 말을 함부로 무시하기 어려웠다.

원담은 여러 날 동안 주저하며 결정을 내리지 못하다가 모사들과 재삼 논의한 끝에 결국 자신의 힘이 미치지 못함을 깨닫고 도응의 화해 권유를 받아들이기로 결정했다. 그는 신평을 전권 대표로 파견해 원상 대표와 협상을 벌이라고 명하는 동시에 친필로 도응에게 편지를 써서 전에 마찰을 일으켰던 갖가지 오해를 해명하고 대량의 귀중한 선물을 준비했다. 이밖에도 신평에게 서주군과 비밀리에 만나 원상을 제거하면 토지의 일부를 할양할 뜻이 있음을 내비치라고 몰래 명했다.

＊　　　＊　　　＊

이번 협상이 원체 중요했기 때문에 도웅은 두말할 것도 없이 양굉을 협상 대표로 임명해 정도로 파견했다.

건안 6년 3월 초여드레 날, 일련의 준비를 마친 끝에 제음 태수부의 대당에서 마침내 원담과 원상 형제의 평화 협상이 정식으로 전개되었다. 양굉은 남쪽을 향해 가운데 자리에 앉았고, 신평과 봉기가 좌우에 각기 자리를 잡았다. 회담이 시작되자마자 화약 냄새를 가득 풍기는 가운데, 신평이 단도직입적으로 말했다.

"중명 선생, 도 사군의 화해 권유를 아군은 기꺼이 받아들이겠습니다. 다만 옛 주공께서 대위를 우리 주공에게 전하신다는 유언이 있었기에, 이번 담판에 앞서서 귀군은 먼저 우리 주공을 기주의 주인으로 인정해 주길 요구하는 바입니다."

그러자 봉기가 즉각 반박했다.

"그렇지 않소이다. 원담 공자 수중의 유언은 가짜입니다. 옛 주공께서는 창정 전투 전에 만일의 사태에 대비하기 위해 미리 유언을 남겨두었습니다. 그 유언에서 대위를 우리 주공에게 전하신다고 했으니, 귀군은 반드시 우리 주공을 기주의 주인으로 인정해야 옳습니다."

양쪽의 의견이 첨예하게 대립한 가운데, 봉기와 신평은 일제히 양굉에게 눈짓을 보냈다. 사실 이들은 협상이 벌어지기 전에 몰래 양굉을 찾아가 각기 주공의 밀명을 전하고 수많은 황금과 보석을 뇌물로 건넨 뒤였다.

"인정하오. 내 인정하고말고요."

양굉은 재빨리 고개를 끄덕인 뒤 장황하게 설명을 늘어놓았다.

"원담 공자도 원소공의 전위 유언이 있다고 하고, 원상 공자도 원소공의 전위 유언이 있다고 하는데, 현재 어느 유언이 진짜고 어느 유언이 가짜인지 모르는 데다 원소공이 연달아 두 유언을 남겼는지도 정확하지 않소. 따라서 지금 내 서주자사를 대표해 원담 공자를 기주의 주인으로 인정할 뿐 아니라 원상 공자도 기주의 주인으로 인정하겠소!"

이 말이 떨어지기 무섭게 봉기와 신평은 누가 먼저랄 것도 없이 앞으로 튀어나오며 항의했다.

"대체 그게 무슨 말이오? 우리 주공을 기주의 주인으로 인정하면서 어찌 상대방도 기주의 주인으로 인정할 수가 있소? 하늘에는 해가 두 개일 수 없고, 나라에는 주인이 둘일 수 없는데 기주에 어찌 두 주공이 있을 수 있단 말이오?"

양굉은 흥분한 이들을 재빨리 진정시킨 후 환한 표정으로 설명했다.

"두 분 선생은 어찌 이리도 조급하시오? 아군이 그대들의 주공을 모두 기주의 주인으로 인정한 건 단지 화해를 권유하기 위해서요. 지금 이 자리에서 누구 하나를 기주의 주인으로 인정해 버리면 다른 한쪽 대표가 조용히 협상에 응할 리 있겠소? 그러니 지금은 이런 사소한 문제에 집착하지 말고 우선 협상을 진행합시다."

양굉은 봉기와 신평을 겨우 달래 제자리에 앉힌 뒤 계속 말을 이었다.

"자, 그럼 일단 각자의 조건을 들어보기로 합시다. 신평 선생이 먼저 말하는데, 봉기 선생은 절대 중간에 끼어들지 말기 바라오. 내 주공의 중대한 부탁을 받고 이번 협상의 중재자로 나선지라 어느 한쪽으로도 치우치지 않고 공정하게 일을 처리하겠소. 그러니 두 분은 나만 믿고 이번 협상에 임해주길 당부드리리다."

신평은 약속을 꼭 지켜 달라고 신신당부한 뒤 먼저 말을 꺼냈다.

"우리 조건은 아주 간단합니다. 원상이 우리 주공을 기주의 주인으로 인정하고 병권을 모두 내놓은 다음 심배와 함께 허도로 와 관직을 받기만 하면 됩니다. 아군은 절대 원상을 해치지 않는다고 보증하며, 심배 및 그 일당 모두에게도 유언을 위조하고 반역을 꾀한 죄를 묻지 않겠습니다. 물론 원상과 심배 등에게는 고관과 후록을 보장하고요."

"대공자는 과연 자애롭고 도량이 넓구려."

양굉은 박수를 치고 칭찬한 후 이번에는 고개를 돌려 봉기에게 말했다.

"원도 선생, 이제 그대 차례인데 먼저 일러둘 말이 있소. 내 생각에 대공자의 조건이 상당히 괜찮아 보이니 귀군은 이에 동의해도 좋을 듯싶소."

하지만 봉기는 코웃음을 치고 대답했다.

"중명 선생의 말씀은 고맙지만 따르지 못하겠소이다. 아군의 조건은 더 간단합니다. 원담이 유언의 위조를 인정한 뒤 우리 주공을 주인으로 모시고 허도의 병권을 내놓는다면 아군은 원담과 그 일당을 해하지 않고 고관과 후록을 보장하겠습니다."

이 말에 양굉이 놀라 소리쳤다.

"헉, 조건이 이리도 똑같을 수가? 양쪽에서 수십만 대군을 집결한 이유가 바로 주인 자리를 다투기 위함이었단 말이오?"

신평과 봉기는 일제히 양굉을 흘겨보며 정말로 몰라서 저러는 것인지, 아니면 모르는 체하는 것인지 몰라 어리둥절한 표정을 지었다. 양굉은 머리를 긁적거리다가 난색을 표명하며 천천히 입을 열었다.

"거참, 난감하기 짝이 없구려. 대공자도 주공이 되려 하고, 삼공자도 주공이 되려 하는데 나라에는 두 주인이 있을 수 없는 법이니 이를 어찌 처리하면 좋단 말이오?"

신평과 봉기는 더욱 매섭게 양굉을 노려보았다. 이 문제를 해결한답시고 자신들을 불러놓고 이제 와서 딴소리를 늘어놓다니. 이들이 따지려고 입을 열려는 순간, 양굉이 돌연 먼저 말을 꺼냈다.

"하지만 방법이 전혀 없는 것은 아니오. 우리 주공 도 사군은 대공자와 삼공자 모두 주공이 될 수 있는 길을 생각해 냈소."

"네?"

봉기와 신평은 깜짝 놀라며 어안이 벙벙해졌다. 그러나 잠시 후 봉기의 얼굴에는 희색이 드러난 반면, 신평은 직감적으로 불길한 생각이 들었다. 이에 신평이 침중한 어조로 물었다.

"그 말인즉, 도 사군이 우리에게 옛 주공의 기업을 둘로 나누라고 권한다는 뜻인지요? 만약 그렇다면 아군은 절대 받아들일 수 없소이다!"

양굉은 다급히 손을 절레절레 흔들며 대답했다.

"아니요, 아니요. 이는 땅을 둘로 나누는 것이 아니라 지방자치라고 하오. 우리 주공이 제안하길, 원담 공자는 원상 공자를 기주와 유주 주목에 봉해 삼공자가 이 두 주를 자체적으로 다스리고 이 땅에서는 주공을 자처하길 허하는 한편, 원상 공자는 대외적으로 대공자의 계위를 인정하고 대공자를 원씨의 새로운 주인으로 모시라고 했소."

'지방자치'라는 생소한 단어에 신평과 봉기가 고개를 갸웃거리며 무슨 뜻이냐고 묻자 양굉이 다시 한 번 설명했다.

"간단히 말해서, 원상 공자는 원담 공자를 주공으로 인정하나 기주와 유주 경내에서는 주공을 자칭하며 마음대로 이 두 주를 다스릴 수 있습니다. 원담 공자는 이곳의 군정과 내무에 대해서 절대 간여할 수 없고요. 이것이 바로 지방자치입니다."

듣고 보니 지방자치는 '분봉(分封)'과 별 차이가 없었다. 어쨌든 내부를 안정시키고 군비를 확장할 시간이 절대적으로 필요했던 원상 측 대표 봉기는 두말없이 이에 찬성했다.

"아군은 이 지방자치라는 조건을 기꺼이 수용하겠소이다."

하지만 신평은 펄쩍펄쩍 뛰며 발연대로했다.

"말도 안 되는 소리 마시오! 이 지방자치라는 건 편법으로 옛 주공이 남기신 기업을 둘로 나누는 것과 무엇이 다르오? 아군은 절대 이를 수용할 수 없소이다!"

양굉은 이에 전혀 동요하지 않고 빙그레 웃으며 말했다.

"신평 선생, 내 말이 아직 끝나지 않았으니 잠시만 진정해 보시오. 우리 주공이 또 제안하길, 원상 공자는 매년 미곡 20만 휘를 형에게 진상해 신복하는 뜻을 밝히라고 했으니 이 정도면 괜찮은 조건 아니오?"

신평은 더욱 크게 노해 소리쳤다.

"절대 불가하오! 겨우 쌀 20만 휘로 기주와 유주를 독차지하려고? 진즉에 꿈 깨시오!"

그러자 갑자기 양굉의 얼굴에서 웃음기가 싹 사라지고, 평소 수하를 대하듯 험악한 얼굴로 변해 코웃음을 치며 말했다.

"동의하지 않아도 상관없소. 하지만 두 가지만 꼭 기억해 주시오. 하나는 만약 우리 주공의 성의를 무시하고 기어이 원상 공자와 사생결단을 내려 한다면 원소공의 철천지원수 조조는 어찌할 것이며, 형주의 유표, 신야의 유비, 서량의 마등 등은 또 어찌할 것이오?"

양굉은 정색한 얼굴로 계속 말을 이었다.

"둘째는 우리 주공이 이미 천하에 격문을 띄워 두 공자가 만약 화해 권유 조정안을 받아들이지 않고 기어코 골육상잔을 벌이고자 한다면 즉각 군사를 이끌고 출병해 원소공을 대신해 불효자를 벌하겠다고 공표했소. 따라서 대공자를 대표해 참석한 신평 선생이 이 자리에서 화해 권유를 거절한다면 정도에 주둔 중인 진도 장군이 3만 군사를 거느리고 지금 당장 복양이나 관도로 쳐들어갈 것이오! 서주의 30만 대군도 그 뒤를 이어 허도로 진격해 원담 공자와 끝장을 볼 것이오!"

양굉의 경고가 끝나자마자 봉기가 환한 얼굴로 대답했다.

"비록 우리 주공이 대공자에게 양초를 진상하겠다는 말은 없었으나 도 사군의 성의를 받아들인다는 의미로 제가 감히 주공을 대신해 도 사군이 제시한 조건을 수락하겠습니다. 기주와 유주를 자치하고 대공자에게 신하를 칭하며 매년 미곡 20만 휘를 진상하겠습니다."

신평의 얼굴은 철색으로 굳어 자리를 박차고 나가고 싶은 마음이 굴뚝같았다. 그러나 스스로 감히 이 모든 책임을 질 자신이 없어 한참을 망설인 끝에 못마땅한 얼굴로 입을 열었다.

"이는 실로 중대한 문제라 반드시 주공에게 먼저 보고한 후 답을 주리다."

양굉의 얼굴에 다시 미소가 드러나며 답했다.

"마음대로 하시오. 우리야 언제든지 기다려 주겠소. 선생이 직접 허도로 돌아가 보고해도 되고, 아니면 사람을 허도로 보내는 건 어떻겠소? 내 이미 술상을 준비했는데 코가 삐뚤어지게 마셔야지요."

하지만 신평은 이를 사양하고 굳은 얼굴로 회담장을 빠져나왔다. 그의 뒤로는 양굉과 봉기의 웃음소리가 대당 안을 크게 울리고 있었다.

＊　　　　＊　　　　＊

신평이 허도로 돌아와 정도에서의 협상 과정을 낱낱이 보고

하자, 화가 머리끝까지 난 원담은 책상을 내려치며 당장 군대를 집결시키라고 호령했다. 그는 친히 대군을 이끌고 도웅과 먼저 결사전을 벌인 다음 원상을 멸하겠다고 길길이 날뛰었다.

이런 허황된 명을 듣고 다행히 최염 등뿐만 아니라 원담의 심복 곽도까지 나서서 극구 만류하며 제발 화를 가라앉히라고 당부했다.

하지만 원담은 여전히 씩씩거리며 노호했다.

"화를 가라앉히라고? 도웅과 원상 놈이 이런 말도 안 되는 조건을 내걸었는데 내 어찌 화를 참을 수 있겠소? 기왕 전쟁이 벌어질 것이라면 도웅 놈이 쳐들어오기 전에 내가 먼저 서주로 진격할 것이오!"

곽도가 원담의 소매를 잡고 간절한 어조로 말했다.

"주공, 도웅이 제시한 심악스러운 조건을 수용하라는 말이 절대 아닙니다. 다만 신중을 기해 고삼한 연후 개전 여부를 결정하시란 말씀입니다."

최염도 곁에서 권유했다.

"맞습니다. 지금은 전쟁을 벌일 때가 아닙니다. 현재 아군은 북쪽으로 원상, 동쪽으로 도웅, 남쪽으로 조조, 서쪽으로 유표에게 둘러싸인 형국입니다. 이런 상황에서 아군이 충동적으로 개전했다간 나머지 적들에게 침공의 기회를 주게 됩니다. 그러니 재삼 숙고해 주십시오!"

원담은 에잇, 하고 소매를 뿌리친 뒤 허공을 향해 울부짖었다.

"도응 놈아, 내 네놈을 죽이지 못한다면 맹세코 사람이 아니다!"

최염이 이 틈을 타 재빨리 진언했다.

"주공, 도응이 원상을 몰래 돕는 것은 실로 가증스러우나 지금은 개전의 때가 아닙니다. 현재 아군에게 가장 중요한 건 유표와 동맹을 체결하고 조조의 잔여 부대를 섬멸해 먼저 남쪽 후방을 안정시키는 일입니다. 그런 연후 반역자 원상 제거와 도응과의 개전을 준비해도 절대 늦지 않습니다. 하지만 선후가 뒤바뀐다면 아군은 멸망을 자초하게 됩니다."

원담은 이를 부득부득 갈며 잠시 생각에 잠기더니 큰 소리로 명을 내렸다.

"당장 형주로 사신을 파견해 유표에게 동맹을 요청하고, 속히 병마를 집결해 여남의 조조 정벌에 나서시오!"

"도응의 화해 권유에 아무 대응도 하지 않고 먼저 맹우를 만들어 잔적(殘敵)을 소탕한 후 원상과 도응 토벌에 나서겠다고?"

곽도는 혼잣말로 조용히 중얼거린 뒤 주저주저하다가 말했다.

"하지만 주공, 유표와 동맹을 맺고 조조를 멸하는 것은 일조일석(一朝一夕)에 이루어질 수 있는 일이 아닙니다. 우리가 협상

자리에서 시간을 벌었다고 하나 언제까지 질질 끌 수는 없는 노릇이니, 차라리 도응과 원상에게 타협안을 제시하는 것이 어떨까요? 그리하면 도응과 원상을 방비하는 데 쓸 군대와 양초를 조조 공격에 돌릴 수가 있습니다."

원담은 곽도의 말을 그럴듯하다고 여겨 냉정을 되찾고 자리로 돌아와 앉은 후 깊은 고민에 잠겼다. 한참 뒤에야 원담은 의기소침해 물었다.

"그럼 어느 정도나 양보하면 좋을지 의견을 말해보시오."

곽도가 전전긍긍하며 대답했다.

"기주는 사실상 원상의 지배 아래 있는지라 도응의 화해 권유에 선심 쓰듯 응낙해 원상의 기주 자치를 승인하고, 원상에게 다시 식량 50만 휘를 진상하라고 요구하십시오. 허도가 식량 생산지라고 하나, 요 반년 동안 전쟁이 끊이지 않아 가을밀 수확량이 예상에 미치지 못할 것이 틀림없고, 병주는 식량 생산과 거리가 멉니다. 따라서 제때 양초를 확보하지 못한다면 올겨울에 아군은 심각한 식량난에 허덕일지도 모릅니다."

원담이 이를 악물며 다시 물었다.

"하지만 도응 놈은 유주까지 원상에게 넘기려 하고 있지 않소?"

곽도는 고개를 떨구고 대답했다.

"그건 협상 자리에서 최대한 흥정으로 해결하는 수밖에 없습

니다. 지킬 것은 가능한 한 지키고, 얻어낼 것은 최대한 얻어내
야지요."

최염 또한 아무리 머리를 짜내봤지만 실력이 도웅에게 한참
미치지 못하는 상황에서는 어찌해 볼 도리가 없었다. 원담 역시
일그러진 표정으로 한참 동안 고민하다가 고개를 가로젓고 명
을 내렸다.

"그럼 신평이 다시 한 번 수고해 줘야겠소. 저들과의 협상에
서 가능한 한 많은 토지를 지키고, 원상 놈으로부터 최대한 많
은 식량을 얻어내 돌아오시오."

 

\*                    \*                    \*

 

"주공, 우리의 완병지계가 통했습니다. 중명이 쾌마로 서신을
보내 신평이 협상 결렬을 선언하지 않고 허도로 돌아간 것으로
보아, 원담이 원상과의 결전을 포기할 가능성이 높다고 합니다."

유엽은 양굉이 보낸 편지를 도웅에게 건네며 희색을 띠고 말
을 이었다.

"또 하나는, 곧 이어질 담판에서 아군이 어떤 입장을 취할지
물어왔습니다. 속히 이번 협상을 끝내고 원씨 형제의 화해를 이
끌어 낼지, 아니면 좀 더 시간을 끌어 최대한 우리의 이익을 취
할지 결정을 내려 달라고 합니다."

도응은 잠시 생각에 잠기더니 진응에게 분부했다.

"양굉에게 줄 편지 한 통만 써주시오. 담판이 결렬되지 않게 최대한 신경 쓰고, 우리가 손해를 보지 않는 선에서 협상을 마무리 지으라고 하시오. 시간이야 그가 알아서 하라고 하고요."

진응이 명을 받고 막 붓을 들려는데 시의가 앞으로 나와 간했다.

"잠깐만요, 주공. 원씨 형제의 화해를 이끌어 내기 전에 한 가지 여쭤볼 말씀이 있습니다. 주공은 후방이 불안한 원담과 내부가 안정된 원상을 원하십니까, 아니면 후방이 걱정이 없는 원담과 내부가 혼란한 원상을 원하십니까?"

"그게 대체 무슨 뜻이오?"

도응은 멍한 표정을 짓고 대답했다.

"그리고 굳이 그걸 물을 필요가 있겠소? 당연히 적의 후방이 불안하고 내부가 혼란스럽길 바라지요."

그러자 시의가 정중히 공수하고 말했다.

"그러하다면 원담과 원상의 화해를 너무 서두르지 마십시오."

도응은 시의의 진중한 성격을 잘 알고 있었기에 분명 이유가 있을 것이라 여겨 자세히 얘기해 달라고 청했다.

시의가 대답했다.

"원씨 형제의 협상이 속히 성사된다면 원담은 필시 전력을 다해 여남에 도사리고 있는 조조군 평정에 나서 후방의 위협을 제거하고, 동시에 유표와의 동맹을 모색해 아군이 훗날 원상과 손을 잡는 데에 대비할 것입니다. 일단 원담이 남쪽 후방을 안정시키고 전력으로 아군의 진공에 대응한다면 원담을 멸하기는 자연 쉽지 않아집니다."

시의는 숨을 고르고 계속 말을 이었다.

"원상도 마찬가지입니다. 협상이 성사돼 그가 합법적으로 기주와 유주를 장악하게 되면 심배와 봉기의 보좌 아래 전력으로 내부를 안정시키고 군대를 정비해 두 곳에 대한 통제력을 공고히 할 것입니다. 기주는 양식이 풍부하고 서주보다 인구가 많으며 전마 수급이 용이해, 그가 기주를 안정시키는 날에는 기주를 병탄하는 것 역시 만만치 않습니다."

시의는 목소리를 한층 더 높였다.

"아군이 화해를 권유해 전쟁에 대비할 시간을 버는 것은 좋지만 절대 저들 형제가 화해하도록 도와서는 아니 됩니다. 너무 일찍 출병하면 준비가 부족해 전과를 확대하기 어려울까 걱정하고 있으나 시간이 늦어지면 원씨 형제에게 내부를 정돈하고 후방의 우환을 완전히 소탕할 기회를 줄 수 있습니다. 따라서 저들이 여전히 혼란에 빠진 틈을 타 출격해야만 원하는 성과를 거둘 수가 있습니다. 협상이 결렬돼 저들이 불쾌하게 헤어지면 아군으로서는 출병 구실을 찾기 어렵지 않아 중원 전쟁의 주도권을 장악할 수 있습니다."

시의의 분석을 다 듣고 난 후 도응은 주저하며 쉽사리 결정을 내리지 못했다.

"자우 선생의 말이 일리가 있소만… 원상에게 숨 돌릴 기회를 주고, 그 김에 원상의 실력을 증강시켜 두 형제의 싸움이 극에 달할수록 아군에게는 매우 유리해지게 되오. 이는 서로 모순되는 일이라 무얼 선택해야 할지 모르겠소."

이때 가후가 끼어들어 진언했다.

"아군이 유리한 위치를 점하고 적을 수세로 몬다는 점에서 볼 때, 자우 선생의 견해는 기존의 전략과 전혀 상충하지 않습니다. 단지 다른 점은 출격 시기뿐입니다. 길은 달라도 이르는 곳은 같으니, 선택은 주공 손에 달렸습니다."

도응은 천천히 고개를 끄덕이고 숙고에 들어갔다. 한참 뒤에야 그는 장중을 둘러보며 말했다.

"아군이 조금 일찍 손을 쓸지, 아니면 조금 더 기다려야 할지 여러분의 고견을 듣고 싶소이다."

유엽과 순심은 난색을 표명하며 쉽사리 말을 꺼내지 못했다. 진등 역시 고개를 절레절레 흔들며 말했다.

"전량 면에서 보자면 당연히 좀 더 기다리는 것이 옳습니다. 그러나 중원의 국면으로 보자면 자우 선생의 건의대로 원씨 형제에게 숨 돌릴 기회를 주지 않는 것이 맞겠지요. 어쨌든 잠깐이라도 전량을 모으고 신병을 훈련시킬 시간을 벌었다가 중원

쟁탈전에 나선다면 전세를 유리하게 이끌 수 있다는 생각입니다."

이어 진등은 멈칫멈칫하다가 결심한 듯 다시 말을 꺼냈다.

"둘 중 하나를 꼭 선택해야 한다면 저는 자우 선생의 의견에 따르고 싶습니다. 일찍 손을 써야 미연의 사태를 방지할 수 있으니까요. 원씨 형제의 내부와 후방이 안정된 후, 혹시 손을 잡고 아군에게 대항하는 일이 벌어질 수도 있잖습니까?"

"원씨 형제가 손을 잡는다고?"

도응은 순간 실소를 금치 못했다. 원씨 형제가 어떻게 해서 조조에게 비참하게 무너졌는지 당장에라도 얘기하고 싶어 입이 근질거렸다. 그런데 다시 생각해 보니 그럴 가능성이 전혀 없는 것도 아니었다. 역사에서는 원상이 원소의 뒤를 이었지만 지금은 대위를 원담이 잇지 않았는가. 명분과 군사력이 모두 약한 원상이 수세에 몰리면 원담에게 고개를 숙이고 들어갈 가능성도 충분히 있었다.

여기까지 생각이 미치자 도응은 고개를 끄덕이고 명했다.

"그렇다면 되도록 빨리 손을 쓰기로 합시다. 양굉에게 즉각 편지를 보내 먼저 협상을 좀 더 끈 연후 저들의 담판을 결렬시켜 서로 물고 뜯도록 만들 방법을 생각해 내라고 하시오!"

\*　　　　\*　　　　\*

도응이 보낸 편지가 정도에 전달됐을 때, 신평과 봉기의 흥정은 이미 끝난 상태였다. 그러나 협상을 단번에 결렬시키지 않고 어느 정도 시간을 끌다가 결렬시키는 것쯤이야 양굉에게는 일도 아니었다. 양굉이 그날 밤에 봉기를 찾아간 후 봉기는 갑자기 마음을 바꿔 기존의 조건을 조금도 양보하려 들지 않았다. 이로써 협상 국면은 다시 교착상태에 빠져들었다.

양굉은 이런 말로 봉기를 꼬드겼다.

"원도 선생, 어찌 유주 절반과 양식 40만 휘 진상을 받아들였소이까? 유주는 원담과 이미 연락이 끊긴 상태라 마땅히 그대 쪽 소유이고, 또 양식을 40만 휘나 거저 보내면 아깝지 않습니까? 잊지 마십시오. 우리 서주가 그대들의 버팀목이 되고 있다는 사실을. 그러니 조금도 양보하지 말고 기존의 조건을 그대로 밀어붙이십시오."

한숨을 내쉬고 양보했던 봉기는 양굉의 부추김으로 인해 다시 힘을 얻어 유주 전역 귀속과 매년 식량 20만 휘 진상을 고집했다. 그러자 이번에는 신평이 궁지에 몰리고 말았다. 그는 하는 수 없이 전령을 다시 허도로 보내 원담의 명령을 기다렸다. 그러면서 귀중한 시간이 상당히 지체되었다. 원담이 새로운 양보 조건을 제시하자 양굉은 다시 봉기에게 사람을 업성으로 보내 원상의 의견을 구한 뒤 이를 결정하라고 권했다. 이리하여 많은 시간이 또다시 흘러갔다.

이처럼 여러 차례 곡절을 겪으면서 한 달이라는 시간이 훌쩍 지나갔다. 때는 이미 5월로 접어들어 잘 익은 가을밀이 서주 5군의 창고에 차곡차곡 쌓이자, 지시를 받은 양굉은 마침내 마각을 드러냈다.

그는 신평과 봉기가 옥신각신하는 기회를 엿보다가 짐짓 책상을 치며 발연대로했다.

"도대체 협상을 할 거요, 말 거요? 벌써 두 달이나 지났는데 고작 식량 몇 십만 휘로 다투고 있을 참이오? 협상을 원치 않는다면 우리 서주도 더는 화해를 권할 마음이 없으니 각자 알아서 돌아가시오!"

이 말에 신평이 굳은 얼굴로 물었다.

"이는 그대의 뜻이오, 아니면 도 사군의 뜻이오?"

양굉은 더욱 크게 노기를 드러내며 소리쳤다.

"내 뜻이 바로 우리 주공의 뜻이외다! 원가의 사위에 불과한 우리 주공이 원씨 형제의 다툼을 중재하느라 귀한 시간을 얼마나 낭비했는지 알기나 하오? 이 때문에 강동 정벌까지 미뤘단 말이오! 앞으로 조조와 유표가 쳐들어와도 우리의 도움을 바랄 생각은 하지 마시오. 아군은 당장 강동으로 출격해야 하니 지지든 볶든 그건 그대들이 알아서 하시오!"

순간 신평은 얼굴에 희색을 띠며 다급히 양굉에게 말했다.

"그럼 중명 선생은 도 사군에게 돌아가 이르시오. 우리 주공이 그의 화해 권유를 받아들이지 않은 것이 아니라 원상의 요구가 지나쳐 협상이 결렬됐다고 말이오. 그리고 귀군은 원씨 집안일에 간섭하지 않겠다는 약속을 꼭 지켜주길 바라오."

현재 여러 면에서 원상보다 우위에 있는 원담 측 대표 신평은 그 즉시 소매를 뿌리치고 자리를 떴다. 다급해진 봉기는 양굉의 소매를 잡고 애걸했다.

"이것이 정말 도 사군의 명이란 말이오? 우리 주공은 조금 손해를 보더라도 협상이 이뤄지길 바라고 있단 말이오."

머리를 내밀어 신평이 멀리 간 것을 확인한 양굉은 봉기의 귀에 대고 낮은 소리로 속삭였다.

"걱정 마시오. 우리 주공이 화해 권유를 포기한 건 출병 준비를 모두 마쳤기 때문이오. 원도 선생은 업성으로 돌아가 삼공자에게 하고 싶은 대로 하라고 전해주시오. 우리 주공은 응당 그때에 맞춰 손을 쓸 것이오."

봉기는 크게 기쁜 나머지 양굉에게 연신 허리를 굽실거리며 감사를 표했다. 이때 양굉이 한마디 더 덧붙였다.

"또 하나는 천하에 방을 붙여 원담이 고의로 그대들을 괴롭혔다고 널리 알리시오. 그래야 이번 협상의 결렬 책임을 모두 원담에게 전가하고 아군의 출병 구실을 만들 수가 있소. 마지막

으로 우리에게 청주와 연주를 넘기겠다는 약속을 절대 잊지 말
길 바라오."

봉기는 고개를 끄덕여 다시 한 번 감사를 표한 후, 그날로 기
주로 돌아가 원상에게 담판 결과를 보고했다.


원씨 형제의 협상이 도응의 의도대로 아무 성과 없이 흐지부
지 끝나 버리자, 서주군은 서둘러 전쟁 준비에 돌입하는 동시에
천하에 격문을 띄워 자신들의 중재에도 불구하고 원담과 원상
이 협상에 적극적으로 임하지 않아 이제 더 이상 원씨 형제간
의 분쟁에 간섭하지 않겠다고 선언했다.

한편 원담과 원상은 명분을 얻기 위해 서로 상대방이 협상을
거절했다고 맹비난하기 바빴다. 그리고 감히 도응을 건들 수는
없었기에 서로에게 창끝을 겨누며 언제든지 싸울 태세를 갖추
었다. 이로써 중원 대지에는 다시 한 번 전운이 감돌기 시작했
다.

그리고 전쟁의 물꼬는 의외의 곳에서 트이게 되었다. 5월 말,
원씨 형제의 협상이 결렬됐다는 소식이 전해지자 왕윤의 조카
이자 원소에게 충성하던 기주의 중산태수(中山太守) 왕릉(王淩)
이 원상의 관직 책봉을 거부하고 원담에게 투신하겠다고 선언
했다. 그는 원상에게 반기를 드는 동시에 기주 각 군에 격문을
돌려 유언을 위조하고 주인 자리에 오르려 한 원상을 함께 공

격하자고 호소했다.

　이렇게 되자 원상은 기주 각 군의 연쇄 반응을 막기 위해 반란 진압에 나서지 않을 수 없었다. 원상의 2만 대군이 북상하자 원담 또한 충신의 죽음을 두고 볼 수 없었기에 즉각 기주 공격에 나섰다. 이로써 두 형제간의 대전이 마침내 서막을 열었다.

　북쪽에서는 원상의 대군이 왕릉에게 맹공을 퍼붓고, 남쪽에서는 고간과 왕마가 군사를 이끌고 업성으로 쳐들어갔다. 원상은 친히 군사를 거느리고 적을 막는 동시에 매부에게 사신을 보내 구원을 요청했다.

　하지만 도응은 원상의 편지를 받고도 전혀 서두르지 않았다. 그는 출전을 요청하는 장수들을 보고 미소를 띠며 말했다.

　"뭐가 그리 급하시오? 원담의 주력군이 기주 전장에 투입될 때까지만 기다립시다. 내 미리 명분이 정당한 출전 구실을 준비해 두었소이다."


　　　　　*　　　　　*　　　　　*


　원씨 형제의 내분으로 가장 큰 이득을 본 이는 사실 조조였다. 진국을 원담에게 잃고 양국이 고립되면서 조조가 실질적으로 점거한 땅은 폐허나 다름없는 여남군이었다. 병력도 만 명을 넘지 않았고, 양초도 몇 개월 치밖에 남지 않아 원담군이 사례와 관중으로 통하는 길을 틀어막고 진공을 감행했다면 조조는 여기서 끝장났을지도 몰랐다.

이토록 궁박한 상황에서 원담 형제의 협상이 결렬되자 조조 군에게도 한 줄기 서광이 비치기 시작했다. 여기에 협상이 결렬된 후 한 달도 지나지 않아 기주 내부에 변고가 발생해 원담군이 여남에 신경을 쓸 여력이 없어지자, 조조군 장수들은 크게 기뻐하며 앞다퉈 조조에게 달려가 속히 원담군의 포위를 뚫고 사례와 관중으로 가 재기를 도모하자고 건의했다.

조조 역시 크게 마음이 동해 서둘러 심복 모사들을 소집하고 이 문제에 대해 논의했다. 그런데 순욱이 이에 단호히 반대하고 나섰다.

"주공, 지금은 함부로 포위를 돌파할 때가 아닙니다. 아군의 총병력은 만 명도 되지 않고 양초도 부족한 반면, 원담의 주력 군은 여전히 영천 경내에 주둔하고 있습니다. 만일 돌파를 시도하다가 실수라도 생긴다면 재기는커녕 이곳이 무덤이 될 수가 있습니다."

연이은 강행군으로 병세가 더욱 깊어져 피골마저 상접해진 곽가가 기침을 토하며 힘겹게 입을 열었다.

"주공, 문약의 말이 옳습니다. 지금은 계속 사태를 관망할 때입니다. 조금 더 기다렸다가 원담의 주력군이 기주를 다투려 북상하거나 혹은 도응이 원담을 습격할 때를 노려야 합니다. 이때 아군이 돌파를 시도한다면 지금보다 성공 가능성이 훨씬 높습니다."

조조가 신음성을 내뱉으며 돌파 계획을 포기하려고 하는데, 정욱이 홀연 앞으로 나와 진언했다.

"주공, 아군이 굳이 무력으로 포위를 돌파할 필요는 없습니다. 주공도 아시다시피 원상은 도응과 평소 관계가 친밀한 반면, 원담은 전부터 도응을 적대시했습니다. 현재 원씨 형제가 반목한 상황에서 도응이 아무런 움직임도 보이지 않고 있지만 그가 원상을 돕는 것은 기정사실입니다. 그리고 원담도 도응에 대한 적의를 드러내고 있지 않으나 조만간 도응이 결판을 보러 오리란 사실을 잘 알고 있을 것입니다."

여기까지 설명한 정욱은 조조에게 고개를 조아리며 말을 이었다.

"상황이 이러하니 원담에게 사람을 보내 교섭을 진행해 보면 어떻겠습니까? 그를 도와 도응을 막는 조건으로 관중까지 길을 열어달라고 요구하는 겁니다."

하지만 조조는 단호히 고개를 가로젓고 쓴웃음을 지으며 말했다.

"그건 불가능할 거요. 나와 원소는 서로 철천지원수인 데다 원소의 중풍이 아군과도 밀접한 관련이 있소. 원소의 계승자인 원담이 만약 아군과 손을 잡는다면 민심을 크게 잃고 도의적으로 약세에 처할 텐데, 이 제안에 응하겠소?"

정욱이 대답했다.

"원담이라면 불가능한 일도 아닙니다. 그리고 원담이 아군과 동맹을 맺으면 두 가지 이점이 있습니다. 첫째로 남방의 근심이 완전히 사라지고, 둘째로 아군 관중 병마의 도움을 얻을 수 있습니다. 이 두 가지면 원담도 틀림없이 마음이 움직일 것입니다. 게다가 원담은 장시간 아군과 손잡고 원상, 도응의 연합에 대항하지 않았습니까?"

순욱도 정욱의 말을 거들었다.

"저 역시 시도해 봐도 무방하다고 생각합니다. 이 일이 성공하면 아군은 커다란 이익을 얻고, 설사 실패하더라도 아무런 손해가 없습니다."

그제야 조조도 마음이 크게 동해 즉각 명을 내렸다.

"왕칙을 허도로 파견해 당장 원담과 연락을 취하라! 이 일이 성사되기만 하면 아군은 중원이 혼란스러운 틈을 노릴 수 있을 것이다!"

\*        \*        \*

어부지리를 얻으려는 자는 당연히 조조만이 아니었다. 유비는 더욱 적극적으로 나섰다. 그는 원담과 유표가 동맹을 맺었다는 소식을 듣고 온갖 미사여구를 동원해 원담의 계위를 축하하는 편지를 써서 손건을 허도로 파견했다. 그리고 유표의 객장(客將) 신분으로 허도가 위험에 처하면 언제든지 달려가 돕겠다고 말했다.

청주 전투에서 유비 형제의 무용을 두 눈으로 목격한 원담은 편지를 받고 기뻐 어쩔 줄 몰랐다. 그는 그 자리에서 손건에게 중상을 내리고, 필요할 때 당장 유비를 부르겠다고 약속했다. 손건 역시 기쁜 마음으로 사례하고 신야로 돌아갔다. 이로써 유비도 중원의 혼란을 틈타 한몫 잡을 기회를 얻어냈다.

그런데 이어 날아온 조조의 동맹 요청 편지에 원담은 심각한 고민에 빠졌다. 당장 눈앞에는 앞서 정욱이 말한 두 가지 이익이 빤히 보였으나 이를 받아들일 경우 막다른 골목에 몰린 원수를 놓아주어야 했기 때문이다. 이에 원담은 쉽사리 결정을 내리기 어려워 심복 모사들을 몰래 소집했다.

전후 내막을 모두 들은 곽도와 신평은 눈앞의 이익에 급급해 박수를 치고 당장 조조와 동맹을 맺으라고 권유했다. 이에 놀란 최염이 다급히 손을 내저으며 만류했다.

"주공, 절대 조조와 동맹을 맺어서는 안 됩니다. 이로 인해 얻는 이익은 보잘것없지만 그 폐해는 실로 막대합니다! 조조와 손을 잡는다면 그를 뱃속 깊이 증오하는 장사들을 어찌 설득한단 말입니까? 또 하나, 조조가 관중으로 돌아가 흩어진 군사들을 하나로 모으는 날에는 그를 멸할 기회가 사라질뿐더러 외려 역공을 당할 수가 있습니다."

곽도가 흥, 하고 코웃음을 치며 이를 반박했다.

"그런 과장된 말로 사람을 놀래지 마시오. 도응과 조조는 원한이 상당히 깊으면서도 서로 상대방의 목숨을 살려준 경험이 있소. 그렇다고 둘의 휘하 장사들이 불복하는 것을 보았소이까? 게다가 조조 잔여 부대는 만 명도 되지 않고, 관중과 사례역시 동탁의 유린으로 폐허나 다름없는데 조조가 그런 곳에서무슨 재기의 기회를 노린단 말이오?"

"도응과 조조의 상황은 우리와 전연 다르오. 여기에는 옛 주공까지 끼어 있는……."

최염이 다시 반박에 나서려고 하자, 신평이 재빨리 그의 말을끊으며 원담에게 공수하고 말했다.

"주공, 이런 절호의 기회를 잃으면 절대 다시 오지 않습니다.원상이 이미 반란을 일으키고 도응이 우리를 호시탐탐 노리는상황에서 아군이 조조의 화친 요청을 거절한다면 필연적으로조조를 막느라 무수한 군력을 허비하게 돼 전력으로 원상의 반란을 제압할 수 없을 뿐 아니라 도응의 위협에도 제대로 대처할 수 없어집니다. 유표와 이미 동맹을 맺은 이 기회에 조조와잠시 화해한다면 남쪽의 근심이 완전히 사라지고 맹우까지 얻는 일거양득의 효과가 있습니다."

곽도도 이에 맞장구를 쳤다.

"맞습니다, 주공. 조조는 도응을 가장 증오합니다. 따라서 도응이 쳐들어왔을 때 관중으로 철수해 우리와 순망치한의 관계에 있는 조조에게 구원을 청하면 필시 달려와 우리를 도울 것입니다."

이 말에 최염이 대로해 소리쳤다.

"터무니없는 소리 마시오! 우리가 도응과 개전한다고 관중으로 간 조조가 우릴 도우리라 생각하시오? 그는 틀림없이 배후에서 우리의 약점을 노리려 들 것이외다!"

그러자 곽도가 조롱하듯 말했다.

"계규는 기주의 고사(高士)라면서 어찌 순망치한의 이치도 모르시오? 게다가 조조의 화친 요청을 받아들이지 않았다가 우리 주력군이 북방의 원상을 섬멸하러 출격하거나 혹은 도응과 응전할 때, 조조가 이 틈을 노려 기습을 가한다면 어찌 이를 막아낸단 말이오?"

최염이 이 말에 아무 대꾸도 하지 못하고 신평까지 옆에서 원담을 계속 부추기자, 가만히 논쟁을 듣고 있던 원담은 마침내 책상을 치며 말했다.

"그럼 조조의 화친 요청을 받아들이고, 조조를 사례로 놓아줍시다!"

최염이 크게 놀라 절대 불가하다고 계속 만류했지만 원담은 들은 척도 않고 자리를 떠버렸다. 곽도와 신평은 최염을 향해 득의양양한 미소를 보이고 재빨리 그 뒤를 따랐다. 최염은 발을 동동 구르며 허공을 향해 장탄식을 내쉴 뿐이었다.

다음 날, 수많은 기주 관원의 극렬한 반대를 무릅쓰고 원담은 조조의 화친 요청을 공개적으로 받아들였다. 이어 여남과 양국 두 군을 넘겨받는 조건으로 곤양(昆陽), 노양(魯陽) 두 길을 열어 조조군이 사례로 철수하도록 허락했다. 이 결정으로 원담은 병졸 하나 허비하지 않은 채 고향 땅 여남 전역을 손에 넣고 세력을 회하까지 뻗쳤을 뿐 아니라 조조군을 연주에서 완전히 몰아내는 데 성공했다. 그러나 이런 성과에도 불구하고 대다수 기주 관원은 가슴을 치며 비통해했고, 하늘이 어찌 이런 주공을 내렸느냐며 분통을 터뜨렸다.

무성(武城) 일대에서 고간, 왕마의 군대와 전투 중이던 원상은 이 소식을 듣고 회심의 미소를 지었다. 그는 심배의 건의에 따라 기주, 병주, 유주 각 군에 격문을 돌려 원수를 놓아준 원담의 불효 행위를 질타하고 자신을 중심으로 단결해, 먼저 '유언을 위조한' 원담을 멸한 뒤 이전에 희생된 기주 장사와 원소의 복수를 위해 조조를 섬멸하자고 목소리를 높였다.

반면 고간과 왕마의 부대는 이 소식에 크게 실망해 사기가 크게 떨어지고 맹렬한 기세가 금세 수그러들었다. 고간 역시 불같이 노해 당장 허도로 편지를 보내 이런 망령된 결정을 내린 원담을 질책했다.

곳곳에서 자신을 성토하는 목소리가 높아지자 원담은 이 결정을 크게 후회하기 시작했다. 이에 최염의 의견을 고려해 조조군이 철수하는 길목을 가로막고 기습을 가해 군심과 민심을 돌리고자 했다.

물론 이 소식은 멀리 서주성 내의 도응의 귀에까지 들어갔다. 원담의 주력군이 북상하길 기다리던 도응은 이를 알고 큰 소리로 웃음을 터뜨리고 말했다.

"자, 이제 출병할 때가 되었구려. 원담이 스스로 사지로 걸어 들어가 자신의 합법적 계위를 망쳤으니 아군이 출병해도 기주군이 적개심에 불탈까 걱정할 필요가 없어졌소이다."

건안 6년 6월 스물둘째 날, 한의 위장군이자 율양후 겸 서주, 청주, 양주 주목인 도응은 마침내 천자가 하사한 혈조를 내보였다. 그는 기군망상하고 권력을 멋대로 휘두른 원담을 성토한 후, 천자의 명을 받들어 15만 군사를 이끌고 원담을 토벌해 어가를 구하겠다고 언명했다.

서주의 15만 대군은 사기가 크게 진작돼 호호탕탕하게 사수를 건너 서쪽으로 진격했다. 깃발과 창칼이 하늘과 들판을 뒤덮고 기세가 드높게 나아간 곳은 바로 원담군의 남북을 연결하는 요지, 관도였다.

　이밖에도 도응은 조조가 원담과 맹약을 맺고 서주군에 대항하기로 했다는 구실로 여남에 전면전을 선포했다. 그는 선봉 진도에게 즉각 군대를 나눠 양국을 공격해 이곳에 도사린 조조군 잔여 부대를 섬멸하라고 명했다.

　서주의 격문이 허도까지 전해지자 조조군을 습격할까 고민 중이던 원담은 다리에 힘이 풀려 그 자리에 털썩 주저앉고 말았다. 그는 분을 못 이겨 어리석은 계책을 올린 곽도와 신평에게 한바탕 욕을 퍼부은 뒤 진진에게 후한 예물을 가지고 속히 도응을 찾아가라고 명했다.

　원담은 뻔뻔스럽게도 조조의 화친을 받아들인 건 뱀을 굴에서 나오게 유인해 조조군이 평여에 이르면 중간에 섬멸할 계획이었으니, 잠시 병마를 거두고 강화에 나서자고 요청했다. 하지만 도응이 원담의 이런 후안무치한 변명에 속아 넘어갈 리 있겠는가.

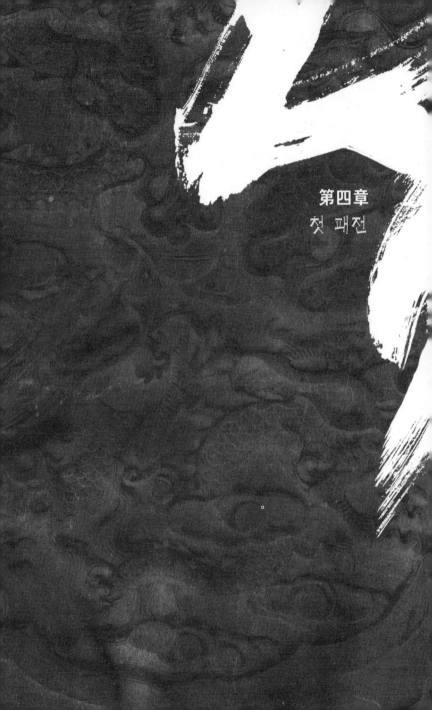

第四章
첫 패전

　진진이 아무 소득도 없이 도응에게 쫓겨나 허도로 돌아오자, 마음이 다급해진 원담은 하는 수 없이 즉각 전쟁 준비에 돌입했다.

　하지만 원담의 가장 큰 고민거리는 바로 군사력이었다. 원상의 반란을 진압하기 위해 고간과 왕마의 정예병은 이미 기주 전장에 투입되었고, 병주에 집결한 군사들은 호관 아니면 탕음(湯陰), 여양에서 북정군의 양도를 보호하고 있었기 때문이다. 이로 인해 서주군의 공격을 막아낼 군사라곤 허도 일대의 5만여 병력이 전부였다.

이 군대마저도 일부는 조조를 방비해야 하고, 또 일부는 양초 운반을 책임져야 했으므로 실제로 관도 전장에 동원할 수 있는 군사는 3만 5천을 넘지 않았다. 겨우 3만 5천 군사로 15만에 이르는 서주의 사랑 같은 군대를 과연 당해낼 수 있단 말인가.

이처럼 병력의 차이가 극명하게 드러나자 원담은 어쩔 수 없이 고간, 왕마에게 업성 공격을 멈추고 여양과 복양으로 철수해 서주군의 배후를 위협하라고 명했다. 이에 대해 원상이 필시 저들의 배후를 노릴 것이라고 최염이 지적했지만 이것저것 돌아볼 여유가 없었던 원담은 이맛살을 찌푸린 채 원상이 제발 사태를 관망하며 전쟁에 개입하지 않기만을 바랄 뿐이었다.

이밖에도 원담은 양양으로 급히 사신을 보내 유표에게 구원을 요청했다. 유표는 본래 남의 싸움에 끼어들 마음이 없었지만 채모, 제갈현, 유비의 종용으로 형주군 1만 군사와 유비군이 허도로 북상해 원담을 돕도록 했다.


7월 초열흘, 서주 주력군은 제양에 다다라 잠시 휴식을 취한 뒤 계속 서진해 봉구(封丘)까지 곧장 내달렸다. 이 소식을 들은 원담은 신평과 잠벽에게 허도를 지키라고 명하고, 친히 1만 군사를 거느리고서 관도로 가 도응을 맞이하려고 했다.

이리하여 원담의 대오가 막 출발하려고 하는데, 마침 유비가

4천 원군을 거느리고 허도성 아래에 이르렀다. 알고 보니 유비는 유표의 허락이 떨어지자마자 그날로 하루에 60리씩 행군해 마침 원담의 출정을 따라잡을 수 있었던 것이다.

병력이 부족해 골머리를 앓던 원담은 당연히 크게 기뻐 친히 문무 관원을 대동해 성 밖까지 나가 유비 형제를 맞이했다. 이들은 청주 전쟁 때 이미 안면이 있었던 터라 서로 손을 맞잡고 오랜만에 만난 해후의 정을 나누었다. 특히 원담은 유비 형제의 가세에 천군만마를 얻은 듯 마음이 든든해졌다.

인사가 끝난 뒤 유비는 원담에게 마차 위에 앉은 젊은이 하나를 소개했다.

"기후, 이 분은 성이 제갈이요, 이름은 량이며 자는 공명으로 현재 비의 군사로 있습니다."

원담은 나이가 아주 어려 보이는 데다 다리까지 절뚝이는 제갈량을 보고, 왜 유비가 이런 자를 군사로 삼았는지 의아해했다. 하지만 겉으로는 이를 드러낼 수 없어 형식상 인사 몇 마디를 건넨 후 다급히 유비에게 물었다.

"현덕 공, 유 사군의 1만 구원병은 언제 허도에 당도합니까? 오늘 안에 이를 수 있답니까?"

순간 유비의 얼굴에서 미소가 사라지고 잠시 머뭇거리더니 한숨을 내쉬고 답했다.

"너무 섭섭하게 듣지 마십시오. 유반 장군이 이끄는 1만 원군은 지금쯤 박망(博望)에서 섭현으로 달려오는 중일 겁니다. 그런데 이들 부대는 섭현에서 당분간 휴식을 취할 예정입니다. 이는 유표 공이 친히 내린 명령이라서요."

원담과 곽도, 최염 등은 일제히 낯빛이 굳어 속으로 유표의 교활함을 욕했다. 하지만 유비 앞에서 이를 드러낼 수는 없었기에 원담은 억지로 미소를 지으며 다시 물었다.

"그럼 언제 이 병마가 우리를 도우러 북상할 예정입니까?"

이때 제갈량이 끼어들어 말했다.

"기후, 원군의 북상 여부는 유표 공에게 달려 있는 것이 아니라 바로 기후와 도응에게 달려 있습니다."

"나와 도응 놈에게 달려 있다고?"

원담은 멍한 표정으로 고개를 갸웃거리며 물었다.

"그게 대체 무슨 소리요?"

그러자 최염이 제갈량의 식견을 크게 칭찬한 후 말했다.

"공명 선생은 현덕 공의 군사로 과연 손색이 없구려. 기후가 관도 전장에서 구원할 만하다는 사실을 증명해 보이면 형주의 원군이 그 즉시 북상하고, 후속 원군까지 이를 가능성이 있다는 말이로군요. 그런데 도응에게 달려 있다는 말은 도통 무슨 의민지 모르겠소이다."

제갈량은 자신감 넘치는 목소리로 대답했다.

"아주 간단합니다. 이는 유표 공에 대한 도응의 태도를 말씀드린 것입니다. 지난번 허도 전투 때 형주군과 서주군이 충돌한 이후 아직까지 관계가 복원되지 않았는데, 이번 관도 전투에서 도웅이 유표 공에게 적의를 드러낸다면 유표 공도 전력으로 기후를 돕지 않을 수 없게 됩니다."

"오, 그야말로 일침견혈(一針見血)의 탁견(卓見)이구려!"

최염은 손뼉을 치고 탄사를 연발한 뒤 흥분된 목소리로 원담에게 말했다.

"주공, 아군이 유표 공의 전격적인 지원을 이끌어 내고 싶다면 도웅이 형양 9군을 노리고 있다는 사실을 유표 공에게 알리기만 하면 됩니다."

그제야 무슨 말인지 알아들은 원담은 제갈량의 식견에 탄복해 즉각 자세를 고쳐 잡고, 그를 상빈으로 예우했다.

전황이 긴박한지라 이들은 시간을 지체할 여유가 없어 즉각 총 1만 4천 군사를 이끌고 하루에 80리라는 강행군에 나섰다. 행군한 지 사흘째 되는 날, 즉 7월 열셋째 날에 원담과 유비 연합군은 서주 주력군보다 앞서 관도에 도착했다.

이들이 관도 대영에 당도했을 때 놀랍고도 기쁜 일이 있었으니, 그것은 바로 분노한 원소에 의해 쑥대밭이 됐던 관도 대영이 짧은 시간 안에 면모를 일신했다는 것이었다. 군영은 언덕과 하류에 의지해 질서 정연하게 배치돼 있었고, 상호 엄호가 쉽도록 긴밀하게 연결돼 있었다. 동시에 방어, 취수, 운량(運糧), 보급 등이 빈틈없이 갖춰져 있었다.

대영의 방어 시설 역시 견고하기 짝이 없었다. 목책은 매우 높고 튼튼했으며, 넓고 깊은 참호 안에는 날카로운 말뚝이 촘촘히 박혀 있었다. 이밖에 고지 위의 투석기 진지와 지휘대, 적의 야습에 대비한 초소 설비, 제멋대로 기울어 적을 참호 속으로 빠뜨리는 판량교 등도 적재적소에 설치돼 있었다. 심지어 대영 앞에 사람 배꼽 높이의 양마성까지 건설해 이 뒤에 몸을 숨기고 화살을 날릴 수 있어서 화력을 증강시키고 적의 공격을 완화하는 완충지 역할을 했다. 전체 대영의 방어 시설은 그야말로 철옹성이나 다름없었다.

원담이 크게 기뻐 이것이 누구의 솜씨냐고 묻자 최염이 대답했다.

"바로 학소입니다. 그의 자는 백도로 문무를 겸비했을 뿐 아니라 수성에 놀랄 만한 재주를 가지고 있습니다. 일전에 이공자에게 관도 대영 중건 임무를 맡기셨을 때 제가 백도를 추천했는데, 이공자가 학소의 재능을 알아보고 그의 건의를 받아들인 것으로 보입니다."

원담은 흡족한 표정을 지으며 학소를 크게 칭찬한 뒤 대영 안으로 들어갔다. 그는 자신을 맞으러 달려 나온 원희에게 서주군의 동정을 물었다.

원회가 대답했다.

"도웅의 주력군은 오늘 평구를 넘어 노정상 내일이면 관도에 도착할 예정입니다. 그리고 적의 선봉 조운의 1만 대오가 오늘 오전 봉구에 당도했는데, 급히 강을 건너지 않고 부교를 설치하고 있는 것으로 보아 주력군이 이르면 함께 도하하려는 듯합니다."

"좋다. 아군은 적어도 적의 공격에 대비할 이틀의 시간을 벌게 되었다."

원담은 일단 안도의 한숨을 내쉰 뒤 좌우를 돌아보고 물었다.

"도웅의 대군이 하루 후면 관도에 이를 텐데, 적을 깨칠 묘계가 있다면 허심탄회하게 말해보시오."

제갈량이 원담에게 되물었다.

"외람된 말씀이지만 관도 영내에 양초는 얼마나 있습니까? 매우 중요한 사안이니 사실대로 말씀해 주시기 바랍니다."

최염이 원담을 대신해 대답했다.

"최소한 다섯 달은 버틸 수 있소. 제가 주공께 건의해 만일의 사태에 대비코자 올해 허도 일대에서 수확한 가을밀 중 다량을 관도로 옮겨놓았소이다."

제갈량은 고개를 끄덕인 뒤 말했다.

"그렇다면 아군이 가세했다 해도 넉 달은 너끈히 버티겠군요.

기후, 우리 양군이 도웅을 물리치기 위해서는 무조건 성을 굳게 지키고 나가 싸우지 않아야 합니다. 견고한 관도 영채에 의지해 석 달만 버틴다면 필시 전기가 나타나게 돼 있습니다."

최염은 다시 한 번 제갈량의 고견에 탄복하고 원담에게 진언했다.

"공명 선생의 말이 심히 옳습니다. 아군은 병력이 적지만 양초가 풍족하고 영지가 견고합니다. 반면 적군은 병력이 많은 데 비해 먼 길을 달려와 양초 공급에 어려움이 있습니다. 따라서 적은 급전을 원할 것이므로 아군이 견고한 영채에 의지해 수성에 나서기만 하면 적은 분명 사기가 크게 떨어지고 병마가 피로에 지쳐 전황이 아군에게 유리하게 전개될 수 있습니다."

유비도 옆에서 거들었다.

"아군이 방어 시설에 의지해 몇 차례 승리를 취한다면 유표 공도 금방 마음을 돌려 더 많은 원군을 이리로 보낼 것입니다."

원담의 군사인 곽도는 아무런 계책도 없어 줄곧 입을 다물고 있었는데, 이러다간 자신의 직책이 위태로워질까 두려운 마음에 즉각 반박하고 나섰다.

"불가합니다! 아군의 양초가 풍부하다 하나 도웅도 양초가 풍족하기는 마찬가지입니다. 올해 서주에 대풍이 든 데다 서주군은 사수와 제수를 통해 쉽고 빠르게 군량을 운반할 수 있습니다. 따라서 서주군과 양초 소모전을 벌이는 것은 마치 아이와 어른의 싸움과 같아 승리를 도모하기 어렵습니다."

"그럼 군사가 보기에 어떻게 적을 격파해야 하겠소?"

최염이 조롱의 빛을 띠고 반문하자 곽도는 그만 말문이 막혀 아무 대답도 하지 못했다. 잠시 뒤 최염이 미소를 지으며 말했다.

"군사에게 한 가지 더 일러둘 것이 있소. 나와 제갈 선생의 의도는 서주군의 예기를 꺾고 적을 지치게 하려는 것인데, 이를 두고 양초 소모전이라니요? 말을 제대로 알아들으셔야지요."

최염의 조소에 곽도는 속이 부글부글 끓어 고함을 지르려고 하는데, 원담이 먼저 곽도를 노려보며 큰소리로 꾸짖었다.

"입 닥치시오! 그대의 말을 듣고 조조 일을 처리했다가 일이 이 지경에 이른 것 아니오? 이번에는 또 무슨 잔꾀로 날 곤궁에 빠뜨릴 셈이오? 오늘 이후로는 함부로 군정 대사에 끼어들지 마시오!"

원담은 한바탕 호통을 친 뒤 고개를 돌려 온화한 목소리로 말했다.

"계규와 공명의 말이 내 뜻과 꼭 부합하오. 예전 거현성에서 서주군에게 이렇게 당한 적이 있었는데, 이번에 똑같이 갚아줘야겠소. 관도 대영을 나가지 않고 사수하며 도응이 과연 어찌 나오는지 두고 봅시다."

최염과 제갈량, 유비는 만면에 희색을 띠며 일제히 현명한 결정이라고 칭송했다. 이어 최염이 다시 건의했다.

"그리고 고생하는 장사와 인부들을 격려하고 위로하는 차원에서 주공이 친히 공사 현장 시찰에 나서십시오. 이를 통해 좀 더 보수하거나 강화해야 할 시설이 눈에 띌 수도 있습니다."

원담은 흔쾌히 이에 응하고 말했다.

"현덕 공은 전쟁 경험이 풍부하고 군사에 밝으며, 공명 선생은 학식이 뛰어나니 나와 함께 시찰에 나섭시다. 그리고 곽도는 이곳에 남아 장사들의 영채 건설을 지휘하시오."

유비와 제갈량 등은 이에 응하고 서둘러 원담을 따라 중군을 나갔다. 이곳에 덜렁 혼자 남은 곽도는 기가 죽어 고개를 푹 숙인 채 원담 일행을 눈으로 전송했다. 이어 천천히 이빨을 꽉 깨물고 주먹을 꾹 쥔 곽도의 두 눈에서 순간 흉악한 빛이 드러났다.

\*            \*            \*

대군을 이끌고 관도에 당도한 도응은 원담군의 대영을 보고 깜짝 놀랐다. 우세한 지형을 이용해 영채를 적재적소에 설치한 것은 물론 사정거리가 배가되도록 벽력거를 고지에 배치했고, 영지 배후의 용수로(用水路)에는 수책(水柵)을 세워 배나 뗏목을 이용한 적의 기습을 원천 봉쇄했다. 나머지 중요한 방어 시설은 일일이 열거할 필요가 없을 만큼 완벽한 방어 태세를 구축해 놓고 있었다.

전혀 허점이 보이지 않는 적의 방어 태세는 오히려 교유의 그것을 능가했다. 예상 못한 적의 방비에 도웅은 서둘러 이것이 누구의 솜씨인지 알아보라고 명했다.

서주군의 막강한 첩보 능력과 투항한 기주군 장수의 입을 통해 전모를 알아낸 유엽이 재빨리 도웅에게 달려와 보고했다.

"관도 영채 건설 책임자는 원회인데, 이번에 학소라는 병주 출신 장수를 크게 중용해 이토록 견고한 영채를 완성했다고 합니다."

"학소라고?"

도웅은 자기도 모르게 소리를 질렀다. 학소라면 제갈량이 2차 북벌에 나섰을 때, 진창성(陳倉城)에서 수천 군사로 수만 대군의 총공격을 막아낸 장본인이 아니던가. 도웅은 그제야 의문이 풀려 고개를 끄덕이면서도 입에서는 끙, 하는 신음이 절로 새어 나왔다.


일부 기병을 이끌고 적의 영지를 한 바퀴 둘러본 도웅은 원담군의 방어 시설에 전혀 틈이 보이지 않을 뿐 아니라 적이 성을 사수하며 절대 밖으로 나오지 않으리라는 사실을 알고 별무소득으로 20리 떨어진 자신의 영채로 발길을 돌렸다.

영채로 돌아오는 길에 도응은 모사들에게 적을 깨칠 계책을 물었다. 하지만 모사들도 별다른 대책이 없었기에 침묵을 지키는 가운데, 순심이 대뜸 건의했다.

"주공, 먼저 정면공격을 감행해 적의 실력을 한번 가늠해 보는 건 어떻겠습니까? 기주군은 지난 전투의 대패로 사상자가 많이 발생하고 사기가 크게 떨어져 군사력이 예전만 못 합니다. 원담군의 영지 방어가 아무리 견고하다 해도 강한 군대가 지키지 않는다면 무용지물이나 다름없습니다. 따라서 우선 강공을 펼쳐 적의 허점을 찾아낸 다음 이 틈을 노려 쳐들어가는 것이지요."

그러자 시의가 즉각 반박하고 나섰다.

"불가합니다. 적의 영지가 지나치게 견고해 시범 공격은 절대 효과를 보기 어렵습니다. 오히려 작은 패배가 쌓여 손실이 커질 뿐 아니라 아군의 예기가 꺾이고 적의 사기만 올려주는 역효과가 날 수도 있습니다."

이 말에 순심은 눈살을 찌푸리며 중얼거렸다.

"그것 참 난감하군요. 적의 영채를 공파할 마땅한 방법이 없으니…… 그렇다면 적을 사방으로 포위하고 양초가 떨어지길 기다려 보면 어떨까요?"

그러자 유엽이 끼어들어 말했다.

"그 방법도 그리 녹녹치 않소이다. 아군 세작이 진즉에 보내

온 보고에 따르면, 원담군은 관도 대영을 건설하면서 지난달 수확한 가을밀을 대부분 관도로 보냈다고 하오. 적의 양초가 풍부한 상황에서 시간을 질질 끌게 되면 아군은 체력이 고갈되고 군심이 나태해져 적에게 허를 찌를 기회를 줄 수 있게 되오."

물론 도웅은 적에게 출기제승의 기회를 주지 않을 자신이 있었지만 양초 소모전처럼 미련한 짓을 벌일 마음은 없었다. 모사들의 얘기를 잠자코 듣고 있던 도웅은 미소를 짓고 시종 침묵하고 있는 가후에게 시선을 돌려 물었다.

"문화 선생, 이제 선생 차례요. 적을 깨칠 좋은 계책이 있으면 얼른 일러주시오."

가후 역시 미소를 지으며 천천히 입을 열었다.

"주공은 이 후를 난처하게 만드시는군요. 아군은 이제 막 전장에 도착해 적과 일전도 겨루지 않았고, 적황에 대해서 아는 바가 전혀 없습니다. 심지어 적이 영채를 굳게 지키며 원군을 기다리는지, 아니면 이 병력만으로 아군에 대항하려는 것인지도 모릅니다. 이런 상황에서 저에게 대책을 내놓으라고 하시니 솔직히 드릴 말씀이 없습니다."

도웅은 순간 자신이 너무 성급했음을 깨달았다. 적에게 계책을 쓰려면 먼저 적정(敵情)에 대한 이해가 있어야 하는데, 지금으로서는 원담군의 병력과 양초 상황을 아는 정도가 고작이었다. 이런 정보를 가지고 파적지계(破敵之計)를 생각해 낸다면 사람이 아니라 신 아니겠는가. 이에 도웅은 웃음을 지으며 대꾸했다.

"그렇겠구려. 그럼 헛심 쓰는 데 시간 낭비하지 말고 영채를 튼튼히 차린 후 장기전에 대비하며 대책을 강구합시다."

그러자 가후가 즉각 도웅의 말을 받았다.

"제 말이 아직 끝나지 않았으니 너무 서둘지 마십시오. 계책으로 적을 격파하려면 먼저 적황을 이해한 연후에 그 틈을 노려야 합니다. 하지만 어떤 책략은 굳이 적황을 알아야 할 필요가 없습니다."

"그건 대체 무슨 뜻이오?"

도웅의 물음에 가후가 대답했다.

"현재 아군은 원담이 관도를 사수한다는 것 외에 어떤 계획을 가지고 있는지 모릅니다. 그러나 아군이 관도에 이른 후 다음에 어떻게 나올지에 대해 원담도 모르기는 마찬가지입니다. 따라서 아군이 이 점을 이용해 교묘하게 속임수를 꾸민다면 어렵지 않게 원담을 속이고 빈틈을 드러내게 해 그 틈을 노릴 수 있다는 말입니다."

도웅은 눈만 껌뻑껌뻑하며 알 듯 말 듯한 표정을 짓다가 다급히 물었다.

"구체적으로 어떻게 해야 하는지 얼른 좀 말해보시오."

가후는 여유롭게 웃으며 대답했다.

"아주 간단합니다. 먼저 아군이 관도를 취하기는 손바닥 뒤집는 것과 같다고 허세를 부린 뒤 사자를 적에게 보내 투항을 권유하십시오. 이때 원담을 멸하는 데에 전혀 관심이 없다는 듯한 태도를 보이고, 그 김에 원담 대오의 내부 상황을 자세히 알아보는 겁니다. 그런 다음……."

※        ※        ※

이튿날 오전, 영채가 채 안정되기도 전에 도응은 서황에게 3천 군사를 이끌고 적진으로 가 싸움을 걸라고 명했다. 물론 원담은 욕을 퍼부으며 싸움을 거는 적에게 아무런 대응도 하지 않고 단지 궁노수를 배치해 적을 견제할 뿐이었다. 기주 장수들 역시 수세에 놓여 있음을 잘 알았기에 출전을 자원하는 이는 아무도 없었다.

하지만 빨리 공을 세워 원담의 인정을 받아야 했던 곽도는 서황의 군사가 적다며 나가 싸울 것을 권했다. 당연히 그의 건의는 원담에게 묵살됐고, 곽도는 한바탕 욕을 먹은 후 풀이 죽어 뒤로 물러났다.

아침부터 오후까지 싸움을 걸었지만 원담군이 시종 영채를 나오지 않자, 서황도 하는 수 없이 철수를 준비했다. 영문에 나와 친히 적의 동정을 관찰하던 원담과 유비가 이를 보고 안도의 한숨을 내쉴 때, 동쪽에서 홀연 흙먼지가 날리고 깃발이 펄럭이며 1만 서주군이 돌격해 들어왔다. 그런데 중간의 아기(牙旗)는 뜻밖에도 도응의 대장기였다!

원담과 유비는 크게 놀라 전군에 영채 방어를 더욱 강화하라고 명했다. 하지만 제갈량은 코웃음을 치며 말했다.

"안심하십시오. 도응이 정말 우리 대영을 공격하려 했다면 이 정도 군시를 동원해 오후에 오지 않았을 것입니다. 제 예상이 틀리지 않다면 도응은 분명 기후와 얘기를 나누려는 것으로 보입니다."

과연 도응은 원담의 대영 앞에 이르러 군대를 정비한 뒤, 호위 부대를 이끌고 영문에서 5백 보 떨어진 곳까지 나아갔다. 이어 한 호위병에게 영채 가까이 달려가 원담에게 잠시 나와 얘기를 나누자는 말을 전하라고 명했다. 하지만 원담은 도응 곁에 허저, 조운 등이 버티고 서 있는 것을 보고 두려운 마음이 들어 감히 영채를 나가지 못하고 도응의 호위병에게 소리쳤다.

"돌아가 도응에게 전해라. 쓸데없는 말을 들어줄 시간이 없으니 자신 있으면 당장 공격에 나서라고 해라! 내 얼마든지 상대해 주겠다!"

호위병이 돌아가 원담의 말을 전하는 사이에 서주군 진영이 일사불란하게 움직였다. 곧이어 독륜거(獨輪車) 열 대가 진영 앞에 일자로 늘어서고, 그 위의 나무 기둥이 비스듬히 하늘을 향하고 있었다. 원담군 장수 대부분은 저것이 어디에 쓰는 물건인지 몰라 어리둥절해하고 있을 때, 제갈량과 최염, 학소 등이 놀라 소리쳤다.

"앗! 저것이 설마 허도 대전 때 조조군을 대파한 그 벽력포(霹靂砲)란 말인가?"

벽력포라는 말에 원담을 비롯한 기주 장수들은 얼굴이 하얗게 질리고 말았다. 도응이 개발한 이 대포는 당시로서는 처음 보는 신식 무기였기에 입에서 입으로 전해지며 그 위력이 크게 과장되었고, 또한 그 소리가 굉장히 우렁차다 하여 사람들 사이에 '벽력포'라고 불렸다.

벽력포가 모두 설치됐을 때, 방금 전 호위병이 다시 원담군 영문 앞으로 달려가 거만한 태도로 소리를 질렀다.

"대공자, 우리 주공께서는 자비를 베풀고 또 주공 부인의 얼굴을 보아 대포 10문에 포탄을 장착하지 않고 대포의 위력만 보여주겠다고 하셨습니다! 온 김에 한 말씀 더 드리면, 이 대포의 사정거리는 무려 750보가 넘어 이깟 대영 하나 무너뜨리는 것쯤이야 일도 아닙니다!"

이어 이 호위병이 자기 진영으로 돌아간 뒤 도응이 손짓을 하자 벽력포에서는 경천동지할 굉음이 연달아 울려 퍼졌다. 사실 이 벽력포의 사정거리는 5백 보 정도였지만 땅까지 흔들릴 정도로 요란하게 울리는 소리에 원담군 장사들은 위아래 할 것

없이 모두 얼굴이 흙빛으로 변해 버렸다.

"서주필승! 원담필멸! 서주필승! 원담필멸!"

이때 사전에 미리 명을 받은 서주군 장사들이 한목소리로 구호를 외쳐댔다. 만 명에 이르는 장사들이 일제히 외치는 함성 소리는 천지를 뒤흔들며 위세가 하늘을 찔렀다. 이미 대포 소리에 놀란 원담군은 더욱 간담이 서늘해져 두 다리가 벌벌 떨리고, 높지 않은 사기마저 크게 떨어졌다.

그런데 뜻밖에도 도응은 원담군의 사기가 떨어진 틈을 타 진공에 나서지 않고, 질서 정연하게 대오를 돌려 본진으로 철수했다. 원담과 곽도 등은 적군의 행동이 이해가 되지 않아 고개를 갸웃거렸고, 제갈량과 최염은 눈살을 찡그린 채 도응의 의도를 파악하느라 여념이 없었다. 이때 초소 위의 병사가 큰 소리로 외쳤다.

"주공, 누군가 이리로 오고 있습니다. 손에 백기를 든 것으로 보아 적의 사신 같습니다!"

원담이 급히 고개를 들어 보니 과연 말을 탄 문사 하나가 손에 백기를 들고서 천천히 영문 앞으로 다가오고 있었다. 떨리는 가슴이 아직까지 진정되지 않은 원담은 필시 자신과 교섭을 벌이러 도응이 보낸 자라고 여겨 서둘러 명을 내렸다.

"화살을 쏴 내쫓지 말고 대영 안으로 저자를 불러들여라."

그 문사가 대영 바로 앞까지 이르렀을 때, 원담과 곽도는 그만 놀라서 소리를 지르고 말았다.

"순심? 순우약? 그대가 정말 맞소? 여기는 무슨 일로 온 것이오?"

순심은 말 위에서 예를 갖추고 공손히 대답했다.

"대공자, 공칙, 정말 오래간만에 뵙습니다. 심이 오늘 찾아온 이유는 당연히 대공자와 공칙을 구하기 위해서입니다. 이미 적의 신하가 된 몸이지만 대공자만 괜찮으시다면 안으로 들어가 얘기를 나눠도 되겠습니까?"

'일부러 우릴 놀랜 뒤 투항을 권유할 심산이로군.'

제갈량은 그제야 도웅의 의도를 알아채고 곁에 있는 유비를 툭 치며 낮은 목소리로 말했다.

"주공, 정신 바짝 차려야 합니다. 적의 사신이 입으로는 기후를 구한다지만 실제 목적은 투항 권유에 있습니다. 순심이란 자에 대해 일찍이 들은 바가 있는데, 기주를 원소에게 넘기라고 한복을 설득할 만큼 구변이 아주 뛰어납니다. 만일에 대비해 주공께서 반드시 원담과 함께 순심을 만나보십시오."


예전 같았으면 원씨의 반신(叛臣) 순심의 목을 단칼에 베었겠지만 지금은 서주와 기주의 세력 구도가 완전히 뒤바뀐지라 원담은 화를 억누르고 순심을 대영 안으로 불러들였다.

유비와 제갈량은 원담이 순순히 협상에 응하는 것을 보고 필시 마음속에 두려움을 품었다고 여겨 눈치껏 원담의 뒤를 따르며 중군 막사 안으로 섞여 들어갔다.

막사 안에 사람들이 자리를 잡고 앉자 순심이 먼저 공수하고 말했다.

"대공자, 제가 찾아온 이유는 방금 전에도 말했지만 대공자와 수많은 기주 장수의 목숨을 구하기 위해서입니다."

원담은 콧방귀를 뀌고 냉소를 지으며 대꾸했다.

"내 지금 이 자리에 멀쩡히 앉아 있는데 우약의 도움이 무에 필요하겠소?"

"15만 서주 대군이 이미 공자 영채 앞에 당도해 있습니다. 우리 주공의 명령 한마디면 공자의 대영은 모두 가루가 될 터인데, 그때 가서도 공자가 편안히 앉아 있을 수 있는지 모르겠습니다."

순심의 은근한 협박에도 원담은 여전히 가소롭다는 어조로 말했다.

"뭐? 전부 가루로 만들겠다고? 도웅 놈이 그럴 능력이 된다면 얼마든지 오라고 하시오. 이 승상이 끝까지 상대해 줄 테니까 말이오!"

"공자의 대영은 실로 견고하기 그지없습니다. 우리 주공과 문화 선생마저도 공자의 수성술을 입에 침이 마르도록 칭찬할 정도였으니까요."

순심은 원담을 한껏 치켜세운 뒤 미소를 짓고 말했다.

"하지만 애석하게도 시대가 이미 변했습니다. 공자의 대영이 아무리 견고하고, 방어 시설이 아무리 엄밀하다 해도 이제는 쓸모가 없어졌으니까요."

이 말에 원담이 흠칫 놀라는 표정을 짓자 순심은 재빨리 말을 이었다.

"우리 도 사군이 군자군 전술을 처음 도입함으로써 기존의 기병 전술은 무용지물이 돼버렸고, 벽력거를 처음 만듦으로써 춘추 때의 투석기는 전장에서 퇴출되었습니다. 마찬가지로 벽력포를 최초로 사용함으로써 공자의 방어 전술 또한 무력화시킬 수 있습니다. 잘 생각해 보십시오. 아군이 만약 공자의 영채 앞에 벽력포 수백 문을 배치해 놓고 사정거리가 8백 보에 이르는 포탄을 밤낮없이 퍼붓는다면 관도 대영은 과연 며칠이나 버틸 수 있겠습니까?"

관도 대영에도 벽력거가 있었지만 아무리 고지에서 발사한다 해도 사정거리가 5백 보 이상 나갈 리가 없었다. 이에 원담과 곽도는 입을 굳게 다물고 아무 대꾸도 하지 못했다. 순심은 이 틈을 놓치지 않고 계속 원담을 추궁했다.

"귀군이 아군의 벽력포 공격을 당해내지 못해 영채가 격파된다면 공자는 또 어디로 가시겠습니까?"

"마땅히 도웅 놈과 죽을 때까지 싸울 것이오!"

원담은 자못 단호하게 대답했지만 말 속에서 이미 도웅의 벽력포를 당해내지 못함을 간접적으로 시인했다. 순심은 원담이 드디어 자신의 의도에 걸려들었다고 여겨 속으로 쾌재를 불렀다.

"목숨을 버리는 것도 아주 장렬하고 가치 있는 일이지요."

순심은 인정한다는 듯 고개를 끄덕이고 다시 물었다.

"하지만 그리 된다면 선주께서 10여 년간 고생해 이룩한 기업이 결국 공자의 손에서 무너지지 않습니까? 구천으로 가 무슨 면목으로 원씨 조종(祖宗)을 뵙는단 말입니까?"

원담은 다시 입을 다물었다. 원담의 기색을 살피던 순심은 자세를 고쳐 앉고 정중하게 말했다.

"공자, 심의 새 주인 도 사군이 비록 전쟁을 선포했으나 이는 천자의 조서가 있었던 데다 공자가 옛 주공의 원수인 조조를 멋대로 놓아주어 부득이하게 결정한 일입니다. 현재 귀군은 군사가 적고 사기가 크게 떨어져 아무리 견고한 대영으로도 절대 서주 대군의 공격을 당할 수 없어 멸망이 조석에 달려 있습니다. 그러니 앉아서 죽음을 기다리지 말고 차라리 영문을 활짝 열어 아군에게 투항하십시오. 그리하면 도 사군은 두 팔을 크게 벌려 공자를 후대하고, 공자에게 땅을 떼어줄 것입니다. 이리 된다면 공자는 가문을 보존하고 용신할 땅을 얻을 수 있을 뿐 아니라 천만 사졸의 목숨도 구할 수 있습니다. 이 어찌 절묘하지 않습니까?"

원담이 계속 입을 다물고 있자 마음이 다급해진 유비는 곁에 있는 제갈량을 몰래 툭툭 쳤다. 하지만 제갈량은 너무 서둘지 말라는 눈짓을 보냈다. 원담이 남의 아래에 있는 데에 만족해할 사람이 아님을 알아보았기 때문이다.

그런데 예상치 못하게 초조해진 곽도가 참지 못하고 먼저 입을 열었다.

"우약, 그럼 도 사군은 우리 주공에게 어느 땅을 떼어줄 생각이오?"

순심이 대답했다.

"병주와 유주요. 대공자가 투항한 후 우리 주공은 공자가 군사를 이끌고 연주를 떠나 병주로 가는 걸 허락하고, 허도에 진주한 뒤에는 천자께 공자의 죄를 모두 사하여 주고 병주와 유주 주목에 봉해 달라고 주청할 생각이오. 이밖에 다른 요구 조건이 있다면 얼마든지 논의가 가능하오."

곽도가 얼굴에 희색을 드러내고 원담에게 이를 받아들이라고 권하려는데, 원담이 갑자기 박장대소하며 외쳤다.

"훌륭하오, 훌륭하구려. 전에 부친을 위해 한복을 설득할 때도 이런 구실을 대지 않았소? 10년이란 세월이 흘렀는데 뜻밖에도 그 장면이 그대로 연출되는구려!"

이어 원담은 돌연 웃음을 거두고 순심을 매섭게 노려보며 노호했다.

"하지만 나, 원담은 한복이 아니오! 전쟁에 패해 죽음을 맞는 것이 조종에게 부끄럽겠소, 아니면 무릎을 꿇고 투항하는 것이 조종에게 부끄럽겠소? 돌아가 도웅에게 투항을 권유할 생각이라면 어림없다고 전하시오!"

제갈량은 이를 미리 알았다는 듯 속으로 웃음을 지었고, 유비도 안도의 한숨을 내쉬며 희색이 만면했다. 하지만 순심은 전혀 당황하지 않고 미소를 띠며 대꾸했다.

"공자의 말이 옳습니다. 전에 한복에게 기주를 바치라고 권했던 구실과 지금 제 말은 확실히 대동소이합니다."

이어 순심은 웃음을 거두고 정중하게 말했다.

"대공자, 제가 서주 신하의 신분으로 드리는 말씀은 여기까지입니다. 이런 구실에 심지가 굳은 대공자의 마음이 움직이지 않으리란 사실을 일찌감치 알고 있었지만 지금은 서주의 사신으로 온지라 아뢸 수밖에 없었습니다. 좋습니다. 그럼 이제는 심이 원씨의 옛 신하 자격으로 한 말씀 드릴 터이니 한번 들어보십시오."

순심은 자리에서 일어나 원담에게 예를 갖추고는 매우 공손히 말했다.

"대공자께서는 도 사군의 조건을 받아들여 병주로 철수하는 것이 가장 유리합니다. 왜냐하면 저는 도 사군의 출병 목적을 분명히 알고 있기 때문입니다. 그가 연주로 출병한 건 공자를 멸하기 위함이 아니라 단지 공자를 병주로 쫓아내고 군사력을 약화시켜 대공자와 삼공자 사이의 힘의 균형을 맞추려 하기 때문입니다. 이것이야말로 도 사군의 진정한 목적입니다."

"도응이 단지 나와 원상 놈 사이의 힘의 균형을 맞추려 한다고? 그게 대체 무슨 말이오?"

원담이 어안이 벙벙한 표정으로 묻자 순심이 태연자약하게 답했다.

"최종 목적은 당연히 기주, 유주, 병주를 병탄하기 위해서입니다. 서주군의 현재 실력이 강하다고 하나 일거에 3주를 손에 넣기란 절대 쉬운 일이 아닙니다. 이렇다 보니 도 사군은 자연히 대공자와 삼공자의 내분이 격화돼 중간에서 어부지리를 취하길 바라고 있습니다."

순심은 잠시 숨을 고른 뒤 말을 이었다.

"그런데 대공자는 장자에다가 옛 주공의 정식 계위자인지라 3주의 군민과 관원 대부분의 마음이 대공자에게 쏠려 삼공자는 결코 적수가 될 수 없는 상황에 처했습니다. 이에 도 사군은 허도로 출병해 삼공자의 압력을 줄여주고 대공자의 실력을 약화시켜 대공자가 신속히 원상을 멸하지 못하도록 조치한 다음, 대공자를 병주로 쫓아내 삼공자와 치열하게 싸우다 양패구상하도록 만들 계획을 세웠습니다. 그때에 이르러 도 사군이 북방으로 출격한다면 3주를 손에 넣기란 여반장이 되니까요."

원담이 이를 바드득 갈며 천하의 간적 놈이라고 욕을 퍼붓는 사이에 곽도가 재빨리 물었다.

"그럼 도 사군이 아군을 멸하지 않으려는 이유가 또 있소?"

순심이 대답했다.

"그야 원상을 견제하기 위해서죠. 대공자가 도 사군 손에 해를 당한다면 3주는 합법적으로 원상이 계승하게 됩니다. 그렇게 되면 마찬가지로 그 땅을 손에 넣기가 어려워지죠. 그래서 도 사군은 대공자가 죽길 바라지 않고 있습니다. 대공자가 일부 군대를 이끌고 병주로 가 원상의 힘을 견제하는 것이 도 사군의 이익에 가장 부합하니까요. 이제 이 옛 신하의 말뜻을 아시겠습니까?"

하지만 원담은 이에 아랑곳하지 않고 얼굴이 붉으락푸르락하며 쉬지 않고 도응에게 욕을 퍼붓고 있었다.

순심은 다시 한 번 고개를 조아리며 간곡한 어조로 말했다.

"대공자, 심이 다시 옛 신하로서 간청드립니다. 이 기회를 놓치지 말고 최대한 실력을 보존해 병주로 가십시오. 솔직히 말씀드리자면 도 사군이 저를 보내 투항을 권유한 건 그저 공자 휘하 장사들의 마음을 사려는 형식적인 행동에 불과합니다. 사실 도 사군은 공자가 투항하길 바라지 않아 이미 장인들에게 벽력포 6백 문을 속히 제조하라고 명한 상태입니다. 관도를 공파해

공자의 실력을 꺾은 다음 인척이라는 정분을 들거나 천자의 안위를 돌봐야 한다는 구실로 재차 투항을 권유할 마음을 먹고 있습니다. 그렇게 공자를 병주로 내쫓고 원상을 견제하게 하려는 것이 도 사군의 진정한 의도입니다."

순심은 더욱 격앙된 어조로 간청했다.

"벽력포 6백 대가 일제히 포격을 퍼붓는다면 관도는 사흘도 안 돼 무너지고 맙니다! 그때 가서 투항하느니 차라리 이 기회에 도 사군이 제시한 조건을 받아들여 최대한 실력을 보존해 병주로 철수하십시오. 병주로 철수한다 해서 속히 원상을 제거할 순 없겠지만 황하라는 험지에 의지해 세력을 키우고 전기가 나타나길 기다린다면 동산재기도 절대 희망이 없는 것은 아닙니다!"

벽력포 6백 문이라는 말에 원담은 그제야 욕설을 멈추고 자리에 앉은 뒤 정신을 집중해 이해득실을 따져보기 시작했다. 이때 곽도가 기다리지 못하고 원담에게 간했다.

"주공, 이는 모두 우약의 충심에서 우러나온 말입니다. 실력을 보존해 병주로 가는 것이 옳은 결정입니다. 연주처럼 열악한 땅은 도응에게 거저 줘버리십시오. 병주로 가야만 우리에게도 재기할 희망이 있습니다."

"입 닥치시오!"

원담은 시끄럽게 자신의 생각을 어지럽히는 곽도를 호되게 꾸짖었다.

"전에 내가 말했잖소? 되도록 입을 다물고 함부로 계책을 올리지 말라고 한 얘길 벌써 잊은 거요?"

곽도가 부끄러운 기색을 띠고 입을 닫자 순심은 속으로 궁금증이 들었다.

"곽도는 원담이 가장 신임하는 심복인데 어쩌다 이토록 총애를 잃은 거지?"

이때 원담이 시선을 최염에게 돌리고 언제 화를 냈냐는 듯 부드러운 목소리로 물었다.

"계규의 생각은 어떠하오?"

최염은 단도직입적으로 대답했다.

"우약의 말을 받아들이는 게 좋겠습니다. 관도를 오래 지킬 수 없다면 차라리 실력을 보존하는 것이 상책입니다. 도응이 간악하다 하나 약속한 말은 틀림없이 지키므로 사방이 적으로 둘러싸인 연주를 버리고 병주로 가 태항산 험지와 황하에 의지해 재기를 노리십시오!"

곽도의 말과 다를 바 없었지만 원담은 비로소 고개를 천천히 끄덕거렸다. 순심의 얼굴에 몰래 희색이 드러날 때, 갑자기 막사 안을 울리는 청량한 웃음소리가 터져 나왔다.

"하하하! 하하하……."

원담을 비롯해 장중에 있던 사람들이 모두 놀라 소리가 나는 쪽을 바라보니, 웃음소리의 주인공은 뜻밖에도 유비 뒤의 절름발이 군사 제갈량이었다. 제갈량은 사람들의 시선이 집중되자 웃음을 뚝 그치고 정색한 얼굴로 외쳤다.

"과연 훌륭한 계략이오! 이토록 뛰어난 허장성세를 내 평생 본 적이 없소이다!"

순심은 저자가 이를 어찌 간파했는지 몰라 속으로 깜짝 놀랐다. 하지만 겉으로는 전혀 내색하지 않은 채 차분하게 물었다.

"선생은 뉘신데 그런 말씀을 하시는지요?"

제갈량은 깍듯이 예의를 갖추고 대답했다.

"저는 성이 제갈이요, 이름은 량입니다. 우약 선생의 대명(大名)을 귀가 따갑도록 들었었는데, 오늘 보니 과연 명불허전이외다. 거짓말로 사람을 으르는 재주가 타의 추종을 불허하는군요."

'제갈량이라고? 주공이 가장 꺼려하는 그자란 말인가?'

동공이 살짝 흔들리던 순심은 이내 미소를 짓고 말했다.

"아, 명성이 자자한 공명 선생이셨군요. 대명은 익히 들어 알고 있습니다. 그런데 전 도통 무슨 말인지 모르겠습니다그려."

제갈량이 생글생글 웃으며 대꾸했다.

"선생이 지어낸 얘기가 실로 교묘하고 정리에 딱딱 들어맞아 천의무봉처럼 보이지만 그 안에는 숨길 수 없는 허점이 있소이다. 다른 사람은 속일 수 있을지 몰라도 이 량의 눈은 절대 속일 수 없소이다!"

순심은 짐짓 놀란 척하며 말했다.

"어, 그렇소이까? 그럼 그 허점이 무엇인지 들어나 봅시다."

제갈량은 빙그레 미소를 지은 연후 물었다.

"귀군은 이번 서정에서 초석을 얼마나 가지고 왔습니까?"

"그런 건 왜 묻는지요?"

생뚱맞은 질문에 순심이 어리둥절한 표정으로 반문하자 제갈량은 자신만만한 어투로 답했다.

"당연히 선생의 거짓말을 폭로하기 위해서죠. 초석은 진흙에서 추출한다고 들었는데, 요즘 서주 경내에서 초석을 생산한 적이 없었지요?"

순심이 주저하다가 고개를 끄덕이자 제갈량은 계속 말을 이었다.

"귀군이 요 반년 동안 초석을 대량으로 제조하지 않았고, 또 민간에서 사들이지도 않은 것으로 보아 혹시 이번 출정에서 초석이 필요 없었던 건 아닙니까?"

"대체 그런 건 왜 묻느냔 말이오?"

순심이 답답한 마음에 짜증 섞인 목소리로 대꾸하자 제갈량은 회심의 미소를 지으며 말했다.

"그야 귀군의 벽력포 6백 문의 화약이 부족할까 걱정이 되어서지요. 조금 전 귀군이 벽력포를 쏠 때 초석과 유황 냄새가 나고, 포구에서 화광을 뿜은 것으로 보아 벽력포는 분명 화약을 재워 넣어야 포를 쏠 수 있습니다. 제 말이 맞지 않습니까?"

그제야 제갈량의 의도를 알아챈 순심은 말을 얼버무리며 아무 대꾸도 하지 못했다. 제갈량은 목소리를 높여 순심을 다그쳤다.

"귀군의 벽력포는 길이가 한 길이 넘어서 안에 화약을 가득 채운다면 적어도 열 근이 필요합니다! 뭐, 절반만 채운다 해도 다섯 근이 필요하니 초석과 유황, 목탄으로 제조하는 화약에서 포 하나당 초석은 세 근 반이 있어야 합니다. 따라서 그대들이 자랑하는 벽력포 6백 문에서 일제히 포를 발사하려면 무려 2천 근이 넘는 초석이 필요하단 얘기가 됩니다!"

도응에 의해 수 세기 앞서 발명된 화약의 원료로는 초석과 유황, 목탄이 사용되었다. 이 원료의 배합 비율은 보통 7:2:1이어서 초석이 화약의 가장 중요한 원료였다. 제갈량은 순심을 응시하며 슬며시 미소를 지었다.

"그런데 귀군은 값이 비싸고 생산량이 희소한 초석을 대량으로 구매하거나 정제하지 않고 어떻게 이 많은 화약을 제조할 수 있었단 말입니까? 아군 대영에 사흘 밤낮으로 포격을 퍼붓는다고요? 화약이 충분치도 않으면서 그것이 과연 가당키나 한 일이라고 생각하십니까?"

줄곧 냉정을 유지하던 순심도 끝내 당황한 기색을 드러내기 시작했다. 이를 조용히 듣고 있던 최염이 큰 소리로 원담에게 말했다.

"주공, 공명 선생의 지적대로 우약의 말은 앞뒤가 맞지 않습니다. 유황은 쉽게 얻을 수 있으나 초석은 구하기 어렵습니다. 아군도 출정 전에 허도 전체 약방을 뒤져 고작 초석 수십 근밖에 구하지 못했습니다. 따라서 서주군이 초석 수천, 수만 근을 얻으려면 백성 전체를 동원해도 모자랐을 것입니다. 아군 세작이 이런 큰일을 모를 리 없을 텐데 아무런 보고도 없었던 것으로 보아, 이는 적의 허장성세가 틀림없습니다!"

원담은 음흉한 눈빛으로 순심을 노려보며 말했다.

"우약, 더 할 말이 있으시오? 만약 그대들에게 초석 1만 근이 있다면 내 당장 투항하리다."

지금까지 의기양양하게 허풍을 떨던 순심은 할 말을 잃고 꾸물대다가 겨우 변명거리 하나를 찾아냈다.

"제가 무기를 관장하지 않아 자세한 사정을 모르니 먼저 주공에게 아뢰어 보겠습니다."

제갈량은 콧방귀를 뀌고 말했다.

"흥, 기후가 너그러이 선생을 용서해 돌려보내 준다면 도웅에게 가서 허장성세가 모두 발각됐다고 전하시오. 이토록 견고한 영채를 건설하기 쉽지 않을뿐더러 아군도 이를 쉽게 포기할 마음이 없소이다."

순심은 무표정한 얼굴로 제갈량을 바라보며 절름발이 놈 때문에 대사를 망쳤다고 속으로 쉴 새 없이 욕을 퍼부었다.

원담은 마침내 태도를 바꿔 순심에게 당당하게 외쳤다.

"썩 꺼지시오! 옛정을 생각해 이번 한 번은 용서해 주겠소. 하지만 다음번에도 이런 식으로 사람을 속이려 든다면 그 자리에서 목을 베고 말겠소!"

순심이 부끄러운 기색을 띤 채 아무 말도 못 하고 자리에서 일어나 막사를 나가려는데, 뒤에서 원담의 욕지거리가 들려왔다.

"에잇, 그렇게 입을 다물고 있으라고 일렀는데 사람 말을 귓등으로 듣는 것이오! 공명 선생의 재주로 도응 놈의 속임수를 간파했기에 망정이지, 하마터면 또 그대 말에 넘어가 일을 그르칠 뻔했잖소!"

순심이 슬쩍 고개를 돌려보니 연신 고개만 조아리고 있는 이는 뜻밖에도 원담의 심복 곽도였다.


*           *           *


"뭐, 제갈량이 화약 제조 방법에 대해 훤히 알고 있었다고?"

제갈량이 다 된 밥에 재를 뿌렸다는 보고에 도응은 깜짝 놀라 소리를 지르고 멍한 표정을 지었다. 곰곰이 생각에 잠겨 있던 도웅은 후회가 가득 밀려와 연방 탄성을 내쉬었다. 전에 조조와 원소에게 화약에 대해 일러준 적이 있었는데, 아무래도 그때 그 위력을 실감한 자들의 입을 통해 화약 제조법이 널리 퍼진 게 분명했다. 정확한 원료나 제조술은 기밀에 부쳤다지만 이 사실이 제갈량 귀에 들어갔으니 추후에 골치 아픈 일이 생길지도 몰랐다.

어찌 됐든 가후가 세심히 안배한 허장성세 계책은 결국 수포로 돌아가고 말았다. 그리고 이는 사실상 도웅과 가후가 짜낸 계책이 최초로 실패한 경험이기도 했다. 후회와 실망 속에 도웅은 하는 수 없이 생각을 바꿔 유엽에게 물었다.

"참, 허도의 적정을 탐지하러 보낸 세작에게서는 소식이 왔소?"

유엽이 대답했다.

"예. 7월 열둘째 날 원담이 군사를 이끌고 북상한 뒤 허도성 전체가 삼엄한 경비 태세에 들어가 하루에 두 시진만 성문을 개방하고 있다고 합니다. 성으로 들어가는 백성에 대한 검문도 강화돼 조금이라도 의심이 들면 입성을 불허하는 통에 아군 세작이 아직까지 성 안으로 섞여 들어가지 못했습니다. 다행히 전에 원담군 대오에 심어놓은 세작이 순찰을 돌려 성 밖으로 나왔다가 알린 바에 따르면, 신평과 잠벽의 지휘 아래 현재 허도성 안에는 약 1만 6천 군사가 있다고 합니다."

도웅은 이 보고를 듣고 미간을 찌푸렸다. 허도성은 규모가 크지 않아 3만이 넘는 군사가 주둔하기 어려웠다. 하지만 방어 시설이 튼튼한 데다 이처럼 물샐틈없이 방비하고 있다면 군대를 나눠 공격에 들어가도 신속히 성을 공파할 가능성은 거의 없어 보였기 때문이다.

허도성 공격은 괜히 병력만 낭비하는 꼴이라는 생각이 들자, 도웅은 다시 북쪽의 고간, 왕마 쪽으로 눈길을 돌렸다. 그러나 만만치 않기는 이쪽 역시 매한가지였다.

고간과 왕마는 업성에서 철수한 뒤 여양과 복양에서 진군을 멈추고 관도 전장으로 남하하지 않았다. 이들은 진도의 군대와 원상군을 견제하는 동시에 후성, 손관이 관도로 증원하는 길을 막고 있었다. 게다가 원상이 고작 2만 군사를 탕음으로 출격시킨 탓에 진도의 군대만으로는 측면에서 우세를 점하기 어려워 이호에 주둔하며 고간과 왕마를 감시하는 것이 고작이었다.


사실상 각개격파의 방법이 없자 도웅은 주도면밀한 준비 끝에 병력의 우세를 활용한 관도 대영 공격에 돌입하기로 결정했다. 그는 단숨에 5만 병력을 집결시키고 비교적 지대가 개활한 대영 남쪽에서 공격을 개시해 점차 전장을 확대할 계획을 세웠다.

전고가 둥둥 울리자 숲을 이루고 포진한 서주군은 일제히 고함을 지르며 조수처럼 원담군 영지를 향해 달려들었다. 공중으로는 화살이 비 오듯 쏟아지고 거대한 석탄이 성큼 하늘을 가르는 가운데 서주군의 기세는 금방이라도 관도 대영을 무너뜨릴 것만 같았다.

하지만 제갈량과 학소가 지키는 관도 대영은 난공불락의 요새나 다름없었다. 서주군이 적진 가까이 다가가자마자 먼저 투석기의 위협이 시작됐고, 이어 강궁 세례가 쏟아졌으며, 발밑으로는 넓고 깊은 참호까지 조심해야 했다. 가까스로 참호를 지나 바닥에 빽빽이 설치된 녹각 차단물을 뚫고 양마성 가까이 이른 일부 병사의 몸은 이미 고슴도치로 변해 있었다. 그리고 설사 양마성을 돌파한다 해도 그 뒤로는 단단한 목책을 배경으로 군사들이 지키고 있었으니, 서주군의 공세가 비록 맹렬했지만 실제로는 아무런 전과도 거두지 못했다.

더욱 치욕스러웠던 건 서주군이 가장 먼저 발명한 벽력거가 원담군에게 압도당했다는 점이다. 학소가 설치한 벽력거 포대는 고지대에 위치해 평지에서 발사하는 서주군의 벽력거보다 석탄의 사정거리가 훨씬 더 멀었다. 서주군의 벽력거 진지가 원담군의 포격에 잇달아 파괴되면서 결국 투석전에서도 서주군은 열세에 처하고 말았다.

도옹은 토산에 올라 이 상황을 지켜보며 발만 동동 구를 뿐이었다. 곁에 있는 가후와 유엽, 시의 등도 속수무책이 되어 귀

갑(龜甲)처럼 단단한 원담군 진지를 깨뜨릴 좋은 방도를 생각해내지 못했다.

병사를 8백 명가량 꺾이고 벽력거 수십 대가 박살났지만 적진을 공파할 희망이 전혀 보이지 않자 도응은 하는 수 없이 징을 쳐 군대를 거두었다. 허겁지겁 도망치기에 바쁜 서주군 병사들은 원담군의 화살 공세에 또다시 연이어 바닥에 쓰러졌고, 성격 급한 장비는 일부 군사를 이끌고 영채를 나와 적을 추살하며 큰소리로 도응에게 얼마든지 공격해 오라고 도발했다.

이는 흥평 원년, 도응이 전쟁에 참가한 이래 7년 만에 최초로 맛본 참패로 기록되었다.

　서주군이 앞다퉈 달아나는 가운데 퇴각을 지휘하던 윤례가 도응 앞으로 헐레벌떡 달려왔다. 그는 피가 묻은 화살 하나를 도응에게 건네며 말했다.

　"주공, 긴히 보셔야 할 게 있습니다. 이 화살에 맞은 병사들이 사지에 경련을 일으키고 혀가 돌아가 말을 제대로 하지 못합니다. 화살에 맞은 상처의 색깔까지 변하는 것으로 보아, 이 화살에 뭔가 있는 것이 분명합니다."

　"뭐라고?"

　도응은 화들짝 놀라 화살촉을 자세히 살펴보았다. 그런데 살촉에 뜻밖에도 피로 물든 삼실 한 가닥이 묶여져 있었다. 이를 본 도응은 갑자기 버럭 화를 내며 소리를 질렀다.

"독화살이다! 삼실을 독약에 담갔다가 꺼내 응달에서 말린 다음 살촉에 묶으면 화살에 맞은 사람은 중독이 된다. 이는 원료를 아끼면서도 효과가 가장 좋은 독화살 제조법이다. 제갈량 놈 짓이 분명하다!"

도응은 이를 부드득 갈고 다시 한 번 크게 외쳤다.

"사지에 경련이 일어나고 혀가 돌아가는 건 십중팔구 오두독이다! 빨리 사람을 대영에 보내 녹두탕을 끓여놓으라고 하라! 윤례 장군은 독화살에 중독된 병사들을 모아 물을 많이 먹이고, 맑은 물로 상처를 깨끗이 씻은 다음 대영으로 후송해 녹두탕을 마시게 하고 의원에게 보이시오."

윤례는 명을 받고 총총히 물러갔다. 호위병 하나도 말을 몰아 급히 대영 쪽으로 달려갔다. 이어 가후가 음, 하고 신음을 내뱉고는 도응에게 말했다.

"이는 적의 심리전이 분명합니다. 첫 교전 시에 독화살로 아군을 살상해 군심을 흐트러뜨리면 다음 전투 때에 독화살에 맞을까 두려운 마음이 들어 전력을 다해 싸우기 어려운 법이지요."

"제갈 촌부 놈의 옛 수법에 우리가 가장 먼저 당할 줄은 몰랐구나!"

도웅의 뜻 모를 중얼거림에 가후와 유엽 등은 그저 고개만 갸우뚱거릴 뿐이었다.

적의 영채 공격에 나선 서주군 장사 대부분이 본진으로 돌아왔으나 도웅은 즉각 철군 명령을 내리지 않았다. 윤례가 독화살에 맞은 부상병들을 추릴 시간을 벌고 적의 추격에 대비하기 위해 계속해서 엄밀한 대형을 갖추고 있었다. 하지만 원담군이 전과를 확대하러 대영을 나오지 않아 2리 사이를 둔 양군 사이에는 아무 일도 벌어지지 않았다.

이에 도웅이 독화살에 맞은 부상병을 위로하러 가려고 하는데, 원담군 대영 울타리 쪽에 원담의 장수기가 나타났다. 적진에 적장의 깃발이 올라가는 것이야 당연한 일이었으므로 아무도 신경 쓰지 않고 있을 때, 순심이 갑자기 뒤로 돌아 호위병들에게 외쳤다.

"너희들 중에 누가 곽도를 아느냐? 무리 속에서 그의 생김새를 알아볼 수 있겠느냐?"

호위병들이 서로 얼굴만 바라보고 있을 때, 양굉 뒤에서 그의 친병인 고랑이 튀어나와 대답했다.

"소인이 곽도를 잘 압니다. 양 대인을 따라다니며 그의 얼굴을 여러 차례 본 적이 있어서 금방 알아볼 수 있습니다요."

순심은 크게 기뻐하며 재빨리 말에서 내리더니 고랑에게 명했다.

"너는 내 말을 타고 적진 가까이 가서 대장기 아래에 그가 있는지 알아보고 오너라. 일만 성공한다면 주공께 청해 큰 상을 내리겠다."

고랑은 흔쾌히 대답하고 곧장 말에 올라 적진 쪽으로 달려갔다. 이를 지켜보던 도웅이 궁금한 표정으로 대체 무슨 일이냐고 묻자, 순심은 원담군 대영에 갔을 때 곽도와 관련해서 벌어졌던 기이한 징후들을 상세히 설명하고 말했다.

"아시다시피 곽도는 원담의 최측근 심복입니다. 신평조차도 그의 아래에 있습지요. 그런데 이번에 오랜만에 원담을 찾아갔을 때, 걸핏하면 원담이 곽도에게 소리를 지르고 욕을 해대는 것이 의심스러워 사람을 보내 동정을 살펴보라고 명한 것입니다."

도웅 역시 이상한 생각이 들어 고개를 갸웃하더니 순심에게 물었다.

"혹시 곽도가 원담의 총애를 잃었다고 의심하는 것이오?"

순심이 미소를 짓고 대답했다.

"그것이 연극이 아니라면 그 가능성밖에 없습니다. 곽도는 줄곧 원담의 최측근으로 있어서 주위에 도당이 아주 많고 영향력이 막대합니다. 이런 자를 우리 편으로 끌어들인다면……."

"곽도를 끌어들인다고?"

도응은 웃음을 그치고 그 가능성에 대해 곰곰이 따져보기 시작했다. 지금까지의 관계를 생각한다면 치인설몽(痴人說夢)에 가까웠지만 그의 인품을 고려해 봤을 때 전혀 희망이 없는 것도 아니었다. 이에 도응은 적진을 정탐하러 간 고랑의 소식을 기다려보기로 했다.

반 시진쯤 지난 후, 적진을 염탐한 고랑이 돌아와 보고했다.

"주공, 순 대인, 곽도는 줄곧 원담 뒤에 서 있었습니다. 이 두 눈으로 똑똑히 확인한 것이라 틀림없습니다요."

고랑의 보고에 도응, 순심은 물론 모사들 모두 실망하는 기색을 내비쳤다. 그런데 고랑이 이어 한마디 더 덧붙였다.

"하지만 좀 이상했던 게… 소인이 예전에 원담과 곽도를 봤을 때와는 사뭇 달랐습니다."

"그래? 뭐가 이상하더냐?"

도응의 추궁에 고랑은 기억을 더듬으며 대답했다.

"전에는 곽도가 항상 원담의 오른편에 서 있었던 것으로 기억합니다. 지금 주공 곁의 가 대인처럼요. 그런데 오늘 봤을 때는 원담 오른쪽에 처음 보는 중년 문인이 따랐고, 왼쪽에는 유비와 절름발이 하나가……."

"그럼 곽도는 정확히 원담의 어느 위치에 서 있었느냐?"

뭔가 감이 온 도응은 고랑의 말을 끊고 다급히 물었다.

"중간에 무장 몇 명을 사이에 두고 뒤쪽에 서 있었습니다. 참,

소인이 한참 동안 지켜봤는데 원담은 뒤돌아서 곽도와 한마디도 하지 않고, 옆의 유비와 절름발이, 그리고 잘 모르는 중년 문인과 계속 얘기를 나눴습니다."

고랑의 말에 유엽이 보충 설명했다.

"절름발이야 제갈량일 테고, 중년 문인은 최염이 확실합니다. 최염은 기주의 명사로 지난번 관도 대전 후 원소의 초빙을 받았습니다. 이자는 재주가 뛰어나고 모략이 심원하다고 들었는데, 이렇게 빨리 곽도의 자리를 차지할 줄은 몰랐습니다."

"이것이 정말 기회가 될지도 모르겠군."

도응은 서서히 마음이 움직여 잠시 생각에 잠긴 뒤 명을 내렸다.

"군대를 거두어 영채로 돌아간다. 그리고 전군에 영채를 나가 순찰을 돌 때 적의 척후병과 세작을 가능한 한 사로잡으라고 명하라. 오늘 대공을 세운 고랑에게는 큰 상을 내리도록 하라."

*       *       *

그 시각, 관도 대영에서는 서주군이 퇴각한 것을 확인한 후 승전 축하연이 벌어졌다. 하지만 제갈량은 일이 있다며 핑계를 대고 나와 목책 앞으로 걸어갔다. 그는 그곳에서 서주군이 떠난 자리를 응시하며 골똘히 생각에 잠겨 있었다.

"아까 아군을 염탐하러 온 서주군 하나가 아무래도 수상쩍단 말이야. 고위 관료가 타는 대완마에 의갑이 반짝거리는 것으로 보아 평범한 척후병으로 보이지 않던데, 대체 뭘 하러 왔을까? 다들 퇴각하기 바쁜 와중에 일부러 우리 진영을 정탐하러 왔다면 분명 이유가 있을 텐데……."

*       *       *

영채로 돌아온 도응은 병사들을 여럿 풀어 순찰 나온 적병을 잡아들이라고 명했다. 며칠 사이 연달아 붙잡힌 원담군 척후병 다섯이 대영으로 압송되었다. 도응은 직접 이들의 밧줄을 풀어주고 회유한 끝에 마침내 이들로부터 원하는 대답을 들을 수 있었다. 예상대로 곽도가 확실히 원담의 총애를 잃었다는 것이었다. 그 이유를 자세히 알진 못했지만 어쨌든 지금 원담이 중군을 출입할 때 그의 곁을 따르는 이는 이미 최염으로 바뀌어 있었다.

도응과 순심 등은 이런 정황을 듣고 기쁨을 감추지 못했다. 이들은 곽도와 관련된 정보 수집에 힘을 쏟는 동시에 곽도와 연락을 취할 방법을 모색하기 시작했다. 하지만 천성이 신중한 도응은 세작을 보내는 등 직접적인 행동에 나서지는 않았다.

그 이유는 기주의 세도가인 곽도가 기득권을 버리고 쉽사리 원담을 배신할 리 없었던 데다 자신을 철천지원수로 여겼기 때문이다.

그런데 도웅이 꿈에도 생각지 못했던 일이 있었으니, 서주군이 대대적으로 원담군 척후병 생포에 나선 일에 의심을 품은 이가 있었다는 사실이다…….

*　　　　*　　　　*

"기후의 척후병 하나가 또 서주군에게 생포됐다고? 이틀 사이에 척후 대오가 여섯 차례 적과 만났는데, 그중 세 번은 우연히 맞닥뜨린 것이고 나머지 세 번은 기습을 당한 것이라니… 이를 과연 우연으로만 볼 수 있을까?"

이런 의심을 품은 이는 당연히 제갈량이었다. 고민에 고민을 거듭하던 제갈량은 유비를 앞세워 한밤중에 원담을 찾아가 이 사실을 알렸다. 원담은 하품을 하고 손을 휘저으며 대답했다.

"공명 선생은 너무 의심이 많소이다. 척후전이야 양군의 전투 중에 얼마든지 벌어지는 일 아니오? 게다가 아군 척후병도 도웅의 척후병을 여럿 죽였잖소? 극히 정상적인 일이니 너무 신경 쓰지 마시오."

"기후의 말씀이 옳습니다. 전쟁 기간에 척후전이 벌어지는 건 아주 정상적이고 당연한 일입니다."

제갈량은 일단 원담의 말이 일리가 있다고 인정한 뒤 조심스럽게 말을 꺼냈다.

"하지만 한 가지 이상한 점이 있습니다. 전에 아군 척후병이 적과 여러 차례 교전했지만 기습을 당한 경우는 단 한 번밖에 없었습니다. 그리고 21명이 희생되고 세 명이 실종됐으며 포로로 잡힌 병사는 둘뿐이었습니다. 그런데 요 이틀 사이에 아군 척후병 네 명이 실종되고, 세 명이 포로로 잡힌 걸로 확인되었습니다. 지난 이레보다 그 숫자가 더 많은 것이 너무 괴이하지 않습니까?"

유비도 옆에서 제갈량을 거들었다.

"기후, 그래도 조심하는 것이 상책입니다. 도웅은 간사하기로 이름이 높아 간웅 조조마저도 그 앞에서는 패배를 인정했을 정도입니다. 이런 그가 갑자기 척후전에 힘을 쏟고, 아군 생포에 열을 올린다는 건 남에게 알리고 싶지 않은 목적이 있는 게 분명합니다."

원담은 그제야 마음의 동요를 일으켰지만 이내 난처한 어조로 말했다.

"하지만 우리가 뭘 어쩔 수 있겠소? 그렇다고 적정을 정탐할 척후병을 보내지 않으면 너무 수동적이 되지 않소?"

그러자 제갈량이 재빨리 진언했다.

"그건 걱정 마십시오. 량에게 자세한 상황을 알아볼 계책이 하나 있습니다. 우선 대범하고 믿을 만한 사병 하나를 뽑아 내일 바로 척후 임무를 맡기는 겁니다. 그런 다음 그에게 고의로 서주군에게 붙잡혀 저들이 원하는 대답을 모두 실토해 믿음을 준 뒤, 상황을 봐 적진을 탈출하라고 하는 겁니다. 이렇게 하면 제가 그 사병에게 어떤 심문을 받았는지 듣고 도응의 의도와 목적을 분석해 내겠습니다."

원담이 걱정스러운 투로 물었다.

"만일 도응이 이 세작을 죽이면 어찌하오?"

제갈량은 고개를 가로젓고 대답했다.

"절대 그럴 리 없습니다. 도응은 거짓 인의를 베풀길 좋아해 함부로 포로를 죽이지 않습니다. 사로잡은 포로를 편입하거나 아니면 여비를 주고 고향으로 돌려보내죠. 그리고 량이 일찌감치 믿을 만한 자를 선발해 놓았습니다. 서주군에게 최대한 협조한다면 설사 놓아주지 않더라도 재주껏 아군 대영으로 돌아와 소식을 전할 것입니다."

원담은 다시 하품을 하며 말했다.

"그럼 알아서 하시오. 설사 성공하지 못한다 해도 소졸 하나 잃는 데에 불과하니. 이 일은 공명 선생에게 맡기리다. 아군의 협조가 필요하다면 직접 최염을 찾아가 협의하시오. 내 미리 얘기해 두리다."

제갈량은 크게 기뻐 연신 감사를 표한 후, 유비와 함께 군영으로 돌아온 즉시 사일(史日)이라는 자신의 친병을 불렀다. 제갈량은 그에게 어떤 상황에 어떻게 대처해야 하는지 소상히 설명한 뒤 서주군 동정을 정탐해 오라고 명했다. 이 임무만 성공하면 중상과 관직을 내리겠다는 말에 그는 기꺼이 이 임무를 받아들이고 제갈량의 당부를 마음속에 새기고는 즉각 자리를 떴다.

이밖에도 곽도를 주목하고 있는 이가 또 하나 있었으니……

그날 밤 이경이 넘은 야심한 시각, 서주군 양굉의 막사는 대낮처럼 환하게 불이 밝혀져 있었다. 양굉은 며칠 전 친병 고랑으로부터 곽도가 원담의 신임을 잃었다는 얘기를 듣고 지난 원한을 갚을 절호의 기회가 왔다고 여겼다.

"곽도 이놈이 전에 원담을 부추겨 날 형장으로 끌고 간 일을 어찌 잊을 수 있겠느냐! 그때 하마터면 목이 달아날 뻔한 일만 생각하면 자다가도 치가 떨린 적이 한두 번이 아니다. 그 이후로도 날 죽이려고 무던히 애쓰던 놈에게 꼭 복수를 하고 말리다!"

양굉은 잠도 잊은 채 고랑과 함께 머리를 맞대고 방법을 강구하고 있었다. 고랑이 졸음이 밀려와 고개를 꾸벅거리고 있을 때, 양굉이 홀연 무릎을 치고 외쳤다.

"생각났다! 곽도를 없앨 좋은 방법이 생각났어! 곽도가 그의 주인인 원담 손에 죽는다면 죽어도 눈을 감지 못할 것이야!"

잠이 쏟아져 눕기 직전이었던 고랑은 퍼뜩 정신을 차리고 물었다.

"곽도를 원담 손에 없앤다고요? 대인, 그건 불가능합니다. 곽도가 비록 총애를 잃은 것처럼 보이나 여전히 관직 신분에 있는데, 어떻게 원담의 손을 빌려 그를 죽인단 말입니까?"

양굉은 음흉한 미소를 짓고 주위를 살피더니 낮은 목소리로 말했다.

"당연히 죄를 뒤집어씌워야지. 내가 주공의 필체를 위조해 곽도가 우리와 내통하고 주인을 배반했다는 내용의 편지를 고의로 원담 손에 들어가게 한다면 원담은 그를 죽이지 않고는 못 배길 것이다."

이 말에 고랑이 화들짝 놀라 최대한 목소리를 낮춰 대꾸했다.

"대인, 지금 제정신입니까? 주공께서 이 사실을 아시면 목이 땅에 떨어집니다요."

양굉은 고랑을 힐끗 한 번 쳐다보고 말했다.

"너와 내가 입만 다문다면 누가 알겠느냐? 그리고 주공도 곽도를 뼛속 깊이 증오해 내가 곽도를 제거하고 적의 군심을 흐트러뜨린다면 분명 크게 기뻐할 것이다."

하지만 고랑은 여전히 걱정이 돼 물었다.

"그런데 그 편지를 원담 손에 보낼 방법은 있습니까?"

양굉은 미리 만전지책을 마련해 놓은 듯 빙그레 웃음을 보이며 대답했다.

"아군이 요 며칠 잡아들인 적군 척후병이 있지 않느냐? 그들 중 하나를 골라 편지를 건네고 관도 대영으로 돌려보내면 원담을 쉽게 속일 수가 있다."

고랑은 양굉의 철두철미한 준비에 할 말을 잃고 그저 탄성만 내지를 뿐이었다. 양굉은 고랑에게 즉시 필묵을 대령하라고 명한 뒤 도응의 필체를 위조해 곽도에게 내응을 요구하는 편지를 썼다.

*　　　　　*　　　　　*

제갈량이 공들여 준비한 계략은 순조롭게 진행되었다. 최염의 도움으로 친병 사일은 원담군 척후 부대에 배정돼 새벽에 원담군과 함께 영채를 나왔다가 서주군 척후 부대와 맞닥뜨렸다. 원담군은 지시받은 대로 적과 싸우지 않고 모두 줄행랑을 쳤고, 사일만 무기를 버리고 바닥에 엎드려 서주군에게 투항했다.

적군을 되도록 사로잡으라는 도응의 명이 있었기에 서주군은 사일을 포박해 심문이 벌어지는 막사로 압송했다. 서주군 관원은 사일에게 이름과 고향, 신분 등 몇 가지 기본적인 질문을 던진 뒤 곽도를 아느냐고 물었다.

'곽도라고?'

사일은 속으로 이렇게 뇌까리고는 재빨리 고개를 끄덕이고 대답했다.

"알고말굽쇼. 곽 군사는 자주 저희 영지를 찾아와 몇 번 본 적이 있습니다. 물론 얘기를 나눈 적은 없고요."

"좋다. 그럼 너희 군사 곽도가 찬밥 신세로 전락했다던데, 그런 얘기를 들은 적이 있느냐?"

서주군 관원의 질문에 사일은 맞장구를 치며 크게 고개를 끄덕이고 말했다.

"물론 듣고말고요. 한 가지 더 말씀드리면, 주공께서 곧 곽 군사를 내치고 최염 대인을 군사로 삼는다는 말이 돌고 있습니다."

서주군 관원은 반색하며 곽도와 관련된 질문들을 이것저것 던졌다. 영리한 사일은 제갈량이 일러준 대로 가능한 한 솔직히 묻는 말에 대답했다. 심문이 끝나자 서주군 관원은 매우 흡족한 표정을 짓고 사일을 칭찬했다.

"수고했다. 무명소졸이 참으로 아는 것이 많구나. 일단 포로 영채에 있다가 전쟁이 끝나면 아군에 편입하든지 고향으로 돌아가든지 결정하도록 해라."

사일은 최대한 불쌍한 표정을 짓고 간청했다.

"대인, 소인은 당장 고향으로 돌아가고 싶습니다. 지금 고향에는 여든이 넘은 노모와 걸음도 제대로 못 걷는 아이가 있습니다요. 억지로 전쟁에 끌려온 지도 어언 몇 년이 흘렀으니 은혜를 베푸시어 제발 저를 고향으로 돌려보내 주십시오."

"그건 내 소관이 아니다. 포로 영채에 가서 말해보도록 해라."

그 서주 관원은 손을 휘젓고 명했다.

"저자를 포로 영채로 데리고 가라. 그쪽 관원에게는 이 사일이란 자를 잘 좀 봐달라고 일러라."

서주 병사 둘은 명을 받고 사일을 압송했다. 어쩔 수 없었던 사일은 얌전히 포로 영채로 따라가 안에 갇혔다.

일이 이 정도까지 이르자 사일도 서주군이 왜 기를 쓰고 원담군 척후병을 잡아들였는지 이유를 알게 되었다. 그것은 바로 곽도와 관련된 정보를 수집하기 위한 것이었다. 이에 사일은 임무를 완수한 데 대해 몰래 기뻐하며, 서주군의 감시가 소홀한 틈을 타 도망칠 기회를 노렸다. 마침 후군 영지에 세워진 포로 영채는 목책과의 거리가 아주 가까워 달아나기도 편했다.

그날 오후, 사일이 속으로 휘파람을 불며 곧 이곳을 빠져나가 큰 상을 받을 기대에 부풀어 있을 때였다.

"여봐라! 게 아무도 없느냐?"

거만하기 짝이 없는 목소리가 울리더니 온몸에 능라비단을 차려입은 서주 고관이 호위병들을 데리고 포로 영채 안으로 들어왔다. 영문을 지키는 병사들은 감히 이를 막지 못하고 예를 올렸고, 포로들을 감시하던 병사들은 일제히 한쪽 무릎을 꿇고 고개를 숙였다.

그 관원은 손을 내젓고 거들먹거리며 말했다.

"그만 일어나라. 부역에 동원할 일이 있으니 포로들을 집합시켜라!"

그 고관의 명이 떨어지기 무섭게 병사들은 서둘러 포로들을 불러 모았다. 사일도 다른 포로들과 함께 그 고관 앞에 열을 맞춰 집합했다. 그런데 그 고관은 포로들을 쭉 훑어본 뒤 손가락으로 사일을 가리키며 소리쳤다.

"너, 앞으로 나와라. 너는 본 대인을 따라 간다!"

"저요?"

사일이 어리둥절한 표정을 짓는 사이에 그 고관 뒤의 호위병들이 다짜고짜 달려들어 사일을 밧줄로 꽁꽁 묶고 입에 재갈을 물린 뒤, 자루에 씌워 둘러메고 자리를 떴다. 사일이 필사적으로 몸부림을 쳐봤지만 장정 여럿의 힘을 당하기는 어려웠다.

자루에 씌어 말도 못 하고 눈도 보이지 않은 채 얼마쯤 끌려갔을 때, 사람들은 사일을 바닥에 내려놓고 자루를 풀어주었다. 사일이 빛에 적응해 주위를 둘러보니 그곳은 작은 막사 안이었다. 방금 전 기고만장했던 그 서주 고관이 가운데 높이 앉아 있고, 뒤로는 세상에 닳을 대로 닳아 보이는 호위병 하나가 서 있었다.

"네 이름이 무엇이냐?"

그 고관은 예의 거만한 어투로 이렇게 묻고는 잡다한 질문을 몇 가지 던진 뒤 사일의 대답은 전혀 귀담아듣지 않고 다시 물었다.

"너는 곽도를 아느냐?"

'또 곽도란 말인가?'

사일은 속으로 이렇게 중얼거리고 재빨리 대답했다.

"물론입죠. 곽 대인은 우리 군사입니다."

"잘 됐구나. 지금 너에게 중요한 걸 하나 물으려고 한다. 음, 만약 본 대인이 너를 풀어준다면 곽도에게 몰래 접근할 수 있느냐?"

"그런 건 왜 물으시는지요?"

"쓸데없는 소리 집어치우고 묻는 말에만 대답해라."

"그게……."

그 고관의 다그침에 사일은 잠시 얼버무리더니 애매모호하게 답했다.

"가능할지도 모릅니다. 소인은 주공의 애장인 팽안 장군의 사졸인데, 장군이 곽 군사와 사이가 좋아 자주 소인의 영지를 찾아오니 몰래 접근할 기회가 있을 겁니다."

그 고관은 얼굴에 희색을 띠고 뒤쪽의 호위병에게 명해 금덩이를 사일에게 내렸다. 사일이 몸 둘 바를 몰라 연신 고개를 조아리자 그 고관은 부드러운 목소리로 말했다.

"사일이라고 했느냐? 네가 본 대인을 위해 한 가지 일만 도와주면 나중에 널 도백으로 발탁하고 상금 2만 냥을 내릴 것이다."

"정말입니까?"

사일이 짐짓 기뻐 놀라는 반응을 보이자 그 고관의 웃음은 더욱 온화해졌다.

"물론이다. 게다가 그것뿐이겠느냐? 저택에 준마, 여자까지 네가 원하는 것은 무엇이든 얻을 수 있다."

사일은 재빨리 바닥에 엎드려 고개를 조아리고 아첨조로 말했다.

"대인이 내리시는 분부라면 끓는 물이든 타는 불이든 기꺼이 이 한 몸 바치겠습니다!"

"끓는 물이나 타는 불에 뛰어들 필요는 없고 편지 한 통만 전하면 된다."

그 고관은 품속에서 서신 한 통을 꺼낸 뒤 말을 이었다.

"잠시 후 널 영채 밖으로 내보낼 테니 이 편지를 가지고 관도대영으로 돌아가 무슨 수를 써서라도 곽도에게 전해라. 곽도의 회신을 가지고 돌아오면 방금 말한 상을 모두 내리겠다."

사일이 연신 머리를 조아리며 알겠다고 대답하자 이번에는 그 호위병이 사일에게 다가와 속삭였다.

"꼭 기억해라. 대인의 이 편지는 곽도 선생 외에 누구에게도 보여줘서는 안 된다. 곽도 선생에게 정 전할 여건이 되지 않으면 차라리 불살라 버리도록 해라. 알아듣겠느냐?"

"명심하겠습니다! 명심하겠습니다요!"

사일이 다짐하듯 고개를 끄덕이자 그 고관은 그제야 편지를 호위병에게 건네고 분부했다.

"네가 직접 이자를 데리고 영채를 나가 밖에서 편지를 주고 관도 대영으로 잘 돌아가는지 확인해라. 만약 잔꾀를 부린다면 그 자리에서 죽여 버려라!"

호위병이 명을 받고 나자 사일이 은근슬쩍 물었다.

"감히 대인의 존성대명을 묻습니다. 소인이 곽 군사의 회신을 가지고 돌아온 뒤 어떻게 대인을 찾아야 합니까?"

그 고관은 입에서 나오는 대로 대꾸했다.

"본 대인의 성은 유요, 이름은 엽, 자는 자양이다. 곽도의 편지를 가지고 돌아왔을 때 영문 앞에서 본 대인의 이름을 부르면 된다."

이후의 과정은 일사천리로 진행되었다. 고랑은 사일에게 서주군 군복을 입히고 대영을 나가 인적이 드문 곳에서 다시 원담군의 군복으로 갈아입혔다. 이어 사일이 관도 대영 가까이 가는 것을 확인한 뒤, 심복 친병 몇 명을 이끌고 영채로 돌아왔다. 날이 깜깜해져 군영에 돌아왔을 때, 막사 안에서는 양굉이 술을 마시고 있었다.

고랑에게 일을 완벽하게 처리했다고 보고받은 양굉은 기쁨에 겨워 술잔을 단숨에 비웠다. 그러고는 다시 잔에 술을 가득 채워 원담군 대영을 향해 큰 소리로 웃으며 말했다.

"곽도 놈아, 이 잔은 곧 있으면 목이 떨어질 네놈에게 주는 술이다."

이어 양굉은 술을 바닥에 뿌리려다가 갑자기 무슨 생각이 들었는지 얼굴이 하얗게 질려 자기도 모르게 소리를 질렀다.

"앗, 큰일이다! 내가 중요한 것을 깜빡했다. 그 사일이란 소졸이 정말 곽도에게 편지를 건네면 어쩌지?"

"으악, 저도 그걸 잊고 있었네요!"

고랑도 비명을 지르더니 다급히 물었다.

"대인, 그 사졸이 편지를 곽도에게 주면 무슨 일이 벌어질까요? 혹시 주공도 이 일을 아시게 될까요?"

"그게……."

양굉은 난처한 표정을 짓고 곰곰이 생각에 잠기더니 말을 얼버무렸다.

"두 가지 가능성이 있다. 하나는 곽도가 원담의 의심을 살까 두려워 사일이라는 사졸을 죽이고 편지를 없애 버리는 것이다. 또 하나는 내가 주공의 이름으로 약속한 부귀영화가 탐이 나 편지에 요구한 대로 실행에 옮길지도 모른다."

고랑이 편지에 대체 뭐라고 썼느냐고 묻자 양굉은 넋이 나가 대답했다.

"언제 관도의 식량 창고에 불을 놓아 아군과 내응이 될지 답 신을 달라고 했다……"

\*       \*       \*

"도웅의 꿍꿍이가 대체 뭐란 말인가? 이처럼 얄팍하고 허점 투성이인 반간계로 곽도를 죽이겠다고? 아니지, 아니지. 어쩌면 사일이 내가 보낸 세작임을 눈치채고 고의로 이런 편지를 보내 아군과 원담군의 관계를 이간하려는지도 몰라. 하지만 사일의 말을 종합해 보면 그럴 가능성이 희박하단 말이야. 아, 도무지 모르겠다, 모르겠어……"

양굉이 자신의 실수에 아차, 하고 있을 때, 제갈량은 일이 어 찌 돌아가는지 몰라 아예 머릿속이 뒤죽박죽이 돼버렸다. 아무 리 머리를 쥐어짰지만 이 일 배후의 진상은 물론 도웅과 '유엽' 의 진짜 목적조차 짐작하기 어려웠다.

유비 역시 답답하기는 마찬가지였다. 사일이 돌아왔다는 소

양굉 대 제갈량  187

식에 분명 좋은 소식을 가지고 왔으리라 기대했는데, 뜻하지 않게 도응의 친필 서신이라니. 유비는 한동안 넋을 놓고 아무런 말도 잇지 못했다.

둘 사이에 장시간 침묵이 흐르던 중에 유비가 뭔가 깨달은 듯 갑자기 책상을 치며 큰 소리로 외쳤다.

"이는 차도살인 계략이오. 원담의 손을 빌려 곽공칙을 죽이려는 도응의 반간계가 틀림없소! 놈이 즐겨 쓰는 수법이라 절대 계략에 떨어져서는 아니 되오. 아군과 원담군의 관계에 영향이 미치지 않도록 이 편지를 불살라야겠소."

유비가 재빨리 편지를 등불 가까이 가져가 태워 버리려는데 제갈량이 급히 만류했다.

"아직 편지를 태워서는 안 됩니다. 지금까지 정해진 사실은 아무것도 없습니다."

"공명, 그게 무슨 말이오? 설마 이 편지가 반간계가 아니라고 생각하는 거요?"

제갈량은 눈을 감고 깊은 시름에 잠겨 있다가 단언하듯 말했다.

"절대 반간계가 아닙니다. 도응이 이 편지를 아군의 영중에 보낸 데는 두 가지 가능성이 있습니다. 하나는 아군과 원담군의 관계를 이간하려는 것이고, 다른 하나는 편지에 적힌 그대로 곽도에게 모반을 부추기려는 것입니다. 두 번째 경우라면 우연이 겹쳐 편지가 아군 손에 들어온 것이겠죠."

"어떻게 그걸 알 수 있소?"

"곽도에게 모반을 부추겨 성공할 확률이 크기 때문입니다. 이유는 두 가지입니다. 첫째로 곽도는 이미 원담에게 신임을 잃었습니다. 원담이 군사를 최염으로 교체할 마음까지 먹고 있는지라 사람이라면 불만을 가지는 것이 인지상정이니 곽도를 꼬드기기란 아주 용이합니다."

제갈량은 편지를 가리키며 말을 이었다.

"둘째로 도응은 곽도의 치명적인 약점을 잡고 있습니다. 단언컨대 편지에 곽도가 목숨을 부지하려고 청주 땅을 넘겼다는 말은 결코 거짓이 아닐 겁니다. 이 약점을 잡아 협박한다면 곽도가 모반을 꾀할 확률이 더욱 커지게 되죠."

이는 전에 곽도가 서주에 사신으로 갔을 때 목을 베겠다는 도응의 위협에 못 이겨 청주 땅 대부분을 도응에게 건네라고 원소를 구슬렸던 일을 가리킨다. 양굉은 바로 이 약점으로 곽도를 협박했던 것이다.

여기까지 얘기한 제갈량은 자세를 고쳐 앉고 유비에게 조곤조곤 설명했다.

"주공, 마음을 가라앉히고 잘 한 번 생각해 보십시오. 곽도가 비록 실세(失勢)했다고 하나 여전히 기주 군중에 토대가 견고합니다. 대다수 기주 장령과 긴밀한 관계를 맺고 있고, 수중에 일부 병권까지 장악하고 있어서 그를 이용해 내부에서부터 공격해 들어간다면 관도 대영을 무너뜨리기 아주 쉽습니다. 이런 상황에서 간사한 도응이 과연 반간계로 곽도를 제거하려 들었을까요? 도응은 제 손으로 관도를 취할 희망을 망칠 만큼 어리석지 않습니다."

유비는 촛불까지 가져갔던 편지를 천천히 거둬들인 뒤 길게 한숨을 내쉬고 물었다.

"하지만 도응의 이 편지가 아군과 원담군의 관계를 이간하려는 계략일 수도 있잖소?"

"그럴 가능성이 없진 않지만 아주 미미합니다. 사일에게 적진에서 벌어진 일을 자세히 물어본 결과, 그의 정체가 탄로 났을 가능성은 전혀 없습니다. 따라서 도응이 장계취계를 썼을 리만무한 것이죠."

제갈량의 설명에도 유비는 마음이 놓이지 않아 걱정된 투로 다시 물었다.

"혹시 우리 쪽에서 정보가 샜을 수도 있잖소? 도응이 아군 진영이나 원담군 쪽에 세작을 심어놓아 미리 이 소식을 들었다면……."

"그럴 가능성도 매우 낮습니다. 도응이 우리 세작의 신분을 미리 알았다면 거짓 계략을 꾸며 최대한 이익을 도모하려 하지, 왜 하필 곽도를 이용하는 모험을 벌이겠습니까? 게다가 이런 장계취계로는 아군과 원담군의 사이를 절대 갈라놓을 수 없습니다. 기껏해야 양군 사이에 조그만 틈이 벌어질 뿐입니다. 도응은 이처럼 작은 이익에 목을 맬 자가 아닙니다."

유비는 그제야 제갈량의 말에 수긍하고 고개를 끄덕거렸다. 도응이 어디 관도 대영을 얻을 수 있는 좋은 패를 내팽개치고 작은 이익에 연연할 자란 말인가. 이에 이리저리 궁리하던 유비가 조심스럽게 말을 꺼냈다.

"그렇다면 이 일은 우연에 우연이 겹쳐 벌어졌다는 말이구려. 도응이 곽도의 모반을 꾀하려 했지만 직접 연락을 취할 방법이 없어 포로 중 하나를 골라 편지를 전하려 했는데, 그게 마침 우리가 보낸 세작이었던 것이고."

제갈량은 말은 그렇게 했지만 확신이 들지 않아 한참 동안 주저하다가 마침내 고개를 끄덕이며 말했다.

"그럴 가능성이 이치에 가장 합당할 겁니다. 어쨌든 이번에 큰 행운이 찾아올지도 모르겠습니다. 순조롭게 적의 군정을 알아냈을 뿐 아니라 우연히 적의 다음 계획까지 알게 됐으니까요."

이 말에 유비의 얼굴에는 점점 희색이 드러나더니 혼잣말로 중얼거렸다.

"고생 끝에 낙이 찾아왔구나, 낙이 찾아왔어. 도응 네놈이 이번에 얼마나 큰 실수를 저질렀는지 꿈에도 모를 것이다."

하지만 제갈량의 표정은 외려 점점 더 굳어졌다. 자신의 판단이 과연 옳은 것인지 자신할 수 없었기 때문이다.

'정말 행운이 찾아온 걸까? 아무리 생각해도 유엽이 사일을 매수하는 과정은 어린애 장난 같은 느낌을 지울 수 없단 말이야. 게다가 포로에게 편지를 줘서 보내면 원담 손에 먼저 들어갈 가능성이 높은데, 왜 굳이 이런 모험을 감행한 것일까? 정말 이해할 수 없어. 이해가 되지 않는다고!'

제갈량이 자기도 모르게 고개를 절레절레 흔들 때, 유비는 벌써 편지를 손에 쥐고 일어나 제갈량을 일으켜 세웠다.

"공명, 뭘 망설이시오? 얼른 기후를 만나러 갑시다. 이를 잘 이용만 한다면 관도에서 약한 군대로 강자를 이긴 조조의 기적을 재현할 수 있소이다."

제갈량은 조금 걱정이 됐지만 이에 반대하지 않고 자리에서 일어나 절뚝거리며 유비를 따라 막사를 나섰다.


사일을 대동해 중군 영지로 총총히 달려간 유비와 제갈량은 원담을 만나 서주군 진영에서 벌어진 일들을 소상히 보고했다. 원담은 도응의 '친필 편지'를 다 읽고 펄쩍펄쩍 뛰며 노발대발했다.

"곽도 놈이 간이 단단히 부었구나! 그때 청주 땅의 대부분을 할양하라고 권했던 게 모두 제 놈 이익 때문이었던 말인가! 여봐라, 당장 곽도를 잡아들여라!"

최염은 명을 받고 밖으로 달려 나가려는 호위병들을 제지한 뒤 원담에게 말했다.

"주공, 잠시 노여움을 푸시고 저에게도 편지를 잠깐 보여주시 겠습니까?"

최염은 원담이 내던진 편지를 주워 쭉 읽어보더니 의혹에 휩 싸인 표정을 지었다.

"아무래도 반간계로는 보이지 않는데……. 도웅이 이런 치명 적인 약점을 잡고 있으면서 과연 공칙을 제거하려고 했을까요? 공명 선생의 고견은 어떻습니까?"

제갈량이 유비와 나눴던 얘기를 다시 한 번 설명하자, 최염은 연신 고개를 끄덕거리며 제갈량의 판단에 동의를 표시했다. 하 지만 원담은 들을수록 더욱 화가 나 책상을 치며 소리쳤다.

"왜 아직 꾸물대고 있는 게냐? 당장 곽도를 끌고 와라. 내 이 놈을 죽여 후환을 없애고 말겠다!"

최염은 황급히 원담을 진정시키고 권했다.

"주공, 화를 가라앉히시고 제 얘기를 들어보십시오. 공칙이 청주 땅을 넘겼다는 건 도웅의 일방적인 주장일 뿐 아무런 증 거도 없습니다. 그런데 이 편지만으로 공칙을 치죄한다면 불복 할 게 불을 보듯 뻔합니다. 게다가 이런 경솔한 일처리는 아군 사기에도 영향을 미쳐 전황에 불리하게 작용할 수 있습니다."

"그럼 어쩌란 말이오? 이 편지를 몰래 곽도에게 보내 도응의 밀서라고 말하고 그의 반응을 떠본 연후 증거를 잡아 처벌하라는 것이오?"

원담이 입에서 나오는 대로 내뱉은 말에 제갈량과 최염은 서로 눈짓을 교환하고, 이것이 가장 좋은 방법이라고 여겼다. 최염은 손뼉을 치고 건의했다.

"그거 좋겠습니다. 사일이라는 병사를 통해 이 편지를 곽도에게 건네고 그가 어찌 나오는지 두고 본다면 편지 내용의 진위 여부는 물론 곽도가 주공에게 충심을 가졌는지 알 수가 있습니다."

원담은 분을 삭이고 잠시 생각에 잠기더니 사일에게 도응의 사신인 것처럼 가장해 곽도의 막사로 가 편지를 전하라고 명했다. 또한 도승에게는 일부 정예병을 이끌고 뒤를 따라가 곽도의 막사를 몰래 감시하다가 모반의 징후가 보이면 즉시 곽도를 체포하라고 명했다. 사일과 도승이 명을 받고 총총히 나가자 원담은 막사 안을 서성이며 초조하게 소식이 오기만을 기다렸다.

그런데 시간이 좀 걸릴 것이라는 예상과 달리, 얼마 지나지 않아 호위병 하나가 막사 안으로 헐레벌떡 뛰어 들어와 보고했다.

"주공, 곽 대인이 수하에게 사일을 체포하라 명하고 그를 압송해 이리로 오고 있습니다."

"뭐라고?"

곽도가 자신을 배신했다고 확신한 원담은 뜻밖의 보고에 깜짝 놀라 말문이 막혀 버렸다.

잠시 후, 곽도는 아우 곽호(郭戶)와 함께 사일을 끌고 중군 막사 안으로 들어왔다. 그는 들어오자마자 원담 앞에 두 무릎을 꿇고 엎드려 방성대곡했다. 원담이 짐짓 그 연유를 묻자 곽도는 울면서 대답했다.

"주공, 소신이 전에 죽음이 두려워 큰 과오를 범했사온데, 도응이 이를 빌미로 지금 저에게 모반을 일으키라고 요구해 왔습니다. 소신이 비록 불민하나 그때 저지른 짓을 날마다 후회하며 다시는 주공을 배반하지 않으리라 마음먹었습니다. 이에 주공을 찾아와 죄를 청합니다. 응분의 벌을 내려주십시오!"

이어 곽도는 전에 원소를 속인 일을 눈물로 자백하고 그 편지를 원담에게 건넨 연후 사일을 가리키며 이를 악물고 말했다.

"주공, 저놈이 도응에게 포로로 잡힌 뒤 매수돼 다시 우리 대영으로 돌아와 저에게 이 편지를 전했습니다. 당장 저놈의 목을 베어버리십시오!"

곽도 형제는 재삼 머리를 조아리고 눈물을 뿌리며 한 번만 용서해 달라고 빌었다. 곽도 형제가 제 손으로 사일을 압송해 오고, 또 자기 앞에 엎드려 참회의 눈물을 흘리며 죄를 청하자 원담은 속으로 흡족한 미소를 짓고 더는 그들의 죄를 추궁하지 않았다.

"잘못을 뉘우쳤으니 됐소. 이제 그만 일어나시오. 급히 논의해야 할 대사가 있으니 그 일은 잠시 접어두기로 하겠소."

하지만 곽도는 여전히 바닥에 엎드린 채 울먹이며 진언했다.

"소신이 이미 도응을 대파할 계책을 하나 생각해 두었습니다. 하해 같은 은혜를 베푸시어 죄인에게 공을 세울 기회를 주십사 간청드립니다."

"오, 무슨 묘계요?"

원담의 물음에 곽도는 비로소 울음을 그치고 또박또박 대답했다.

"제가 도응에게 거짓으로 투항하고 안에서 내응이 되겠다는 편지를 보내는 것입니다. 그때가 돼 사방에 복병을 설치하고 기다린다면 틀림없이 도응의 대오를 대파하고 눈앞에 닥친 위기를 타파할 수 있습니다."

하지만 제갈량과 최염은 웃음을 지었다. 제갈량이 최염의 귀에 대고 몇 마디 속삭이자 최염이 곧 곽도를 보고 말했다.

"공칙의 계책이 비록 절묘하나 상대는 바로 간사한 도응이오. 그가 그대의 답신을 믿으리라고 보시오?"

"그게……."

곽도는 자신의 계책이 반대에 부딪히자 난감한 표정을 드러냈다. 이때 곽호가 원담에게 꿇어 엎드려 큰 소리로 외쳤다.

"주공, 제가 직접 편지를 가지고 가 도응에게 전하겠습니다. 곽도의 친동생인 제가 가는 건 인질이 되는 것과 같아 도응이 아무리 간특하다 해도 믿을 수밖에 없습니다!"

원담은 크게 기뻐하면서도 짐짓 걱정스러운 투로 물었다.

"그런데 도응을 아군의 매복권 안으로 유인한 뒤에는 어쩐단 말이오? 계략에 떨어진 걸 알면 분명히 그대를 죽여 분을 풀려고 할 텐데."

곽호는 비장한 어조로 답했다.

"제 형장의 죄를 씻을 수만 있다면 이 한 몸, 가루가 되더라도 결코 원망하거나 후회하지 않을 것입니다!"

곽도는 상황이 상황인지라 감히 아우의 자원을 만류하지 못하고 그저 눈물만 흘릴 뿐이었다. 곽호는 애써 씩씩한 표정을 지으며 형을 위로하고 얼른 거짓 투항 편지를 써달라고 부탁했다.

이를 지켜보던 제갈량은 한없이 기쁜 표정을 짓고 두 주먹을 불끈 쥐며 속으로 중얼거렸다.

'그래, 저자가 간다면 확실히 도응을 속일 수 있겠어. 이번만큼은 반드시 도응을 대파하고, 내 손으로 그 간악한 놈을 사로잡고 말리다!'

양굉이 편지를 보낸 이튿날 정오, 도응은 각 군영을 순시하며 독화살에 맞은 부상병을 위무하고 군사들을 독려하고 있었다. 하지만 철통같은 관도 대영만 바라보면 가슴이 답답해 미칠 것만 같았다. 도응의 입에서는 한숨이 절로 나오고 모사들은 부끄러워 고개를 들지 못하고 있을 때, 병사 하나가 다급히 도응 앞으로 달려와 보고했다.

"주공, 영채 밖 길가에 잠복해 있던 아군 척후병이 적군 사졸 둘을 잡았는데, 중대한 기밀을 전해야 한다며 꼭 유엽 대인을 만나게 해달라고 요구하고 있습니다."

도응과 가후 등이 어리둥절한 표정으로 유엽에게 시선을 돌리자, 유엽 본인은 더욱 얼떨떨한 얼굴이 되어 손가락으로 자신을 가리키며 말했다.

"나를? 원담군 사졸이 날 찾아왔다고? 잘못 들은 건 아니냐?"

그 병사는 또박또박 대꾸했다.

"제 귀로 똑똑히 확인했는데 분명히 유 대인을 뵙게 해달라고 청했습니다. 그중 자칭 사일이라는 자는 자기 이름만 대면 왜 찾아왔는지 유 대인이 바로 알 것이라고 했습니다."

"사일이라고?"

유엽은 도무지 무슨 말을 하는지 알 길이 없어 답답해 미칠 지경이었다.

"나는 그런 자를 모른다. 그런데 어떻게 그의 이름을 알고, 또 그가 찾아온 이유를 안단 말이냐?"

그 병사는 고개를 갸웃거리고 다시 물었다.

"그럼 이자들을 어찌 처리할까요?"

"감군에 보내 이자들의 신분과 찾아온 이유를 심문하도록 하라."

유엽은 도응 등의 의심을 살까 두려워 아예 이들을 시의가 관장하는 감군에 넘겨 심문하라고 명했다. 도응 역시 의심을 지울 길이 없어 당장 그 두 원담군 병사를 만나보고 싶었지만 자신이 유엽을 의심한다고 오해할까 염려해 하는 수 없이 유엽의 선택에 맡겨두었다.

그리하여 이들이 군영을 순시한 후 중군 막사로 돌아와 군무를 논의하려는데, 감군 쪽에서 사람을 보내 보고했다. 이 두 원담군 병사가 갖은 심문에도 막무가내로 유엽을 만나게 해달라고 요구하고, 사일이라는 사졸은 아예 유엽에게 약속한 관직과 상을 떼먹을 심산이냐며 발악했다는 것이다.

이렇게 되자 도응과 가후 등은 머릿속이 더욱 혼란스럽고 의심이 깊어져만 갔다. 물론 누구보다 마음이 답답했던 유엽은 자리에서 일어나 도응에게 공수하고 청했다.

"주공, 그 포로 둘을 이곳으로 불러 대면시켜 주시면 저의 결백함을 증명해 보이겠습니다."

도응은 의심도 의심이지만 대체 어떤 일인지 궁금해 유엽의 청을 받아들이고 싶었다. 하지만 혹여 별일 아닌데 많은 사람 앞에서 유엽 같은 고관을 심문한다는 건 체면을 크게 손상하는 일인지라 숙고 끝에 결정을 내리고 말했다.

"그럴 필요 없소. 자양이 친히 가서 그자들을 만나 일의 경위를 알아보시오. 난 그대를 믿소이다."

도응의 입에서 나온 뜻밖의 대답에 유엽은 그 자리에서 허리를 깊이 숙이고 말했다.

"주공의 신임에 몸 둘 바를 모르겠습니다. 금방 돌아와 보고 드리겠습니다."

유엽은 서둘러 병사를 따라 막사를 나갔다.

얼마 지나지 않아 유엽이 헐레벌떡 중군 막사로 돌아왔다. 그런데 그의 표정은 마치 무언가에 홀린 듯 넋이 나가 있었다. 그는 믿을 수 없다는 표정으로 도응에게 말했다.

"주공, 오늘 제가 아무래도 귀신에 홀린 것 같습니다. 그 사일이란 원담군 사졸이 절 보더니 유엽이 절대 아니라고 말하고, 유엽에게만 중대한 기밀을 알리겠다고 소란을 피우는 것 아니겠습니까? 그래서 어쩔 수 없이 그자를 이리로 압송해 왔으니 주공이 친히 심문해 보십시오."

이 말에 도옹은 물론 곁에 있던 가후 등도 서로 얼굴만 바라보며 도대체 무슨 일이 벌어졌는지 몰라 어리둥절한 표정을 지었다.

도옹은 즉각 호위병에게 원담군 포로를 안으로 들이라고 명했다. 곧이어 밧줄로 꽁꽁 묶인 두 병사가 막사 안으로 끌려왔는데, 그중 스물 중반쯤으로 보이는 병사가 안으로 들어오면서까지 고래고래 소리를 질렀다.

"난 유엽 선생을 보러 왔소. 빨리 그를 불러주시오! 날 도백에 봉하고 상금 2만 냥을 내린다기에 목숨을 걸고 임무를 완수했더니, 왜 모습을 감추고 나타나지 않는 것이오?"

다들 무슨 소린지 몰라 멍한 표정을 짓고 있을 때, 도옹 뒤에 있던 순심이 갑자기 앞으로 튀어나와 함께 끌려온 병사를 보고 깜짝 놀라 외쳤다.

"곽호? 자네가 어쩐 일인가? 어째서 이런 꼴을 하고 있는 겐가?"

"우약 선생?"

곽호도 순심을 알아보고 반갑게 인사하고는 돌연 거만한 투로 말했다.

"그런데 이것이 귀군의 손님을 대접하는 방식이란 말입니까? 내 형장의 명을 가지고 귀군과 연락을 취하러 왔는데, 고작 말단 소리(小吏)를 보내 심문하고 이렇게 밧줄로 꽁꽁 묶다니. 치욕스럽기 한이 없소이다."

그러더니 곽호는 하늘을 쳐다보며 길게 탄식했다.

"아, 형님! 우리 형제가 사람을 잘못 찾아왔나 봅니다!"

곽호의 장탄식에 순심은 바로 그가 찾아온 이유를 눈치채고 고개를 돌려 도응에게 소개했다.

"주공, 이 장군은 곽공칙의 아우 곽호입니다. 일찍이 조실부모하여 형 곽공칙의 손에 자랐고, 현재는 공칙의 심복으로 있습니다."

도응 역시 곽도의 동생이라는 말에 눈이 번쩍 뜨였다. 도응은 급히 곽호 앞으로 달려가 친히 그의 밧줄을 풀어주고 뒤에 서 있는 병사들을 크게 꾸짖었다.

"무례하구나! 이분이 누군 줄 아느냐? 이 장군의 형님이 바로 원담군의 군사시다! 얼른 곽 장군에게 사과하지 못할까!"

무고하게 질책을 들은 서주 사졸들은 연신 머리를 조아리며 죄를 청했다. 곽호는 거드름을 피우며 손을 휘젓고 말했다.

"됐습니다. 저들이 무슨 잘못이 있겠습니까? 정보가 누설될까 염려해 제가 계속 신분을 숨기고 있었던 것이니 이제 그만하시지요."

도응은 다시 병사들에게 호통을 치고 그들을 쫓아냈다. 그러고는 곽호와 사일을 상석으로 안내한 뒤 서둘러 술상을 차려오라고 명했다.

호위병이 주연을 준비하러 간 사이에 도응은 곽호의 손을 꼭 잡고 다정한 목소리로 물었다.

"장군은 이곳으로 왕림하면서 왜 바로 절 찾지 않고 유엽 선생을 찾았습니까? 이거 좀 서운하외다."

곽호는 공수하고 답했다.

"송구합니다. 사실 유엽 선생이 사신에게 귀군 진영을 찾아올 때 반드시 먼저 자신을 찾아오라는 신신당부가 있었기 때문입니다. 사안이 중대하고 혹여 대사를 그르칠까 우려해 저희는 유엽 선생의 말을 따랐던 것이고요."

"제가요?"

도응은 다시 멍한 표정을 지었지만 사실 진짜 놀란 건 바로 유엽이었다. 그는 손가락으로 자신을 가리키며 말했다.

"제가 언제 그런 말을 했단 말입니까?"

"네? 그대가 유엽 선생이라고요?"

곽호 역시 아연실색했고, 도응과 순심은 이구동성으로 그가 유엽이 확실하다고 거듭 말했다.

한참 동안 할 말을 잃고 있던 곽호는 재빨리 시선을 사일에게 돌렸다. 그런데 사일은 아예 벌린 입을 다물지 못한 채 넋을 놓고 있었다. 곽호의 지적에 그제야 정신을 차린 사일이 황급히 소리쳤다.

"아닙니다, 아니에요. 소인이 어제 본 유엽 선생은 지금 여기 계신 유엽 선생이 아닙니다! 그는 분명 자신을 유엽이라고 소개했고, 회신을 가지고 돌아올 때 꼭 자기를 찾아오라고 당부했었습니다."

"이… 이게 대체 어떻게 된 일이지?"

도응은 머리가 혼란하여 뭐가 뭔지 도통 모르겠다는 표정을 지었다. 장내가 술렁이며 웅성거리고 있을 때, 시의가 나지막한 소리로 일깨웠다.

"주공, 자양에 관한 일은 잠시 접어두고 곽호 장군이 찾아온 이유를 먼저 듣는 게 순서일 듯합니다."

도응은 그제야 정신을 차리고 미소 띤 얼굴로 물었다.

"양군이 교전 중인데 원담의 수하인 장군이 무슨 일로 여길 찾아온 거요?"

곽호도 자세를 바로한 뒤 공수하고 대답했다.

"제 형장은 귀군이 원담군 항졸을 통해 보낸 투항 권유 편지를 읽은 후, 전에 목숨을 살려주신 사군의 은혜에 감읍하고 또 의리를 저버린 원담을 이루 말할 수 없이 증오했습니다. 이에 절 귀군 진영에 보내 항복을 청하는 것이니 받아주시기 바랍니다."

이어 곽호는 품속에서 곽도의 회신을 꺼내 두 손으로 공손하게 도응에게 바쳤다.

앞서서 이처럼 기괴한 일이 벌어지지 않았다면 도응은 분명 기쁜 얼굴로 곽호의 손을 맞잡고 기꺼이 투항을 받아들였을 것이다. 하지만 지금 도응은 여전히 방어 심리를 거두지 못한 채 편지를 건네받아 펼쳐 보았다. 옆에 있는 가후 등도 함께 편지를 읽었는데, 읽으면 읽을수록 이들의 눈은 더욱 동그래지고 입이 계속 벌어졌다. 이들의 머릿속엔 모두 똑같은 생각뿐이었다.

'이게… 대체 어찌 된 일이지? 우리가 언제 사람을 보내 곽도에게 투항을 권유했단 말인가? 또 오늘 밤 삼경 때 관도 대영을 급습하란 건 무슨 말이냐고?'

연이어 벌어진 기이한 일에 다들 정신이 혼미해져 있을 때, 성격이 진중한 시의가 기지를 발휘해 차분히 곽호에게 물었다.

"외람되지만 한 가지만 묻겠소이다. 영형(令兄)이 아군에게 오늘 밤 원담 대영을 야습하라고 말했는데, 미리 준비는 모두 해두었는지요?"

곽호가 대답했다.

"물론입니다. 제 형장이 비록 원담의 박대를 받고 있지만 기주군 내에 영향력이 크고 수중에 병권까지 가지고 있습니다. 삼경 때 제 형장이 불을 놓는 것을 신호로 영문을 열어 귀군을 맞이할 계획입니다."

"그렇군요."

시의는 고개를 끄덕인 뒤 도응을 향해 공수하고 말했다.

"주공, 이제 장막에 싸인 유엽이 대체 누군지 규명할 차례입니다."

이 말에 도응은 침착함을 되찾고 곽호에게 물었다.

"장군이 말한 유엽 선생이 회신을 자신에게 직접 달라고 했다는데, 그 괴이한 일에 대해 소상히 좀 들어봅시다."

"그게……."

내막을 모르는 곽호는 당황한 기색을 드러내더니 곁에 있는 사일을 보고 소리쳤다.

"네 이놈, 당장 도 사군께 어찌 된 일인지 사실대로 말씀드려라!"

당사자인 사일은 곤혹스러운 표정을 지으며 우물쭈물하다가 마침내 입을 열었다.

"어제 오후에 자칭 유엽 선생이라는 고관이 포로 영채에서 절 꺼내주고는 관도 대영으로 돌아가 편지를 곽 군사에게 전해주라고 했습니다요. 그 일만 성공하면 상금 2만 냥과 도백이라는 관직을 내린다기에 소인은 그저 분부대로 따랐을 따름입니다."

"포로 영채라고? 어느 포로 영채 말이냐?"

말이 떨어지기 무섭게 시의가 추궁에 나서자 사일은 답답해하며 대꾸했다.

"저야 어느 포로 영채인지는 모릅지요. 소인이 어제 오전에 포로로 붙잡혀 한 영채에 갇혔는데, 몇 시진쯤 지나서 그 유엽 대인이 절 꺼내주었습니다."

도응이 즉각 각 포로 영채로 가 이런 일이 있었는지 알아보라고 명하려는데, 사일이 갑자기 손뼉을 치며 외쳤다.

"아, 이제 생각났습니다! 그 유엽 대인 옆에 고랑이라는 호위병이 있었습니다. 그 고랑이 소인을 관도 대영까지 보내주었고요."

'고랑'이라는 말에 도응은 물론 모사들 모두 깜짝 놀라 입에서 헉 소리가 절로 나왔다. 그리고 이 일의 주범이 누군지 비로소 깨닫게 되었다. 도응은 숨 쉴 틈도 없이 큰 소리로 명했다.

"여봐라, 속히 가서 양굉과 고랑을 불러오너라!"


호위병이 명을 받고 나간 지 얼마 지나지 않아 양굉과 고랑이 중군 막사로 어슬렁거리며 들어왔다. 양굉이 모습을 드러내자마자 사일은 펄쩍 뛰며 손가락으로 양굉을 가리키고 고함을 질렀다.

"바로 저분입니다. 저분이라고요! 저분이 제게 편지를 건네라고 명한 유엽 선생입니다! 그 뒤의 고랑도 똑똑히 기억합니다!"

양굉과 고랑도 사일을 알아보고 화들짝 놀라 그 자리에서 몸이 얼어붙고 얼굴이 금세 하얗게 질려 버렸다. 양굉은 떨리는 목소리로 말을 더듬거렸다.

"네… 네놈이 어떻게 정… 정말 돌아왔단 말이냐? 그것도 주… 주공의 중… 중군 막사에……"

"양굉! 고랑!"

도응은 분노가 극에 달해 당장에라도 목을 벨 기세로 외쳤다.

"당장 꿇어라! 도대체 어찌 된 일인지 이실직고하라! 만약 한 치라도 거짓이 있으면 살아서 나가지 못할 것이다!"

양굉은 수년간 도응을 따라다닌 이래로 이토록 분노한 도응의 모습을 본 적이 없었다. 그는 겁에 질려 고랑과 함께 바닥에 넙죽 엎드렸다. 이들의 얼굴에서는 이미 구슬 같은 땀방울이 비 오듯 쏟아지고 있었다.

이때 제삼의 피해자인 유엽이 외려 상냥하고 온화한 목소리로 물었다.

"중명, 어제 누군가 포로 영채에서 포로 한 명을 꺼내주고 적진으로 가 서신을 전하라고 하면서 스스로 유엽이라고 말했다는데, 이는 누구의 소행이오?"

양굉은 사시나무 떨 듯 몸을 떨며 감히 입을 열지 못했다. 도응이 책상을 치며 또다시 노호했다.

"빨리 말하지 못할까!"

증거가 확실하고 증인까지 현장에 있는 상황인지라 아무리 약삭빠른 양굉이라도 빠져나갈 길이 없었다. 이에 양굉은 하는 수 없이 어제 벌어졌던 사건 경위를 숨김없이 사실대로 모두 고했다. 화가 치밀어 몸을 부르르 떨던 도응이 왜 이런 일을 벌였냐고 묻자 양굉이 솔직하게 대답했다.

"곽도가 원담의 신임을 잃었다는 얘길 듣고 전에 절 해치려한 원한을 갚기 위해 저지른 일입니다. 위조한 주공의 편지가 원담 손에 들어가면 분명 곽도를 죽이리라 여겼습니다."

"고작 사사로운 원한 때문에 이런 큰 소동을 일으켰단 말이냐?"

도응은 어이가 없어 헛웃음이 나올 지경이었다. 가후 등은 물론 곽호, 사일까지도 기가 막혀 아무 말도 나오지 않았다.


"주공, 각 영채에 이미 명을 전달해 도위 이상의 장령들은 본대로 돌아가 전열을 정비하고 야습을 준비하는 중입니다. 명령만 떨어지면 언제든지 출격이 가능합니다."

도응은 마충의 보고를 들은 체도 않고 여전히 고개를 숙인채 깊은 고민에 잠겨 있었다. 양굉이 개인적인 원한을 갚기 위해 자신의 편지를 위조한 것부터 적군 병사를 매수하고 곽도가 아우를 보내 항복을 청한 것까지 일의 전후 과정은 명확히 알고 있었지만 오직 하나, 곽도의 투항이 진짜인지 거짓인지는 도무지 감이 잡히지 않았다.

가후, 유엽, 순심, 시의 등 도응의 심복 모사들조차 투항의 진위 여부를 확신할 수 없어 인상만 찌푸린 채 함부로 입을 열지 못했다. 양굉과 고랑은 여전히 바닥에 꿇어 엎드려 감히 숨소리조차 내지 못하고 도응의 처분만을 기다리고 있는 중이었다.

이때 곽호와 사일은 이미 다른 막사로 이동해 서주군의 철통같은 감시 아래 휴식을 취하고 있었다. 자리를 뜨기 전 곽호는 도응에게 이렇게 말했다.

"사군, 이 일이 중간에 여러 우여곡절을 겪긴 했지만 저희 형제는 진심으로 투항하길 원하고 있습니다. 제 형장은 이미 결사대를 조직해 사군의 군대를 맞을 준비를 마친 상태입니다. 제 형장이 영채에 불을 놓았는데 만약 사군께서 이 틈을 타 출병하지 않는다면 제 형장은 죽은 목숨이나 다름없습니다. 그러니 부디 약속한 시간에 공격에 나서 주십시오. 투항의 성의로 제가 기꺼이 서주 군중에 갇혀 인질이 되겠습니다."

이에 대해 도응은 곽호를 좋은 말로 위로하고, 당연히 곽도 형제의 투항 요청을 믿는다며 그 자리에서 전군에 야습을 준비하라고 명했다. 하지만 곽호가 나가자마자 도응은 한마디 말도 없이 오로지 투항의 진위 여부에 골몰하고 있었다.

"분명 거짓 투항은 아닐 겁니다."

쥐 죽은 듯 조용한 침묵을 깨고 유엽이 가장 먼저 입을 열었다.

"만약 이것이 거짓 투항이라면 곽호는 절대 살아 돌아갈 수 없습니다. 곽도의 평소 행실이나 전에 목숨을 구걸하러 우리에게 청주 땅 태반을 넘긴 일로 봤을 때, 사리(私利)를 탐하는 곽도가 원담을 위해 목숨을 바치리라고는 여겨지지 않습니다."

도응은 고개를 들고 유엽을 바라보며 아무 말도 하지 않았다. 그러자 순심이 공수하고 진언했다.

"자양의 말이 옳습니다. 심이 오래 기주에 있었던 터라 곽도 형제에 대해 잘 알고 있습니다. 곽호는 절대 제 발로 사지로 걸어 들어올 위인이 아닙니다."

두 모사의 분석에 도응도 끝내 마음이 움직인 듯 신음을 내뱉으며 천천히 고개를 끄덕거렸다. 그런데 이때 가후가 조심스럽게 입을 열었다.

"우약과 자양의 말이 일리가 있지만 확신할 수는 없습니다. 잘 생각해 보십시오. 만약 중명이 이 일 중간에 끼어들어 말썽을 일으키지 않고, 곽호가 적진을 공격할 길을 안내하겠다고 청했다면 우리가 이를 받아들였을까요, 아니면 거절했을까요?"

유엽과 순심은 눈을 껌뻑이며 생각하다가 퍼뜩 깨달았다. 중간에 양광이 끼어들어 자신들이 곽도 형제의 항복 요청에 의심을 품는 일이 발생하지 않았다면 길을 안내하겠다는 곽호의 요청에 응했을 가능성이 높았다. 이에 유엽이 가후에게 넌지시 물었다.

"그럼 곽호가 길을 안내한다는 핑계로 도망칠 계획을 세워두었는데 중명 때문에 우리의 의심을 사게 되자 사간계(死間計)를 써서 죽을 결심을 하고 아군을 유인하려 한다는 뜻입니까?"

가후가 대답했다.

"그 가능성을 배제할 수 없소이다."

"그런데 증거는 있는지요?"

순심의 물음에 가후는 고개를 내저으며 대답했다.

"아니오, 없습니다. 그저 추측에 불과합니다. 전 다만 그 가능성을 상기시키고 싶어서 말씀드린 것뿐입니다."

그러자 시의가 인상을 찌푸리며 말했다.

"이거 참 난감하군요. 진짜로 항복을 청했거나 사간계를 썼을 가능성이 모두 존재하는 데다 두 가지 다 증명할 만한 확실한 증거가 없으니까요. 그렇다면 모든 걸 운에 맡겨야 한다는 것인지……."

운에 맡겨야 한다는 말에 도응은 갑자기 피가 거꾸로 솟아 양굉에게 붓 통을 던지고 노호했다.

"네놈 때문에 일이 이 지경에 이르지 않았느냐! 수만 군사의 목숨을 걸고 운을 시험한다는 게 말이 되느냐! 만약 적의 계략에라도 떨어지는 날에는 수만 군사가 죽을 수도 있다!"

양굉은 붓 통에 머리를 맞아 피가 흘렀지만 상처를 돌아볼 겨를이 없었다. 그는 연신 머리를 조아리며 애걸했다.

"주공, 살려주십시오! 목숨만 살려주시면 다시는 이런 짓을 저지르지 않겠습니다! 전에 세운 소신의 촌공을 봐서라도 보잘 것없는 목숨을 살려주십시오!"

이때 가후가 조심스럽게 도응에게 간했다.

"주공, 중명이 비록 사리를 분간하지 못하고 망동했다지만 그의 본뜻은 주공을 배반하려는 것이 아니라 단지 사사로운 원한을 갚고자 한 데 불과합니다. 지금까지 여러 차례 큰 공을 세운 업적을 감안해 인정을 베푸시어 이번 한 번만 용서해 주십사 간청드립니다."

가후로서는 자신을 서주로 이끈 은인 양굉의 처지를 차마 두고 볼 수 없었다. 하지만 도응은 격노해 소리쳤다.

"아니 되오! 저놈이 멋대로 내 문서를 위조한 적이 한두 번이 아니었소. 그간의 공을 생각해 뇌물을 챙기려 한 짓을 몇 번이나 눈감아줬는데, 이번에는 대담하게도 군사 기밀까지 적에게 누설하는 짓을 저질렀소. 이를 중벌에 처하지 않는다면 나중에 또 이런 일을 벌일 것이오! 여봐라!"

양굉은 혼비백산이 되어 필사적으로 바닥에 이마를 찧으며 애원했다.

"주공, 살려주십시오! 제발 한 번만 살려주십시오! 곽도의 투항이 진짜인지 거짓인지 판단하기 어렵다면 그가 어떻게 되든 아예 출병하지 마십시오! 그러면 아군 장사들도 목숨을 잃을 필요가 없습니다!"

도웅은 여전히 노기 가득한 얼굴로 꾸짖었다.

"헛소리 집어치워라! 견고한 관도 대영을 격파할 이 좋은 기회를 어찌 쉽게 놓칠 수 있단 말이냐! 곽도가 이미 자기 친동생을 보내 항복을 청했는데, 이를 모른 척했다가 오늘 밤 정말로 내응을 일으킨다면 그만 사지로 모는 꼴이 된다. 그러면 나중에 누가 우리를 위해 내응이 되려 하겠느냐!"

목숨을 부지하려면 무슨 수를 써서라도 출병을 막아야 했기에 양굉은 입에서 나오는 대로 둘러댔다.

"주공, 불가합니다! 곽도는 절대 진심으로 항복을 청한 것이 아닙니다. 저는 처음부터 곽도를 해칠 마음만 먹었지, 그를 투항하게 할 생각이 전혀 없어서 일부러 믿지 못할 사람을 골라 편지를 전했습니다. 따라서 제가 곽도에게 보낸 편지는 원담 손에 들어갔을 가능성이 높습……."

"잠깐만요!"

이때 가후가 양굉의 말을 끊고 다그치듯 물었다.

"중명, 그 병사를 믿지 못한다는 걸 어찌 알았소?"

양굉은 꼬치꼬치 캐묻는 가후에게 속으로 짜증을 내며 대답했다.

"바로 사일이라는 그 항졸의 신분 때문이오. 그는 적장 팽안의 무명 사졸로 관직도 없고 원담 중군의 사람도 아니었소. 입장을 바꿔 한번 생각해 보시오. 자룡 장군이나 문장 장군의 사졸이 중군에 들어와 문화 선생을 몰래 만나고 서신을 전달하는 것이 말처럼 쉬운 일이겠소? 바로 이 점을 고려해 일부러 그 사졸에게 편지를 전하게 했던 것이오. 그리하면 중간에 들켜 그 편지가 원담 손에 들어가리라 생각했소."

도응과 가후는 아연실색하며 그제야 가장 기본적이면서도 중요한 문제를 깨달았다. 평범한 일반 사졸이 경비가 가장 삼엄한 중군 영지를 뚫고 군중의 이인자와 단독으로 대면한다는 건 거의 불가능에 가깝다는 사실을 말이다.

"주공, 이제 사건의 진위를 가릴 때가 왔습니다."

가후는 얼굴에 화색을 띠며 재빨리 말했다.

"곽호야 죽음을 각오하고 사간계를 썼겠지만 편지를 전달한 그 사졸은 쉽게 목숨을 버릴 리 없습니다. 당장 그 사졸을 불러 단독으로 심문해 보십시오."

성격이 진중한 시의도 크게 흥분된 목소리로 진언했다.

"원담 수중에 먼저 그 편지가 들어갔다면 곽호의 사간계도 이치에 딱 들어맞습니다. 원담은 곽도가 자신을 배반하려 한다는 사실을 알고 크게 노해 분명 곽도를 죽이려 들었을 것입니다. 그러자 곽도 형제는 목숨을 부지하기 위해 공을 세워 속죄한다며 곽호가 거짓으로 투항하러 우리 진영에 온 걸 테고요. 하지만 막상 빠져나갈 길이 보이지 않자 어쩔 수 없이 형이라도 살리기 위해 기꺼이 죽음도 감수한 것이 분명합니다."

도옹의 얼굴에도 마침내 웃음이 가득 번지며 고개를 끄덕이고 명했다.

"좋소. 당장 그 사일이라는 사졸을 불러오시오. 참, 그가 어제 포로로 잡혀 진술한 기록도 함께 가져오시오. 대체 어떤 놈인지 알아봐야겠소."

곧이어 사일이 홀로 중군 막사로 불려오고, 사일의 심문 기록도 동시에 막사로 보내졌다. 하지만 실망스럽게도 심문 기록에서는 그 어떤 특이점도 발견되지 않았다. 그야 제갈량이 사전에 철저히 자신의 친병을 교육시켰으니, 도옹의 기대가 어긋난 것도 당연했다.

또 한 가지, 사일은 곽도에게 편지를 전하게 된 과정에 대해서도 청산유수처럼 대답했다.

"소인 역시 이토록 순조롭게 곽 군사에게 서신을 전하게 될줄은 꿈에도 몰랐습니다. 그런데 공교롭게도 제가 관도 대영에 돌아갔을 때, 마침 곽 군사가 군사를 이끌고 소인이 소재한 영지를 순시하는 것 아니겠습니까. 이에 소인이 기지를 발휘해 곽군사 대오 앞으로 달려가 정찰 중에 길에서 편지 한 통을 주웠는데 보통 편지가 아닌 것 같아 곽 군사에게 꼭 드리라고 말했습니다. 곽 군사의 호위병은 당연히 봉랍한 편지를 함부로 뜯어보지 못하고 즉시 곽 군사에게 바쳤는데, 편지를 본 곽 군사가 몇 가지 물어볼 것이 있다는 핑계로 저를 그의 영중으로 불러 둘이 얘기를 나누게 된 것입니다."

사일의 설명을 모두 듣고 도웅과 가후 등은 그저 눈만 껌뻑거리고 있었다. 비록 우연이 몇 번 겹치긴 했지만 군중에서는 충분히 일어날 법한 일이었기 때문이다. 만약 양굉이 중간에 끼어들어 소동을 일으키지 않았거나 도웅이 직접 사일을 통해 곽도에게 서신을 전달했다면 이를 곧이곧대로 믿었을지도 몰랐다.

일개 병사를 심문하는 터라 쉽게 증거를 잡을 수 있다고 여겼는데 도리어 거침없는 답변이 돌아오자 도웅도 순간 당황해 말을 잇지 못했다. 이때 진웅이 조심스럽게 진언했다.

"주공, 유시도 벌써 절반이 지났습니다. 지금 결단을 내리지 않으면 아군은 출격할 기회를 잃게 됩니다."

막사 밖에서는 이미 야습 준비를 모두 마친 서주 장사들이 나타나 초경이 곧 가까워 오는데 왜 아직까지 출병 명령을 내리지 않는지 몰라 막사 안을 기웃거리고 있었다. 더 이상 결정을 미룰 수 없었던 도웅은 이를 악물고 외쳤다.

"관도 영채가 너무 단단해 도박을 걸어볼 수밖에 없다! 전군은 곽도와 접응하러 출격하라!"

도웅의 명이 떨어지자 모사들은 일제히 걱정스러운 표정을 지었다. 하지만 가후는 실눈을 뜨고 힐끔 도웅을 바라보았다.

사일이 속으로 몰래 가슴을 쓸어내릴 때, 도응이 불쑥 사일에게 말했다.

"양굉이 너에게 상금 2만 냥과 도백 자리를 약속한 것이 맞느냐? 임무를 완수했으니 내가 대신 너에게 상을 내리겠다. 여봐라, 사일에게 줄 상금을 지금 당장 가지고 오너라."

"황송합니다, 사군."

사일은 짐짓 기쁜 표정으로 절을 올리며 속으로 중얼거렸다.

'이제 남은 건 어떻게 서주 군영을 빠져나가느냐는데… 곽호 장군이 모든 죄를 혼자서 뒤집어쓴다고 했으니 가능한 한 빨리 달아날 방법을 찾아보자.'

도응은 손을 휘저으며 말했다.

"마땅히 받아야 하는 상이니 사양하지 마라. 그리고 넌 원담군 영내를 속속들이 알고 있을 테니 출정에 따라나서라. 아군에게 길을 안내하면 전투가 끝난 후 다시 중상을 내리겠다."

빠져나갈 길을 고민하던 사일은 당연히 크게 기뻐하며 연신 고개를 조아리고 이에 응했다.

이때 도응이 지나가는 말로 물었다.

"참, 제갈 군사의 다리 부상은 좀 나아졌느냐?"

사일은 아무 생각 없이 대답했다.

"피는 이미 멈추었습니다. 다만 화살이 뼈에 박히는 바람에 거동이 아직까지 불편하십니다."

그 순간 도응의 얼굴에 음흉한 미소가 드러났다. 가후는 물론 모사들의 얼굴에서도 웃음이 드러나자 사일은 순간 아차, 하고 후회했다. 이제 곧 적진을 빠져나갈 수 있다는 생각에 잠시 긴장을 놓고 있었던 탓이다. 하지만 이미 엎질러진 물을 주워 담을 수는 없는 법. 사일의 얼굴은 이내 흙빛으로 변하고, 굵은 땀방울이 이마를 타고 줄줄 흘러내렸다.

도응은 사일을 노려보며 또박또박 말했다.

"음, 너는 팽안의 병사라고 하지 않았느냐? 그런데 어떻게 제갈량의 상태를 이리도 잘 안단 말이냐?"

사일은 그대로 바닥에 주저앉아 두려움에 몸을 벌벌 떨었다. 이와 반대로 도응은 여유롭게 웃음을 짓고 말했다.

"어느 순간 이것이 제갈량의 계략이 아닐까 하는 의심이 들었다. 너희 진영에 이런 계략을 꾸밀 수 있는 자는 그뿐이니까 말이다. 그래서 일부러 네놈을 한번 떠본 것인데, 과연 내 요량이 틀리지 않았구나."

그러더니 도응은 이내 웃음을 거두고 책상을 치며 버럭 소리를 질렀다.

"말하라. 너는 대체 누구냐? 제갈량과는 어떤 관계냐?"

사일은 몸이 얼음처럼 얼어붙어 감히 입조차 뻥긋하지 못했다. 이에 도응이 다시 책상을 치며 목소리를 한층 더 높였다.

"저자를 끌고 가 형틀에 매달고 이실직고할 때까지 매우 쳐라!"

호위병들이 예, 하고 우렁차게 대답한 후 사일의 팔짱을 끼고 밖으로 끌고 나가려 하자, 사일은 더 이상 도망칠 곳이 없음을 깨닫고 발버둥을 치며 외쳤다.

"말하겠습니다, 모두 말하겠습니다! 저는 사실 기주군 사병이 아니라 제갈량의 친병입니다. 어제 전 제갈량의 명을 받고 일부러 포로로 잡혀……."

사일이 울면서 털어놓은 사건의 진상을 모두 듣고 도응과 가후 등은 모골이 송연해져 식은땀을 줄줄 흘렸다. 제갈량이 작은 실마리를 통해 자신들의 다음 행동을 예측하고 이런 묘계를 준비했으니, 이들이 놀라는 것도 무리는 아니었다. 만약 양굉이 중간에 끼어들어 방해하지 않았다면 틀림없이 제갈량의 계략에 걸려 서주군은 큰 피해를 모면키 어려웠을 것이다.

하지만 놀람도 잠시, 도응 등의 얼굴에는 금세 미소가 떠올랐다. 이미 제갈량의 계략을 모두 간파한지라 장계취계로 적을 격파할 즐거움만 남았기 때문이다.

도응은 얼굴 가득 미소가 번져 명을 내렸다.

"이 사일을 곽호와 함께 가두고 잘 감시하도록 하라. 훗날 쓸 일이 있을 것이다. 그리고 양굉과 고랑은 후일 처벌할 것이니 물러가 있고, 나팔을 불어 장수들을 모두 중군 대영으로 소집하라."

　그 시각, 원담군 중군 막사에서는 서주군 진영에서 벌어지고 있는 일을 꿈에도 모른 채 원담이 최염, 유비, 제갈량 등과 함께 군대 동원과 매복 배치에 대해 논의하고 있었다.

　제갈량이 먼저 미리 계획해 둔 계책을 올렸다.

　"기후, 도응은 의심이 많고 성격이 신중하여 직접 군사를 이끌고 아군 영내로 들어올 리 만무합니다. 전투가 벌어지면 그는 필시 선봉대를 영내로 진입시키고 자신은 영채 밖에서 이들을 접응할 것입니다. 따라서 아군은 영채 안에만 복병을 설치해서는 안 되고, 대영 좌우에도 반드시 군사를 매복해 두어야 합니다. 영내에서 기습을 감행할 때 좌우 복병도 동시에 튀어나와 도응의 영채 밖 군대를 협공한다면 대승을 거둘 수 있습니다."

　최염도 고개를 끄덕여 제갈량의 생각에 동의하자 원담은 흡족한 표정을 짓고 이들의 건의를 받아들였다. 이어 제갈량이 다시 청했다.

　"우리 주공과 관우, 장비 두 장군을 영채 밖에 매복시켜 주십시오. 두 장군은 만부부당의 무용을 자랑하고, 난군 중에 적장 수급 취하기를 주머니에서 물건 꺼내듯 하는지라 만사가 순조로우면 도응의 목을 벨 수도 있습니다."

　"하하하!"

원담은 손뼉을 치며 웃음을 짓고 유비에게 말했다.

"영채 밖의 매복은 황숙과 두 아우가 좀 맡아줘야겠소."

유비가 공수하며 대답했다.

"분부대로 거행하겠나이다."

이어 제갈량이 또다시 건의했다.

"마지막으로 일군을 대영 측면 먼 곳에 배치해 두십시오. 전투가 개시된 후 이 부대가 곧장 서주 군영으로 짓쳐 들어가 공격을 퍼붓는다면 적의 원군을 견제할 수 있을 뿐 아니라 적군의 군심을 흐트러뜨려 비록 영채를 얻지 못하더라도 대승을 거둘 수 있습니다."

하지만 원담은 난감한 표정을 지으며 머뭇머뭇했다.

"그 계책이 절묘하긴 하나 그리하려면 얼마 남지 않은 기병을 대부분 출격시켜야 하오. 만에 하나 야전에서 패하기라도 하는 날에는 대영을 지키고 싶어도 병력이⋯⋯."

그러자 제갈량이 환하게 웃으며 답했다.

"기후, 호랑이 굴에 들어가지 않으면 어찌 호랑이 새끼를 잡겠습니까? 대군을 출동시키는 모험을 감행하지 않는다면 어떻게 호랑 같은 서주군을 대파하고, 구원하길 망설이는 형주 유사군을 전장으로 끌어들이겠습니까?"

원담이 슬쩍 눈짓을 보내자 최염과 곽도도 반대의 뜻을 표하지 않았다. 이에 원담은 고개를 끄덕이고 말했다.

"좋소. 공명 선생의 계책에 따르리다. 둘째 원희에게 기병을 이끌고 출격해 도응의 대영을 급습하라고 명하라!"

제갈량은 공수하고 감사를 표한 후 정중히 말했다.

"이번 전투에서만큼은 절대 기후를 실망시키지 않겠습니다."

매복 계획 논의를 마친 후 유비와 관우, 장비는 속히 군사를 거느리고 영채 밖으로 나가 좌우에 매복을 차렸다. 원희도 군중에 남은 6천여 기병을 모두 이끌고 대영 북쪽 먼 곳으로 달려가 전투가 벌어지는 대로 서주 대영 급습에 나설 준비를 했다.

한편 제갈량은 영채 안에 남아 매복 위치를 설정해 주고, 또 최대한 적을 독 안에 든 쥐로 만들기 위해 앞쪽 군영에 있는 막사마다 땔나무로 가득 채운 뒤 그 위에 유황 등 인화물을 잔뜩 뿌리라고 명했다. 또한 군영 가운데에는 커다란 구덩이를 판 뒤, 안에 땔감을 가득 채우고 기름을 부어 일단 불이 붙으면 앞쪽 군영 전체가 불길에 휩싸이도록 조치했다.

제갈량이 용의주도하게 준비를 모두 마쳤을 때 시간은 이미 이경이 절반이 지났다. 제갈량은 다시 곽도를 찾아가 정시에 꼭 부대를 이끌고 사방으로 뛰어다니며 함성을 질러 대영이 혼란에 빠진 것처럼 보이라고 신신당부했다.

그제야 중군 영지로 돌아간 제갈량은 원담, 최염 등과 함께 높은 곳에 올라가 전장 전체를 굽어보았다. 곧 있으면 펼쳐질 도웅군의 대패 장관을 상상하며 그의 입가에는 절로 흐뭇한 미소가 지어졌다.

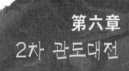

第六章

2차 관도대전

　시간은 살같이 흘러 어느덧 삼경까지는 반각도 채 남지 않았
다. 칠흑같이 어두운 영채 밖에 여전히 아무런 움직임도 보이지
않자, 마음이 조급해진 원담은 척후병을 보내 바깥 상황을 정
탐하려 했다. 그런데 제갈량과 최염이 급히 이를 만류하며 권했
다.

　"기후, 너무 조급해하지 마십시오. 적이 아군 영지를 야습하
면서 병사들은 하무를 입에 물리고 말은 재갈을 물려 아무 소
리도 내지 않는 것은 지극히 정상입니다. 이런 때 척후병을 영
채 밖으로 내보냈다간 도리어 일을 망칠 수가 있습니다."

원담은 제갈량의 권유를 듣고 하는 수 없이 초초한 마음을 억누르고 인내심 있게 삼경이 올 때까지 기다렸다.

달빛이 어둡고 별이 성겨 십 보 앞도 제대로 분간하기 어려운 밤. 쥐 죽은 듯 고요한 적막을 깨고 삼경을 알리는 딱따기 소리가 마침내 울려 퍼졌다.

딱! 따닥, 딱!

"드디어 시간이 왔구나!"

초조하게 기다리던 제갈량은 다리를 절뚝거리며 누각 앞으로 걸어가 앞쪽 군영을 주시했다. 원담과 최염도 곧바로 제갈량의 뒤를 따라가 긴장된 눈으로 시선을 앞쪽 군영에 고정시켰다.

이때 곽도의 대오 수백 명이 '와' 하는 함성 소리와 함께 따로 마련해 놓은 장작더미에 불을 지르고 사방으로 뛰어다녀 마치 대영에 반란이 일어난 것처럼 꾸몄다. 이어 이들 중 일부가 횃불을 들고 영문으로 달려가자 영문을 지키는 수비병은 알아서 뿔뿔이 흩어졌다. 이들은 곧장 영문을 부수고 나가 영문 앞에 설치된 녹각 차단물을 치워 영채 안으로 들어가는 길을 열었다.

"와! 와! 와!"

신호를 보내오자 영채 밖의 먼 곳 어둠속에서 갑자기 수를 헤아리기 어려운 횃불과 기치가 나타나더니 대군이 함성을 지르며 원담군 대영을 향해 조수처럼 밀려들었다. 원담과 제갈량이 손에 땀을 쥐고 지켜보는 가운데 서주군은 빠른 속도로 영채 앞까지 짓쳐들어왔다.

선봉대가 원담군 앞쪽 군영으로 돌격하고 후군이 꼬리에 꼬리를 물고 그 뒤를 따르자, 제갈량 등의 얼굴에는 회심의 미소가 떠올랐다. 그런데 이때 막 적군 영채 안으로 들어온 서주군 선봉대가 갑자기 미친 듯이 소리를 질렀다.

"매복이 있다! 적군의 매복에 걸렸다! 철수하라! 당장 철수하라!"

이어 서주군은 앞쪽 군영 막사에 횃불을 던짐과 동시에 방향을 돌려 빠른 속도로 달아나기 시작했다. 이를 본 제갈량과 최염은 아연실색해 어찌할 바를 모르고 있는데, 성격 급한 원담이 불같이 노해 소리쳤다.

"북을 울려라! 총공격을 감행해 도응 놈이 빠져나가지 못하도록 하라!"

제갈량이 이를 제지하려 했지만 이미 때는 늦고 말았다. 중군 사방에서 북소리가 울리자 앞쪽 군영에 매복해 있던 복병이 일제히 튀어나와 대영 밖으로 퇴각하려는 서주군을 삼면에서 포위 공격해 들어갔다. 대영 밖 양익에 매복해 있던 유비 형제도 좌우에서 뛰쳐나와 서주군을 에워싸려 했고, 먼 곳에 있던 원희 또한 북소리를 신호로 지체 없이 20여 리 떨어진 서주 대영을 향해 달려갔다.

하지만 서주군 대오에서는 이미 징 소리가 울리며 전군이 깃발을 내리고 재빨리 뒤로 퇴각했다. 한 발만 빨랐으면 서주군을 포위망에 가둘 수 있었던 원담과 유비 연합군은 아깝게 이에 실패하자 전력으로 적군의 뒤를 쫓기 시작했다. 이를 본 제갈량은 얼굴이 하얗게 질려 다급히 원담에게 소리쳤다.

"기후, 징을 치십시오. 당장 징을 쳐 군사를 거두십시오!"

원담이 의아한 표정으로 이유를 묻자 제갈량은 발을 동동 구르며 대답했다.

"도응의 대오가 영중에 들어오자마자 곧바로 철수했습니다. 이는 도응 놈이 이미 우리의 사항계를 간파했다는 뜻입니다. 이에 일부러 장계취계를 써서 아군이 뒤를 쫓도록 유인한 뒤 미리 설치해 놓은 복병으로 우리 추격병을 역습하려는 것입니다. 그러니 얼른 징을 치셔야 합니다! 계속 뒤를 쫓다간 필패하고 맙니다!"

"그럴 리가? 도응이 우리의 사항계를 어찌 알아챌 수 있단 말이오?"

원담이 믿을 수 없다는 얼굴을 하고 주저하는 사이에 원담군과 유비군은 이미 대영에서 멀리 벗어나 서주군을 맹렬히 추격하고 있었다. 상황이 급박해지자 제갈량은 아예 원담의 소매를 잡고 간청했다.

"기후, 제발 징을 치라는 명을 내려주십시오. 그렇지 않으면 우리 주공의 대오는 물론 기후의 대오까지 끝장나고 맙니다!"

최염도 옆에서 제갈량을 거들었다.

"주공, 당장 징을 치셔야 합니다. 적의 복병이 없다면 기껏해야 승리의 기회를 날리는 데 불과하지만 정말로 복병이 기다리고 있다면 군대를 온전히 보존할 수 있습니다."

원담은 마뜩잖은 표정으로 이 둘을 바라보다가 마지못해 명을 내렸다.

"징을 쳐라! 먼저 징을 친 뒤 다시 얘기하도록 한다."

명이 떨어지자 북소리가 잦아들고 징 소리가 대신 크게 울렸다. 신나게 적군을 쫓던 원담군은 무슨 영문인지 몰라 뒤를 돌아보고 고개를 갸우뚱했다. 전주와 팽안 등 장수들은 적을 섬멸할 기회를 놓치고 싶지 않았지만 추상같은 군명을 어길 수 없었기에 아쉬운 마음을 뒤로하고 영채로 철수했다. 앞쪽에서 추격에 나섰던 유비도 즉각 추격을 중지하고 후퇴하기 시작했다.

그제야 제갈량은 자칫했다간 큰일이 벌어질 뻔했다며 안도의 한숨을 내쉬었다. 하지만 그가 채 숨을 돌리기도 전에 그의 눈을 동그랗게 만드는 일이 일어나고 말았다.

대영 밖 3리쯤 떨어진 지점에서 갑자기 사방 가득 횃불이 밝혀지고 서주군 깃발이 펄럭이며 우렁찬 함성 소리와 함께 서주군이 원담군 대영을 향해 시살해 들어오는 것이 아닌가!

"으악!"

제갈량은 두 손을 벌벌 떨며 하늘을 향해 미친 듯이 울부짖었다.

"망했다! 우리가 추격을 멈추고 철수하리란 걸 도응 놈이 이미 알고 있었어! 이를 눈치채고 이렇게 가까운 곳에 병력을 매복해 두었던 것이야! 아, 이 일을 어찌한단 말인가!"

역사를 통해 제갈량의 신중한 성격과 작전 기풍을 훤히 꿰뚫고 있던 도응은 거짓 패배해 적을 유인하려는 계책으로는 절대 제갈량을 속일 수 없음을 잘 알았다. 이에 미리 적진 가까이 군사를 매복해 두고 후퇴하는 적군을 영격했던 것이다.

도응은 칼을 들어 적의 대영 정문을 가리키며 큰 소리로 명을 내렸다.

"전속력으로 적진을 향해 돌격하라! 적의 대오를 절대 대가 없이 돌려보내서는 안 된다. 적의 영채를 돌파한 후에는 닥치는 대로 적을 죽이고 막사마다 불을 질러라!"

전고가 울리자 총동원된 서주 기병은 창칼을 높이 들고 함성을 지르며 높은 산을 무너뜨릴 기세로 대영을 향해 도망치는 원담과 유비의 군사를 맹렬히 추격했다. 선두에 섰던 유비군은 위아래 할 것 없이 모두 놀라 황망히 달아나기 바빴다. 유비와 관우, 장비는 물론 일반 사졸까지 앞다퉈 대영 쪽으로 달아나는 통에 아수라장으로 변한 유비군 대오는 서로의 발에 밟혀 죽는 자가 부지기수였다.

유비군을 궤멸한 서주 기병은 파죽지세로 영문 앞까지 돌격해 들어가 미처 대영 안으로 철수하지 못한 원담군과 혼전을 벌였다. 이때 도응이 친히 거느린 서주 보병이 기병과 합세해 공격을 가하자 전의를 상실한 원담군은 애써 건설한 방어 시설을 제 손으로 부수고 영채 안으로 무작정 도망쳤다.

이로써 원담군 대영 영문이 파괴되고 문루(門樓)에도 활활 불이 붙어 견고하던 영채는 마침내 무너지고 말았다. 더욱 기가 막혔던 건 혼란 속에서 원담군 사병 손에 든 횃불이 땔감을 가득 쌓아두고 기름과 유황을 부어둔 막사에 옮겨 붙어 불길이 치솟았다는 것이다. 적군을 섬멸하려고 설치해 놓은 인화물에까지 큰불이 붙으면서 앞쪽 군영은 불바다로 변했고, 불길은 빠른 속도로 확대돼 원담군 진영은 그야말로 아비규환이 따로 없었다.

활활 타오르는 불길이 영지를 환하게 비추는 가운데, 2만 명에 가까운 유비와 원담 연합군은 불길을 피해 비명을 지르며 사방으로 뿔뿔이 흩어져 도망쳤다. 그중 대부분은 방어가 가장 엄밀한 중군 영지로 향했는데, 패잔병에 의해 영지가 무너질까 두려웠던 원담은 냉혹하게 영지 가까이 접근하는 자는 누구를 막론하고 화살을 쏘아 맞히라고 명령했다. 이와 동시에 원담은 전주, 팽안 등 장수들에게 전령을 보내 최대한 군사를 그러모아 적을 영채 밖의 개활지로 유인하고 결사전을 벌인 뒤 전투가 끝나면 영채로 돌아오라고 명했다.

이로 인해 원담군 패잔병은 동료의 화살에 목숨을 잃는 비극을 맞이했다. 한편 원담이 파견한 전령도 전장이 너무 혼란스러운 탓에 전주, 팽안 같은 장수를 만나기 쉽지 않았다. 그는 자기편 패잔병 발에 밟혀 죽지 않으면 다행이었던 터라 자연히 신속하게 명을 전달할 수 없었다.

서주 주력군이 원담군 앞쪽 군영으로 끊임없이 밀려들면서 전투는 일방적으로 전개되었다. 사기와 전투력 모두 앞선 서주군은 혼란에 빠진 원담군 진지를 종횡무진 휘저으며 닥치는 대로 적군을 베고 찔렀다.

전주, 팽안 등 기주 대장들이 가까스로 대오를 조직해 저항해 봤지만 사기가 크게 떨어진 원담군 장사들은 싸울 마음을 잃은 지 이미 오래였다. 이로 인해 억지로 구축한 방원진은 서주군의 공격에 순식간에 무너지고, 많은 장사가 서주군의 창칼에 무기력하게 희생되었다. 그리고 더 많은 사병이 무기를 버리고 중군이나 대영 양쪽으로 사력을 다해 도망쳤다.

패배, 그것도 참패가 기정사실화된 상황에서 원담은 마지막 한 가닥 희망의 끈을 놓지 않았다. 그것은 바로 둘째 원희가 거느린 기병이 속히 돌아와 구원하거나 혹은 서주 대영을 대파하여 적군의 포위를 저절로 푸는 것이었다. 그러나 그 시각 서주군의 영채 밖에서는 원담의 기대를 와르르 무너뜨리는 일이 벌어지고 있었다.

"복병? 복병이 있다고? 도응의 대영 밖에 어떻게 복병이 있단 말이냐?"

원희가 거느린 6천 기병은 서주군 영채 밖 참호에 다가가기도 전에 어둠속에서 일지 복병과 맞닥뜨렸다. 원희 대오가 이 군대와 혼전을 벌이고 있는데, 어느 샌가 또 다른 복병이 나타나 원희 대오를 협공하기 시작했다. 칠흑 같은 어둠속에서 도대체 얼마나 많은 적과 상대하는지도 모르는 상황이 되자, 마음이 두렵고 불안해진 원희군은 싸울 마음을 잃고 갑자기 대오가 붕괴해 사방으로 흩어져 달아나기 바빴다.

서주 대영을 지키던 가후는 원희군이 대패하는 것을 보고 탄식을 내쉬며 말했다.

"주공의 선견지명도 대단하지만 제갈량 역시 절대 만만한 상대가 아니구려. 병력이 아군에 훨씬 미치지 못하는 상황에서도 뜻밖에 복병을 보내 우리 대영을 기습하려 하다니. 이런 대담한 작전을 펼칠 수 있는 자라면 미치광이 아니면 천재, 둘 중 하나요."

그러자 곁에 있던 순심이 미소를 짓고 대꾸했다.

"애석하게도 그는 더욱 천재적인 우리 주공을 만났고, 또 그보다 더 제정신이 아닌 증명을 만났소이다."

서주군의 일방적인 살육이 이어지는 가운데, 원담군 대장 전주와 팽안은 두 차례 대오를 조직해 험준한 지형을 방패 삼아 완강하게 저항에 나섰다. 하지만 대오는 서주군에게 철저히 분쇄되고 무너져, 사방에 시체로 가득하고 부상자가 속출했다. 상황이 여의치 않자 전주와 팽안은 주위의 친병들을 이끌고 영채 양쪽 어두운 곳으로 전력을 다해 도망쳤다.

도응은 이 기세를 몰아 단숨에 원담군 중군 영지를 돌파하고 관도 대영을 손아귀에 넣으려고 했다. 그러나 원담군의 방어 태세는 외부 영지에 비해 전혀 손색이 없었다. 목책을 비롯해 견고한 방어 시설을 설치해 놓고, 영채 사방으로 깊은 참호를 팠으며, 영채 앞에는 수레로 길을 막아 철통같은 방어 진지를 구축했다. 또한 목책과 수레 뒤에 궁노수를 다수 배치해 비오듯 화살을 날리니 서주군의 돌파 시도는 여러 차례 방어벽에 부딪히고 말았다.

이에 중군 영지를 공파하기 어렵다고 판단한 도응은 과감하게 전술을 변경했다. 그는 서황과 조운에게 기병을 이끌고 좌우로 출격해 도망가는 적을 모조리 섬멸하라 명하고, 자신이 거느린 보병 대오에게는 아직 달아나지 못한 적을 베는 한편 영채 앞의 방어 공사를 최대한 파괴하라고 재촉했다.

패배가 결정된 순간부터 제갈량은 한마디 말도 꺼내지 못했다. 그저 누각 위에서 미동도 하지 않은 채 서 있을 뿐이었다. 망연자실한 표정을 짓고 있는 그는 이번 참패의 책임이 누구에게 돌아올지 잘 알고 있었다. 자신이 적의 의도를 오판하고, 사항계를 써 적을 유인하자고 강력하게 주장했으니 난폭한 원담의 질책을 피할 길이 있겠는가.

날이 서서히 밝아오자 잿더미로 변한 앞쪽 군영과 영채 안팎에 산더미처럼 쌓인 시체가 눈에 들어오기 시작했다. 이를 본 원담은 발연대로하여 성큼성큼 제갈량 앞으로 다가가 그의 멱살을 잡고 버럭 화를 냈다.

"이것이 그대가 말한 만전지책이고, 필승의 전략이란 말인가? 지금 병마도 잃고 군영마저 불타버렸으니 어쩔 것이오?"

제갈량은 꿀 먹은 벙어리가 돼 원담의 시선을 외면했다. 부끄러움이 극에 달해 원담을 바라볼 용기조차 없었던 것이다.

이때 다행히 곁에 있던 최염이 다가와 원담을 만류하며 침착하게 권했다.

"주공, 승패는 병가지상사라고 했습니다. 그리고 이번 패전이 비록 공명 선생의 오판에서 비롯되었으나 우리도 이 계책을 기꺼이 채납했으니, 책임은 양쪽 모두에게 있습니다."

최염의 설득에 제갈량을 단칼에라도 벨 것 같았던 원담의 화가 조금은 누그러들었다. 그런데 이때 영채 밖 먼 곳에서 갑자기 이상한 움직임이 포착돼 바라보니, 서주 대영을 급습하러 갔던 원희가 기병을 이끌고 낭패해 도망쳐 오는 것이 아닌가. 뒤쪽에서는 서주 기병이 바짝 추격해 들어오고, 영채 밖에 있던 서주 보병도 전열을 정비하고 추격군과 함께 원희의 패잔병을 협공할 태세를 갖추었다.

원희에게 일말의 희망을 걸었던 원담은 창백해진 얼굴로 다급히 명을 내렸다.

"빨리 쾌마를 원희에게 보내 측면으로 돌아 영채로 돌아오라고 일러라."

하지만 최염이 난감한 표정으로 말했다.

"주공, 이미 늦었습니다. 서주군이 군사를 나눠 남북 양쪽 영문을 지키고 있어서 이공자가 어느 쪽으로 들어오든 적군의 저지를 뚫기 어렵습니다."

원담이 절망의 탄식을 내쉬고 있을 때, 원희는 영리하게도 방향을 북쪽으로 틀어 만반의 준비를 갖추고 기다리던 서주군 보병을 피해 개활지로 달아났다. 하지만 그것도 잠시, 갑자기 원담의 입에서 비명이 터져 나왔다.

"군자군? 큰일이다. 둘째를 쫓고 있는 놈들이 군자군 아닌가! 원희가 살아 돌아올 수 있을지 모르겠구나!"

원담의 한탄처럼 군자군은 원희군과 일정한 거리를 두고 추격하며 끊임없이 화살을 날려대고 있었다. 원희군은 필사적으로 북쪽을 향해 달아날 뿐, 전혀 반격할 엄두를 내지 못했다. 이를 본 최염도 발을 동동 구르며 탄식했다.

"아, 이공자가 거느린 기병 중 군자군의 추살을 피해 돌아올 수 있는 병사가 몇이나 될꼬!"

"기후, 계규 선생, 너무 걱정 마십시오."

이때 제갈량이 마침내 입을 열었다.

"북쪽 10리 지점은 바로 복수입니다. 이 일대는 하류가 복잡하고 무원, 양무처럼 잠시 용신할 만한 작은 성이 있어서 지형상 군자군이 작전을 펼치기 용이하지 않습니다. 이공자가 수류가 완만한 곳에서 복수를 건너기만 하면 군자군의 추격을 벗어나기 어렵지 않습니다."

제갈량의 설명에 최염은 그제야 마음을 놓았지만 원담은 흥, 하고 콧방귀를 뀌며 다시는 제갈량의 권유를 듣지 않으리라 다짐했다.

제갈량의 말대로 원희는 복수 근처까지 달아난 후 물살이 느린 지점에서 필사적으로 강을 헤엄쳐 건넜다. 하지만 군자군은 말을 버리고 도하할 수 없었기에 하는 수 없이 강기슭에서 화살만 계속 날려댔다. 원희가 6천 기병 중 절반 정도를 이끌고 강을 건너 양무성 안으로 들어가 버리자, 도기는 추격을 멈추고 적이 놓고 간 전마 수천 필을 챙겨 관도 대영으로 돌아왔다.

군자군이 돌아왔을 때 서주군은 이미 원담군 대영 바깥쪽 방어 시설을 대부분 파괴했고, 서황과 조운도 3천 명이 넘는 포로를 사로잡았다. 원담군이 중군 영지에 틀어박혀 좀체 밖으로 나오지 않자, 도응은 공성 무기를 완비하지 않은 채 견고한 영채를 계속 공격하는 것은 무리라고 여겨 포로를 압송하고 노획한 전리품을 챙겨 대영으로 개선했다.

이번 전투에서 사망하거나 실종되고 포로로 잡힌 원담군은 총 1만 2천 명이 넘었다. 앞쪽 군영이 몽땅 불타 버린 것은 물론, 힘들게 구축한 대영 외곽 공사까지 거의 훼손돼 방어력이 크게 약화되었다.

한편 유비는 서주군이 철수한 뒤 관우, 장비와 함께 힘들게 그러모은 4천 병력 중 채 천 명도 남지 않은 군사를 이끌고 겨우 살아서 원담군 대영으로 돌아왔다. 유비가 이번에도 자신의 불운에 애통해하고 있을 때, 제갈량이 슬쩍 그의 귀에 대고 속삭였다.

"주공, 원담은 이번 참패 후 관도를 사수할 마음을 잃고 병주로 철수해 원상과 기주를 다투려 할 가능성이 높습니다. 따라서 원담 입에서 이 얘기가 나오면 그를 대신해 허도로 가 목숨을 걸고 서주군을 견제하겠다고 말씀하십시오. 이 일이 성공하기만 하면 어젯밤의 손실은 만회하고도 남습니다."

"관도를 포기하고 병주로 간다고? 설마 그럴 리 있겠소?"

유비가 의아해하는 얼굴로 묻자 제갈량이 주위를 살피고 나지막이 대답했다.

"물론입니다. 원담이 비록 교만하고 방자하다 하나 자신이 도응의 상대가 아님을 똑똑히 알고 있습니다. 이에 그는 관도를 버리고 병주로 가 잠시 도응의 예봉을 피할 마음을 먹을 게 분명합니다. 곽도와 최염도 황하와 태항산 등 천험의 요지에 의지하고 내부 결속을 다져 원상에게서 기주를 빼앗으려는 계획에 반대할 리 없습니다."

유비의 가느다란 눈이 번뜩 빛나며 얼굴에 화색이 돌자 제갈량이 다시 주의를 주었다.

"다만 한 가지, 원담이 허도와 천자를 내주는 조건으로 도응에게 화친을 요청할 수가 있습니다. 만약 원담이 이런 생각을 가지고 있다면 무조건 반대하셔야 합니다. 그렇지 않으면 우리의 계획은 모두 허사로 돌아가고 맙니다."

유비는 제갈량의 권고를 마음에 새기고 연신 고개를 끄덕였다.

\*　　　　\*　　　　\*

서주군 대영으로 개선한 도응은 즉각 삼군을 호궤하라 명하고 이번 전투에서 공을 세운 장수들에게 중상을 내렸다. 서주 장사들이 환호작약하는 모습에 도응도 기분이 한껏 고조되어 양굉, 고랑은 물론 맡길 일이 있다며 곽호와 사일까지 막사로 데려오라고 일렀다.

호위병이 명을 받고 나가자 곁에 있던 허저가 끼어들어 말했다.

"주공, 그 두 놈의 목을 당장 베는 것 아니었습니까? 무슨 일을 맡긴단 말입니까? 그들은 사자가 아니라서 죽이더라도 도의에 어긋나지 않습니다."

서주 장수들 또한 거짓으로 투항하고 군사 기밀을 정탐하려 한 곽호와 사일을 죽이라며 목소리를 높였다. 하지만 도웅은 엷게 미소를 짓고 대꾸했다.

"그들을 죽이는 것이야 하찮은 일에 불과해서 차라리 큰일 하나를 맡기려고 하오."

허저가 궁금해 무슨 일이냐고 물었지만 도웅은 그저 웃기만 할 뿐 대답하지 않았다. 잠시 후 중군 막사 안에 술상이 차려지자 도웅은 잔을 높이 들어 이번 대승을 축하하고 문무 관원들에게 술을 권했다. 술이 서너 순배 돌았을 때 양굉과 고랑 및 곽호, 사일이 막사 안으로 압송돼 도웅 앞에 무릎을 꿇었다.

도웅은 웃음을 띤 채 분부했다.

"곽호와 사일을 막사 밖으로 끌어내 옷을 모두 벗기고 등과 가슴에 각각 내가 일러주는 글귀를 새겨 넣어라. 첫 행은 '공명묘계안천하(孔明妙計安天下)'요, 둘째 행은 '배료부인우절병(賠了

夫人又折兵)'이다. 문신을 다 새기면 저들을 관도 대영으로 쫓아 내라."

사실 이는 삼국연의에서 주유가 손권의 여동생을 유비에게 시집보내는 척 속여 유비를 살해할 흉계를 꾸몄으나 이 계략을 간파한 제갈량이 주유의 계략을 역이용함으로써 결국 유비는 손씨 부인을 얻고 또 그를 쫓는 주유의 추격 부대를 물리쳤다는 고사에서 나온 말이다. 제갈량이 병사들을 시켜 이 글귀를 읊게 하자 분기탱천한 주유는 별안간 입에서 피를 쏟고 금창(金瘡)이 터지며 선상에 쓰러졌다. 도응은 이 글귀 중 '주랑(周郎)'만 '공명'으로 바꿔 제갈량을 조롱한 것이다.

"공명의 묘계는 천하를 안정시킬 만한데, 이번에는 부인을 잃고 병사마저 꺾었구나! 오, 정말 절묘한 명문입니다!"

서주 장수들은 박장대소하며 웃음을 터뜨렸다. 하지만 곽호는 발연대로하며 큰 소리로 외쳤다.

"도응, 네 이놈! 차라리 날 죽여라. 어찌 이런 비열한 방법으로 날 모욕하는 것이야!"

도응은 가느다랗게 눈을 뜨고 곽호를 노려보며 말했다.

"얼굴에 문신을 새기지 않은 것만도 네 체면을 봐준 것이다. 그리고 이를 따지려면 유비를 따라 관도로 와 너희들 손을 빌려 내게 복수하려 한 제갈량에게 가서 따지도록 해라. 여봐라, 당장 저자들을 끌고 나가라!"

호위병은 명을 받자마자 악을 쓰며 저항하는 곽호와 사일을 막사 밖으로 질질 끌고 나갔다.

이어 도응은 양굉과 고랑 쪽으로 고개를 돌리고 천천히 입을 열었다.

"중명, 이번에 그대가 저지른 죄과는 목을 베도 시원치가 않소. 하지만 그 덕에 적의 계략을 간파할 수 있었으니, 음… 내가 어떻게 그대를 처벌해야 하겠소?"

양굉은 다급히 머리를 조아리고 우는 목소리로 간청했다.

"주공, 이번 한 번만 용서해 주십시오. 소신이 전에 세운 척촌 지공(尺寸之功)을 봐서라도 제발 목숨만 살려주십시오!"

여기에 가후와 순심, 조운 등 문무 관원들까지 가세해 이번 만 너그러이 양굉을 용서해 달라고 청했다. 도응은 눈을 감고 잠시 생각에 잠겨 있다가 못 이기는 척하며 말을 꺼냈다.

"좋소. 내 그대들의 얼굴을 보아 중명의 죄를 사해주리다. 참, 자양도 이에 동의하는 것이오?"

사실 이번 사태의 가장 큰 피해자는 바로 유엽이었다. 양굉이 멋대로 유엽의 이름을 도용하는 바람에 도응에게 적과 내통했다는 의심을 사는 등 큰 곤욕을 치렀기 때문이다. 유엽이 고개를 끄덕여 동의를 표하자 도응은 그제야 양굉과 고랑을 다시 한 번 크게 꾸짖고 당장 눈앞에서 사라지라고 명했다. 이들은 연신 바닥에 머리를 찧으며 감사를 표한 후 도응의 맘이 바뀔세라 재빨리 막사를 빠져나갔다.


  등과 가슴에 문신을 새긴 곽호와 사일이 원담군 대영으로 돌
아온 후, 제갈량은 군중의 웃음거리로 전락해 체면과 위신이
크게 깎이고 말았다. 하지만 이는 사소한 일에 불과했다.

  곽호와 사일이 사건의 전후 과정을 모두 털어놓았을 때, 제갈
량을 비롯한 원담, 유비 등은 너무 어이없는 사건의 진상에 그
저 헛웃음만 나올 뿐이었다. 실소를 금치 못하던 원담은 갑자
기 얼굴색이 변하며 버럭 소리를 질렀다.

  "이렇게 단순한 일을 그토록 복잡하게 생각해 결국 1만이 넘
는 우리 대군을 꼬라박았단 말인가. 그러고도 그대가 자칭 군
사라고 얼굴을 들고 다닐 수 있소?"

  조롱 섞인 원담의 분노에 제갈량은 부끄러워 차마 고개를 들
수 없었다. 그러자 드디어 자신의 자리를 되찾을 기회가 왔다고
여긴 곽도가 원담의 말에 맞장구를 치며 의기양양한 어조로 간
했다.

  "주공, 이 일은 반드시 재난을 일으킨 장본인을 찾아 일벌백
계로 다스려야 합니다. 만약에 어물쩍 넘어갔다가 이번 참패의
원인이 제 잘난 맛에 취한 누구 때문이라는 사실이 알려지면
아군의 사기에 큰 영향을 미치게 됩니다."

  원담은 최대한 화를 억누르고 유비 쪽으로 고개를 돌려 물

었다.

"이번에 귀군의 군사가 잘못된 계책을 올려 아군이 심각한 피해를 입었소. 그래서 말인데 이를 아군 장사들에게 어찌 해명할 생각이오?"

유비가 이러지도 저러지도 못하고 난감해하고 있는데, 제갈량이 제 발로 나와 공수하고 말했다.

"기후, 모든 책임은 저에게 있습니다. 그러니 이 량이 군법을 달게 받겠습니다."

"그래, 스스로 죄를 인정한단 말이지…… . 여봐라, 제갈량을 끌어내 목을 베고 원문에 수급을 걸어 죄상을 낱낱이 밝히도록 하라!"

원담의 추상같은 명이 떨어지자마자 유비와 최염은 화들짝 놀라 이구동성으로 이를 제지했다. 이어 유비가 황급히 공수하며 간청했다.

"공명이 이번에 죄를 지었다 하나 모두 기후에 대한 호의로 계책을 올린 것입니다. 그러니 비의 얼굴을 보아 한 번만 목숨을 살려주십시오."

최염도 원담 가까이 다가가 귀엣말로 속삭였다.

"주공, 제갈량을 죽여서는 안 됩니다. 그는 어쨌든 유현덕의 군사고, 유현덕 뒤에는 형주의 유표가 있습니다. 지금 만약 제갈량을 죽이면 유표에게 구원을 요청할 희망이 완전히 사라지고 맙니다. 그러니 짐짓 은혜를 베풀어 제갈량의 목을 남겨두십시오."

원담은 음, 하고 신음을 내뱉더니 억지로 고개를 끄덕이고 말했다.

"좋소. 내 현덕 공의 얼굴을 보아 제갈량을 죽이지 않으리다. 하지만 군법은 매우 지엄한 것. 죗값은 치러야 하지 않겠소? 제갈량을 끌어내 곤장 30대를 쳐라!"

"기후……."

유비가 다시 용서를 구하려고 입을 열 새도 없이 제갈량은 고개를 꼿꼿이 든 채 다리를 절뚝거리며 스스로 막사 밖으로 걸어 나갔다. 곧이어 볼기 치는 소리와 비명 소리가 군영에 울려 퍼지더니, 제갈량은 살갗이 찢기고 살이 터져 몇 번이나 고통에 까무러쳤다. 매질이 끝나자 유비는 쏜살같이 제갈량에게 달려가 직접 그를 부축한 뒤 사람을 시켜 얼른 막사로 데리고 가 치료를 받게 하라고 명했다.

초주검이 된 제갈량을 보고 원담의 노기도 조금은 누그러들었다. 그는 냉정을 되찾고 유비에게 물었다.

"참, 유 사군의 구원병이 섭현에서 여러 날 동안 꼼짝 않고 있는데, 가능한 한 빨리 북상해 관도를 구원하도록 재촉할 방법이 없겠소?"

제갈량의 횡액에 분통이 터진 유비는 어깃장을 놓으며 대꾸했다.

"섭현의 1만 형주군으로는 불붙는 수레에 물 한 잔 붓는 격이라 아무 도움도 되지 못합니다. 앞쪽 군영이 전소돼 방어력이 크게 약화된 데다 곧 있으면 도응이 관도에 강공을 퍼부을 텐데, 얼마 안 되는 구원병이 온다고 전세가 바뀔 리 있겠습니까?"

유비가 작정한 듯 현실을 적나라하게 들추어내자 원담과 곽도, 최염 등은 금세 표정이 어두워져 아무 말도 꺼내지 못했다. 하지만 여전히 자신감에 넘치는 학소가 앞으로 나와 공수하고 말했다.

"주공, 너무 심려 마십시오. 말장에게 수천 보졸만 떼어주시면 적이 감히 넘볼 수 없도록 수일 안에 중군 영지를 튼튼하게 만들어놓겠습니다."

원담이 주저하며 쉽사리 결정을 내리지 못하자 이번에는 곽도가 앞으로 나와 간했다.

"어젯밤 전투로 아군이 막심한 피해를 입어 관도를 지키는 것은 이제 아무런 의미도 없어졌습니다. 그러니 차라리 여력이 있는 지금, 한시라도 빨리 다른 계획을 세워 병마를 재정비하고 군대의 위세를 가다듬은 후 복수에 나서야 합니다."

"관도를 포기하자고?"

원담은 달갑지 않은 표정으로 말했다.

"허도로 통하는 요로인 관도를 잃는다면 허도도 지키기 어려워지게 되오. 복양에 고간과 왕마의 5만 병마가 있으니 이들을 불러들여 도웅과 결전을 벌이는 건 어떻겠소?"

이 말에 곽도가 황급히 반대하고 나섰다.

"그건 절대 불가합니다! 복양의 군대는 지금 진도와 원상의 견제를 받고 있습니다. 함부로 저들을 움직였다간 필시 도웅과 원상군의 반격을 받게 되고, 설사 저지를 뚫고 관도에 이르더라도 인마가 모두 지쳐 큰 도움이 되지 않습니다. 이 병마마저 잃게 된다면 아군은 원상의 반란을 평정하고 기주의 기업을 되찾아올 길이 더욱 요원해집니다."

그 말에 원담은 다시 우물쭈물해하다가 그래도 믿을 만한 최염 쪽으로 시선을 돌렸다. 최염은 담담한 표정으로 고개를 끄덕인 뒤 대답했다.

"주공, 공칙의 말이 일리가 있습니다. 복양의 병마를 움직이게 되면 적에게 협공의 기회를 줄 뿐 아니라 성지까지 잃게 돼 설상가상의 위험에 처하고 맙니다."

"이리 해도 안 된다, 저리 해도 안 된다, 그럼 나더러 대체 어쩌란 말이오? 대책을 세워줘야 할 것 아니오?"

원담이 답답한 마음에 다그쳐 묻자 최염이 답했다.

"세 가지 선택이 있습니다. 첫째는 관도를 버리고 허도로 물러나 지키는 것이고, 둘째는 관도를 사수하며 유표에게 구원을 청하는 것이며, 셋째는 관도를 포기하고 병주로 철수하는 것입니다."

최염은 잠시 숨을 고른 뒤 한마디 더 덧붙였다.

"세 번째 선택을 위해서는 도응에게 사신을 보내 화친을 청해도 무방합니다. 잠시 굴욕을 참고 연주 땅을 떼어주며 병주로 무사히 철수하게 해달라고 요구하십시오. 도응이야 이군의 손을 빌려 원상을 견제할 수 있으므로 필시 이에 응할 것이고, 아군도 병마를 보존하여 병주로 철수한다면 도응의 예봉을 피할 수 있을뿐더러 원상에 대한 군사력 우세를 계속 유지해 기주를 취하기 한결 수월해집니다."

원담은 최염의 견해에 강력하게 반대하지 않았지만 자존심 때문에 동조를 표하지도 못했다. 이때 원담의 눈치를 살피던 유비가 끼어들어 말했다.

"기후가 관도를 버리고 병주로 갈 마음이 있다면 굳이 반대하지 않겠습니다. 하지만 연주까지 포기할 필요는 없다고 생각합니다. 비가 비록 재주 없으나 아우들과 함께 허도로 가 신평, 잠벽과 연합해 허도를 굳게 지키며 기후가 권토중래해 돌아올 때까지 기다리겠습니다."

원담은 입꼬리를 살짝 올리고 유비를 유심히 노려보았다. 수중에 겨우 천 명도 남지 않은 패잔병을 이끌고 허도로 가려는 저의가 눈에 빤히 보였기 때문이다. 이에 원담은 에둘러 유비의 제의를 거절했다.

"관도를 버릴지 여부는 중대한 문제라 좀 더 숙고한 뒤 결정을 내리겠소."

잔뜩 기대에 부풀었던 유비는 실망한 빛이 가득해 물러났다.


이튿날 오전이 되자 도응은 전날의 여세를 몰아 친히 4만 대군을 이끌고 관도 대영에 맹공을 퍼부었다. 원담도 이에 맞서 견고한 영채에 의지해 완강하게 영지를 사수했다.

공수가 명확히 갈린 가운데, 서주군은 먼저 벽력거로 원담군의 기선을 제압한 뒤 긴 방패를 영채 밖에 촘촘히 세우고 화살을 비 오듯 날려 적을 계속 압박해 들어갔다. 그런 다음 독륜거로 돌과 흙을 운반해 관도 대영 앞의 참호를 메우기 시작했다. 공격 속도가 빠르진 않았지만 착실하게 전개돼 저녁 무렵에 이르렀을 때는 참호가 대부분 평평하게 메워졌다.

소기의 성과를 이룬 도응은 날이 어두워진 것을 보고 징을 쳐 군사를 거두었다. 서주군의 징 소리가 들리고 군사들이 썰물처럼 빠져나가자, 하루 내내 긴장했던 원담군은 그제야 안도의 한숨을 내쉬고 모두 그 자리에 털썩 주저앉았다. 그런데 이때 횃불을 든 서주 기병 하나가 원담군 대영 앞으로 달려와 큰 소리로 외쳤다.

"기주 장사들은 모두 똑똑히 들어라!"

원담과 곽도 등이 무슨 영문인지 몰라 귀를 쫑긋 세우고 있
는데, 그 서주 기병은 목소리를 한층 더 높여 고래고래 소리쳤
다.

"우리 주공 도 사군은 너희 주공 원담과 인척 관계가 있어서
설사 양군이 교전하더라도 절대 독수를 쓰길 원치 않으셨다! 그
린데 너희 주공은 역적 유비와 제갈량의 사주로 아군에게 독화
살을 쏘는 불의한 짓을 저질렀다! 그러니 우리가 어떤 수단을
동원하더라도 결코 우리를 탓하지 말라. 이는 모두 너희 주공
이 유비와 제갈량을 끌어들여 자초한 재앙이다!"

그러더니 그 서주 기병은 말 머리를 돌려 달아나 버렸다. 원
담군 장사들은 대체 무슨 얘기를 하는지 몰라 서로의 얼굴만
바라보고 있을 때, 마주한 서주군 진영에서 갑자기 벽력거 소리
가 울리고 수십 개의 시꺼먼 물체가 목책을 넘어 원담군 영지
안으로 날아왔다. 어떤 것은 군사가 밀집한 곳에 떨어지고, 또
어떤 것은 사람이 없는 곳에 떨어졌는데, 석탄 떨어질 때 나는
굉음이 아니라 항아리 깨지는 파열음만 들릴 뿐이었다. 벽력거
소리에 익숙한 원담군이 무슨 일인지 몰라 고개를 갸웃거리고
있을 때, 돌연 귀를 찢는 비명 소리가 울려 퍼졌다.

"뱀이다! 서주군이 뱀을 쏘았다! 그것도 모두 독사야… 으악!"

이어 뱀에게 물린 군사들의 비명이 여기저기서 끊임없이 터
지고, 또 군사들이 뱀에게 물리지 않으려고 사방으로 달아나는

통에 대영 안은 순식간에 아수라장으로 변했다.

석탄의 정체를 확인한 원담은 이를 바득바득 갈며 욕을 퍼부었다.

"독사를 아군 영지 안으로 던지다니. 도응 놈이 어찌 이리도 악랄하단 말이냐! 이것이 인두겁을 쓰고 할 짓이란 말인가!"

그러면서도 원담은 언제 뱀이 나타날지 몰라 얼른 횃불로 뱀을 쫓아버리라고 말하고, 팽안과 학소에게 명을 내렸다.

"나는 중군 막사로 돌아갈 터이니 너희들이 이곳을 맡아 뱀을 모두 소탕하라. 그리고 막사 주위에 웅황(雄黃)을 뿌려 뱀의 접근을 막아라."

서주군이 사전에 독수를 쓰게 된 이유를 밝힌 탓에 원담군 내부에서는 자연히 유비와 제갈량을 성토하는 목소리가 높아졌다. 성격이 불같은 일부 원담군은 유비군이 먼저 독화살을 쏘는 바람에 자신들이 보복을 당했다며 아예 유비군에게 달려들어 폭행을 가하기도 했다. 이를 기화로 양군 사이에 난투극이 벌어지고 갈등이 점점 첨예화되었다.

전령이 이 사실을 알리러 중군 막사로 달려왔을 때, 안에서는 원담 역시 유비 형제에게 오두독을 바른 화살을 쏘라고 건의하는 바람에 일이 이 지경에 이르렀다며 심하게 욕을 퍼붓는 중이었다.

그때였다.

"필부 놈이 감히 우리 형님을 모욕하는 것이냐!"

쉬지 않고 이어지는 원담의 화풀이를 참다못한 장비가 돌연 칼을 빼들고 원담을 찌르려고 했다. 이에 원담의 호위병이 크게 놀라 급히 칼을 뽑아들고 유비 형제를 포위했다. 일촉즉발의 위기 순간에 다행히 최염이 침착하게 호위병을 제지하고, 유비도 한사코 장비를 만류해 최악의 사태는 일어나지 않았다.

하지만 일이 이 지경에 이른 마당에 유비는 더 이상 원담군 군중에 머물 수 없어 원담에게 공수하고 말했다.

"독화살은 우리 대오에서 먼저 쏜 것이 맞습니다. 하지만 아군이 이를 처음 사용한 것이 아닙니다. 도응은 광릉에서 독화살로 손책을 죽인 일이 있습니다. 서로 속고 속이는 전장에서 전 이를 잘못된 일이라고 생각해 본 적이 없습니다. 어찌 됐든 도응의 이간계에 당하길 원하신다면 오늘 밤 당장 귀군 대영을 떠나드립죠."

그러더니 유비는 관우와 장비를 데리고 성큼성큼 막사를 나가 버렸다. 원담은 유비 형제의 뒷모습을 바라보며 후회막급한 표정을 지었고, 최염도 빨리 유비를 좋은 말로 달래라고 권했다. 이때 곽도가 앞으로 나와 나지막이 간했다.

"주공, 그냥 가라고 내버려 두십시오. 저들에게 남은 8백 군사가 여기에 머문다고 무슨 도움이 되겠습니까. 도응에게 화친을 구하는 데 걸림돌만 될 뿐입니다."

곽도의 건의를 듣자 원담은 다시 생각이 바뀌어 막사 밖으로 나가려던 발걸음을 멈추었다.

하지만 원담은 금세 생각이 바뀌었다. 불원천리(不遠千里)하여 자신을 구원하러 온 유비를 이렇게 쫓아냈다간 자신의 명성에 흠이 갈 뿐 아니라 유표에게 출병 거절의 구실을 줄까 걱정되었기 때문이다. 원담은 냉정한 판단 아래 최염의 건의를 받아들여 진진을 보내 술과 고기로 유비 형제를 위로하고 사과의 뜻을 전하라고 명했다.

군사 태반을 잃은 유비야 비빌 언덕을 찾기 위해서라도 관도를 떠날 마음이 없었다. 진진의 방문을 받은 유비는 속으로 쾌재를 부르고 기꺼이 원담의 만류를 받아들인 데 이어 격앙된 어조로 원담군과 협력해 간적 도웅을 무찌르자며 목소리를 높였다.

유비를 붙잡아두는 데는 성공했지만 독사 사건으로 원담군 대영의 인심이 흉흉해지고 사기가 크게 떨어져 하룻밤 사이에 병사 수백 명이 탈영했다. 그리고 그중 대부분은 아예 서주 대영으로 가 투항해 버렸다.

이처럼 곤궁한 상황에 직면하자 원담은 어쩔 수 없이 곽도의 건의를 수용하기에 이르렀다. 그는 이튿날 사신을 도웅에게 보내 다시는 서로 잔혹한 수단을 동원하지 않기로 약속하면서, 도응이 자신의 화친 요구에 응하려는 마음이 있는지 떠보고자 했다.

다음 날 오전, 원담군 사자가 서주군 영채로 막 출발하려고 하는데 도응이 먼저 3만 대군을 이끌고 원담군 대영으로 달려와 싸움을 걸었다. 원담은 숙고 끝에 친히 일군을 거느리고 대영을 나간 뒤 도응에게 사람을 보내 앞으로 나와 대화에 응하라고 요구했다. 도응이 이를 수락한 후 원담과 도응은 각각 10여 기를 거느리고 출진해 10보 거리를 두고 서서 직접 협상을 전개했다.

원담은 기선을 제압하기 위해 먼저 기세등등하게 소리쳤다.

"도응, 너는 어찌 듣도 보도 못한 그런 잔학한 수법으로 우리 군사들을 박해했단 말이냐! 금수만도 못한 짓을 저지른 네가 무슨 한의 신하요, 성인의 문도(門徒)라고 할 수 있겠느냐!"

도응은 코웃음을 치고 되받아쳤다.

"그만하시지요, 처남. 그대들이 먼저 독화살을 쏴 똑같은 방법으로 보복한다고 어제 분명 말했을 텐데요. 내 잔학함을 꾸짖기 전에 먼저 그대의 행동을 돌아보는 것이 순서 아니겠소?"

원담은 제 발이 저려 다급히 변명했다.

"그건 내 짓이 아니라 유비군이 한 짓이다. 나도 나중에야 그들이 교전 중에 독화살을 쏜 사실을 알았다."

"세 살짜리 어린애도 믿지 않을 거짓말은 그만두시오."

도웅은 냉소를 짓고 말을 이었다.

"좋소. 내 악부 대인과 부인의 얼굴을 보아 기회를 한 번 드리리다. 유비 삼형제와 제갈량을 넘겨준다면 이후로는 절대 악독한 무기를 쓰지 않겠다고 약속하겠소."

원담은 단칼에 이를 거절했다.

"그럴 수는 없다. 유비는 먼 길을 마다않고 나를 구하러 달려온 은인인데, 어찌 그를 배신한단 말이냐!"

"그럼 얘기는 여기서 그만둡시다. 어서 돌아가 개전 준비나 하시오. 내 이번에 천자의 조서를 받들어 역적을 토벌하러 왔으니 손 속에 사정을 두리란 기대는 갖지 마시오."

도웅이 매몰차게 대화를 중지하고 말 머리를 돌려 돌아가려하자 원담은 다급한 마음에 소리쳤다.

"매부, 도 사군, 잠시 기다리게. 내 아직 할 말이 남았네. 어찌 됐든 우리는 처남, 매부 사이 아닌가. 전에 매부의 세력이 미미할 때 우리 원가가 나서서 자네를 비호해 주고 강대해질 시간과 기회를 벌어주었는데, 어찌 이리도 야박하게 군단 말인가?"

도웅은 말고삐를 잡아당기고 냉랭하게 대꾸했다.

"내 본래 천자의 조서를 받들고 출병해 그대 진영을 몰살해야 옳지만 악부 대인과 부인의 얼굴을 보아 다시 한 번 기회를 주겠소. 말해보시오. 그대의 생각이 무엇인지."

원담은 이제야 살았구나, 하는 안도의 한숨을 내쉬고 애원조로 말했다.

"고맙네, 매부. 음, 우리 화친을 맺는 건 어떻겠는가? 매부가 정전에 합의하고 군대를 거두기만 한다면 무슨 조건이든 다 들어주겠네."

적의 심리를 이용해 마침내 원하는 대답을 이끌어 낸 도응은 속으로 미소를 짓고 말했다.

"좋소. 세 가지 조건에 합의해 주기만 하면 내 당장 군대를 물리리다."

원담이 크게 기뻐하며 무슨 조건이냐고 묻자 도응이 흥정에 나섰다.

"첫째, 원상과 화해하고 지금 이후로 절대 서로 군대를 동원하지 않겠다고 맹세하시오. 둘째, 연주 전역에서 군대를 물리고 천자를 봉환하시오. 셋째, 유비 삼형제와 제갈량을 포박해 나에게 넘기시오. 이 조건들만 수락한다면 즉각 전쟁을 멈추고 영원히 상호 침범하지 않겠다고 약속하리다."

도응이 제시한 조건을 듣고 원담은 숙고에 잠겼다가 한참 뒤에야 입을 열었다.

"매부, 조건을 좀 더 논의해 보는 건 어떻겠나? 첫 번째 조건은 수용 가능하나 연주 전역을 달라는 두 번째 조건은 너무 심하지 않은가? 그리고 세 번째 조건은 절대 들어줄 수 없네. 불원천리하여 날 구하러 달려온 유비를 매부에게 넘겨준다면 사람들 앞에서 무슨 낯으로 고개를 들고 다니겠는가?"

이때 도웅이 돌연 목소리를 높여 크게 소리쳤다.

"두 번째 조건은 논의가 가능하지만 세 번째 조건은 절대 양보할 수 없소! 이는 사위의 입장에서 악부 대인의 기업을 보존하기 위한 일이기도 하오. 유비가 어떤 자인지는 내가 똑똑히 알고 있소. 전에 그는 서주를 구하러 와서는 외려 서주를 도모하려 했고, 나중에는 원술을 구하러 가 회남을 도모하려 했으며, 조조에게 귀순해서는 조조의 병마를 대량으로 약취해 갔소. 그대가 이런 늑대를 집 안으로 끌어들였으니 내가 나서서 관여하지 않는다면 악부 대인이 남기신 기주와 병주, 유주에 조만간 손을 쓰려 할 것이오!"

약세에 처한 사람이 고개를 숙일 수밖에 없는 법. 손아랫사람의 호통에도 원담은 입도 뻥긋하지 못하고 한참 동안 장고에 들어가더니 난처한 표정을 지으며 대꾸했다.

"매부, 생각할 시간을 좀 주게나."

도웅은 흥, 하고 콧방귀를 뀐 뒤 말했다.

"좋소. 하루 시간을 드리다. 내일 오시 전까지 답변을 주시오. 그때까지 유비 형제와 제갈량을 우리 대영 앞으로 압송하지 않는다면 내 친히 10만 대군을 이끌고 직접 잡으러 가겠소!"

그러더니 도웅은 즉시 군대를 물려 본진으로 돌아갔다. 걱정이 태산 같은 원담도 대영으로 돌아와 곽도와 최염을 불러 대책을 논의했다.

한편 원담과 도웅의 대화 내용을 전해 들은 유비는 크게 당황해 안절부절못했다. 그는 곧장 제갈량의 병상을 찾아가 상황을 낱낱이 설명하고, 과연 원담이 자신들에게 독수를 쓰겠느냐고 물었다. 제갈량은 정황을 모두 듣고 재빨리 머리를 굴린 뒤 대답했다.

"원담은 아마 당장 우리를 도웅에게 넘기진 않을 것 같습니다. 그러니 주공은 암암리에 대비를 철저히 하는 한편 최염에게 사람을 보내 기후를 난처하게 만들고 싶지 않으니 군사를 이끌고 형주로 돌아갈 수 있도록 원담 앞에서 대신 잘 얘기해 달라고 요청하십시오. 최계규는 도덕군자라 필시 이에 응할 것입니다."

"최계규야 당연히 이에 응하겠지만 원담과 곽도가 반대하면 어찌하오?"

유비가 조금은 걱정이 돼 묻자 제갈량이 대답했다.

"응낙하면 가장 좋겠지만 반대한다 해도 상관없습니다. 저들을 잠시 안심시켜 놓고 오늘 밤에……."

제갈량이 미소를 보이자 유비는 무슨 뜻인지 알아차렸다는 듯 제갈량의 말을 끊고 자리에서 일어나 밖으로 나가려는 자세를 취했다.

"군사는 마음 놓고 치료에 전념하시오. 내 당장 만반의 준비를 갖춰놓으리다."

"주공, 너무 서둘지 말고 량의 말을 끝까지 들어보십시오."

제갈량은 급히 유비를 불러 세우고 목소리를 낮춰 말했다.

"아군이 오늘 밤 관도를 빠져나가는 일은 원담과 곽도를 속일 순 있어도 도응 같은 간적을 속이긴 어렵습니다. 그래서 어쩌면 형주로 남하하는 길에 도응의 복병을 만날지도 모릅니다. 그러므로 사전에 반드시 준비를 해두어야 합니다⋯⋯."

*　　　　*　　　　*

그런데 도응은 대영으로 돌아온 후 원담의 회신을 기다리지 않고 즉각 병마를 점검하고 장수들을 소집했다.

"위연, 조운, 태사자는 들어라!"

도응의 부름에 세 장수가 앞으로 나와 공수하자 도응은 명을 내렸다.

"그대들은 본부 병마를 이끌고 오늘 밤 이경에 적의 영채를 급습하시오. 위연이 선봉에 서고 조운과 태사자는 그 뒤를 따르는데, 만약 위연이 기습에 성공해 적의 영채로 쇄도해 들어가면 두 장수는 즉각 뒤를 따라 적군을 대파하고, 적이 대비하고 있다면 위연을 지원해 영채로 돌아오시오!"

세 장수가 일제히 대답한 연후 조운이 고개를 갸웃거리고 물었다.

"주공, 방금 원담에게 시간을 하루 주기로 하지 않았습니까?"

도응은 엷게 미소를 띠고 대꾸했다.

"병불염사(兵不厭詐)라 했소. 용병에는 어떤 속임수도 마다하지 않는 법. 조금 전 일은 적을 방심하게 만들려는 계략에 불과했소. 원담의 화친 제의를 받아들이면 내 개인의 명예를 지킬 순 있지만 만일 내가 제시한 조건을 원담이 수용하지 않으면 어쩐단 말이오? 그때에 이르러 아군이 관도 대영에 강공을 퍼붓는다면 시간이 오래 걸리고 군사들의 희생만 커질 뿐이오."

조운은 그제야 도응의 의중을 알아채고 공수한 뒤 물러났다. 이어 도응은 다시 서황을 불렀다.

"공명은 오늘 밤 초경에 본부 기병을 거느리고 영채를 나가 거수 하류를 건너 관도 대영에서 남쪽으로 20리 떨어진 지점에 매복하시오. 적군이 허도로 패주하면 끝까지 저들의 뒤를 추격해 절대 허도성 안으로 들어가지 못하도록 막으시오!"

서황이 명을 받고 물러나자 이번에는 도기를 불러 분부했다.

"너는 군자군을 이끌고 서황과 함께 출병해 관도 남쪽의 40리 지점에 매복하라. 그 일대는 하류가 적고 지세가 개활해 군자군이 작전을 펼치기 아주 용이하다. 도망치는 적군을 발견하는 즉

시 모두 죽이고, 허도까지 추격하는 한이 있어도 적을 꼭 섬멸해
야 한다!"

도기는 예, 하고 대답한 후 풀리지 않는 의문이 들어 물었다.

"형님, 아우의 군자군은 마땅히 거수 상류에 매복해 있다가
하내와 병주로 도망치는 원담의 퇴로를 끊는 게 맞지 않습니까?
그래야 더 많은 적을 살상하고 전과를 확대할 수 있는데, 왜 공
명 장군과 함께 하류에 매복하라고 명하는 것인지요?"

도응은 고개를 끄덕이고 웃으며 대답했다.

"좋은 질문이다. 아군이 최대한 전과를 확대하려면 네 말이
모두 옳다. 하지만 난 지금 원담을 제거하는 데 그리 관심이 없
다. 그리고 원담이 병주로 달아나는 게 아군에게 더 유리할지
도 모른다. 하지만 네가 가장 중오하는 자를 서황이 홀로 막아
내기에는 역부족이다. 그래서 이 임무를 너희 군자군에게 맡기
는 것이다. 그들 중 하나라도 제거한다면 군자군은 절대 헛걸음
한 것이 아니다."

도기는 도응의 말뜻을 알아채고 크게 흥분해 우렁차게 외쳤
다.

"이 아우, 꼭 귀 큰 도적놈 형제의 목을 베 형님께 바치겠습니
다!"

웃음으로 화답한 도응은 문득 무슨 생각이 들었는지 막사를
나가려는 도기를 불러 한 가지 명을 더 내렸다.

"참, 나가는 김에 양굉에게 들러 이번 출정에 대동하라고 해라."

도기가 어리둥절한 표정으로 물었다.

"네? 양 장사를 데리고 가라고요? 군자군의 작전상 같이 움직이기 힘들 텐데요."

하지만 도응은 의미심장한 미소를 짓고 대답했다.

"상관없다. 나도 확신하기는 어렵지만 왠지 이번 작전에 그가 큰 도움이 되리라는 느낌이 드는구나."


                    *           *           *


유비가 최염에게 도응의 핍박 때문에 아무래도 관도를 떠나야겠다고 알리자, 인품이 관대한 최염은 제갈량의 예측대로 자신이 대신 원담에게 이를 청해 주겠다고 약속했다.

이에 최염은 즉시 원담을 찾아가 유비 대오를 먼저 떠나보내자고 권했다. 그렇게 되자 쉽사리 결정을 내리지 못하고 있는 원담의 머릿속은 더욱 복잡해지고 말았다. 눈앞의 이익을 위해 유비를 도응에게 넘겨주느냐, 아니면 장기적인 이익과 개인의 명성을 위해 유비를 놓아주느냐를 놓고 원담은 오후부터 심야까지 내내 심각한 고민에 빠졌다.

이경이 절반이나 지날 때까지 종일 음식을 입에도 대지 않은 원담을 보고 호위병은 걱정이 돼 식사를 권했다. 시름에 겨운 원담이 입맛이 없어 젓가락을 내려놓는데, 심복 팽안이 다급히 중군 막사로 달려 들어와 보고했다.

"주공, 큰일 났습니다. 순찰을 돌던 말장의 사졸이 유비군 영지를 지나가다가 우연히 유비군이 몰래 군사들에게 아군의 군복을 나눠주는 장면을 목격했습니다. 아무래도 불측한 마음을 먹은 듯하니 속히 결정을 내려주십시오."

원담은 펄쩍 뛰며 소리를 질렀다.

"뭐? 유비군이 몰래 아군의 군복을 나눠주고 있다고? 확실한 소식이냐?"

팽안이 재빨리 대답했다.

"말장 휘하의 순라군이 직접 눈으로 보고 귀로 들은 사실입니다. 순라를 돌던 그가 유비군 영지를 지나다가 급하게 소변이 마려워 유비군 울타리 근방에서 오줌을 누고 있는데, 마침 유비군 사병이 몰래 아군의 군복을 나눠주고, 또 삼경까지 모두 군복을 갈아입고 명령을 기다리라고 했다고 합니다. 유비군이 어떻게 아군의 군복을 얻었는지는 모르겠습니다."

원담은 발연대로하여 책상을 치며 노호했다.

"귀 큰 도적놈이 역심을 품었구나! 팽안, 너는 속히 돌아가 병마를 소집하고 삼경 전에 유비군 영지를 철통같이 포위하라! 반드시 비밀리에 행동에 들어가 절대 유비가 눈치채지 못하도록 해야 한다. 여봐라, 중군에 전투태세를 갖추라고 이르고, 얼른 곽도, 최염, 전주, 여광을 이리로 불러라!"

팽안과 전령이 나는 듯이 밖으로 나가고 얼마 지나지 않아 곽도, 최염, 전주, 여광이 총총히 중군 막사로 달려왔다. 원담의 호출 이유를 모두 듣고 나서 곽도와 최염 등은 깜짝 놀랐다. 곽도가 먼저 다급한 목소리로 간했다.

"주공, 우리가 선수를 쳐 유비군 영지로 쳐들어가 유비 형제를 죽여야 합니다. 기회를 놓쳤다가 유비 대오가 아군의 군복을 입고 군중에서 난을 일으킨다면 상상하기 두려운 결과가 초래됩니다."

최염은 재빨리 손을 내저으며 반대했다.

"불가합니다! 유비가 이런 행동을 취한 이유는 분명 주공께서 그를 놓아주지 않을까 염려해 만일의 사태에 대비하려는 것입니다. 그러니 속히 유비가 관도를 떠나도록 허락해 아군과 저들 간의 충돌을 피해야 합니다."

곽도가 짜증 섞인 목소리로 받아쳤다.

"계규, 지금 장난하시오? 도웅이 유비의 목을 요구했는데 우리가 그를 놓아준다면 서주군과 어떻게 화친을 맺는단 말이오?"

"유비를 도웅에게 넘겨준다면 이후에 누가 우리를 기꺼이 도우려 하겠소?"

앙숙이나 다름없는 최염과 곽도 사이에 다시 말다툼이 시작되자, 진중한 성격의 전주가 이를 제지한 뒤 원담에게 공수하고 간했다.

"사태가 화급하니 주공께서는 당장 군사를 이끌고 유비군 영지로 가 사건의 진상을 명확히 확인한 후 임기응변으로 결정을 내리십시오."

원담은 곰곰이 생각하다가 전주의 건의를 받아들이고, 미리 집결해 있던 중군 대오를 거느리고서 유비군이 소재한 좌영으로 재빨리 달려갔다.

유비군 대오는 대량의 횃불이 자기 쪽 영지로 다가오는 것을 보고 정보가 새나갔음을 직감해 즉시 이를 유비에게 보고했다. 이를 듣고 대경실색한 유비는 제갈량을 마차에 태운 후 관우, 장비와 함께 만반의 준비를 갖추고서 영문 앞으로 나가 무력으로 포위를 뚫고자 했다. 근처에 이른 팽안의 대오가 일사불란하게 진세를 갖춰 유비군 영지를 포위하면서 양군 사이에는 순식간에 전운이 감돌았다.

일촉즉발의 위기 상황에서 양군은 서로를 견제할 뿐 누구도 먼저 손을 쓰지 않고 원담이 오기만을 기다렸다. 이윽고 현장에 도착한 원담은 정말로 유비군이 자신들의 붉은색 군복을 입은 것을 보고 놀라고도 화가 나 채찍으로 유비를 가리키며 꾸짖었다.

"귀 큰 도적놈아, 형주군인 너희들이 어찌하여 우리 군복을 입고 있는 것이냐?"

유비는 고리눈을 부릅뜨고 당장에라도 달려 나가려는 장비를 가까스로 제지한 뒤 정중하게 예를 갖추고 대답했다.

"너무 우리를 탓하지 마십시오. 기후가 비의 수급을 베 도응에게 바치려 한다는 얘기를 듣고 부득이하게 방비한 것뿐입니다."

"누가 그런 허무맹랑한 얘기를 퍼뜨렸단 말이냐?"

"비가 최계규를 통해 기후에게 관도를 떠나게 해달라고 청했는데 아직까지 답변이 없는 것으로 보아, 혹시 우리 형제를 사로잡아 도응에게 바치려는 것은 아닌지요?"

유비의 반문에 원담은 말문이 막혀 버렸다. 이를 본 장비는 부아가 치밀어 욕을 퍼부었다.

"원담 필부 놈아, 우리 형님이 먼 길을 달려와 널 구원하고, 너 때문에 병마를 팔 할이나 꺾였는데 은혜를 갚진 못할망정 도리어 내 형님의 수급을 도응 놈에게 바치려 한단 말이냐! 베짱이 있다면 당장 이리 와 나와 3백 합을 겨뤄보자!"

답변이 궁색해진 원담이 여전히 아무 대꾸도 하지 못하자, 곁에 있던 최염이 재빨리 간했다.

"주공, 일이 이 지경에 이르렀으니 유비를 놓아주는 편이 낫겠습니다. 지금 내분이 일어났다간 도응에게 공격의 빌미를 줄 뿐 아니라 추후 제후들에게 무슨 면목으로 구원을 요청하겠습니까?"

그러자 곽도가 즉각 이에 반박했다.

"의리를 먼저 저버린 쪽은 바로 유표입니다. 유표는 아군과 맹약을 맺고서도 구원병을 제때 파견하지 않고……."

그때였다.

"와! 와!!"

"죽여라!"

곽도가 열변을 토하는 중에 갑자기 거대한 함성 소리가 울려 퍼지며 곽도의 말을 끊어버렸다. 사람들이 놀라 소리가 나는 쪽으로 고개를 돌려보니, 중군 대영 영문 앞에서 화광이 하늘로 치솟고 있는 것이 아닌가. 방비가 허술한 틈을 타 일지 군마가 이미 대영 안으로 들어온 것처럼 보였다. 원담은 몸이 얼음처럼 굳어 믿을 수 없다는 표정으로 중얼거렸다.

"어찌 이런 일이, 어찌 이런 일이. 하루 동안 시간을 주겠다고 약속하고서 어떻게 한밤중에 우리 영채를 급습한단 말이냐!"

유비는 이 틈을 타 재빨리 목소리를 높였다.

"기후, 이제 도응의 실체를 똑똑히 아셨습니까? 기후에게 부러 하루의 시간을 주겠다고 약속해 경계심을 풀게 한 다음 그 기회를 이용해 기습에 나서는 것이 바로 도응의 진짜 모습이란 말입니다!"

원담은 마냥 정신을 놓고 있을 수 없어 큰 소리로 외쳤다.

"내 이 도웅 놈을 가만두지 않으리다. 빨리 중군을 구해야 한다, 빨리! 황숙, 방금 전 일은 다 잊고 우리 함께 도웅을 막아냅시다. 전투가 끝나면 내 반드시 후히 보답하리다."

유비가 냉소를 짓고 역전된 상황을 즐기려 할 때, 제갈량의 친병 사일이 유비에게 다가와 귀엣말로 속삭였다.

"주공, 군사가 원담의 화해 요청을 받아들이시랍니다. 그리해야 아군이 재기하는 데 크게 유리하다고요."

유비는 이를 듣고 고개를 끄덕이더니 시원시원하게 원담의 제안을 받아들였다. 이어 양군은 힘을 합쳐 즉시 중군을 구원하러 달려갔다.


원담군의 주의력이 모두 유비에게 집중된 관계로 위연이 거느린 서주군 선봉대는 그야말로 식은 죽 먹기로 영문을 돌파하고, 밀물처럼 중군 영지로 뛰어들어 닥치는 대로 적을 죽이고 불을 놓았다. 사실 이는 위연도 전혀 예측하지 못한 결과였다. 원담군 진지가 얼마나 견고한지 잘 알고 있었기에 고전을 예상했는데, 의외로 쉽게 영지가 뚫리자 기세가 오른 서주군은 파죽지세로 적군을 몰아쳤다.

이미 사기가 떨어질 대로 떨어진 원담군은 결코 서주군의 적수가 되지 못했다. 이들은 서주군의 기세에 눌러 아예 싸울 마음을 잃고 앞다퉈 사방으로 도망치기 바빴다. 위연의 대오는 단 한 차례 돌격으로 손쉽게 중군 막사를 점거하고, 원담의 승상기를 베어 쓰러뜨렸다.

그리하여 원담이 정예병을 이끌고 중군 영지로 돌아왔을 때는 모든 것이 이미 늦고 말았다. 위연의 대오가 영지 대부분을 접수했을 뿐 아니라 태사자의 후군까지 끊임없이 영지로 쇄도해 들어오고 있었기 때문이다.

원담의 구원병까지 수세에 몰려 상황이 다급해지자 유비는 관우, 장비와 함께 군사를 이끌고 원담을 구하러 달려갔다. 그런데 어느 샌가 태사자가 거느린 서주군이 나타나 유비군의 앞을 가로막았다. 관우와 장비가 비록 만인지적의 무용을 가졌다 하나 천 명도 되지 않는 군사로 끊임없이 밀려드는 서주군의 공격을 당해내기에는 역부족이었다.

전투력은 물론 병력까지 절대적으로 열세에 놓인 8백여 유비군은 손써볼 틈도 없이 순식간에 궤멸되었다. 전세가 점점 심상치 않게 돌아가자 관우와 장비는 하는 수 없이 유비를 호위해 좌영으로 줄행랑을 쳤다. 태사자의 대오도 이를 놓치지 않고 바싹 뒤쫓아 갔다.

조운의 대오까지 관도 대영으로 난입하면서 서주군은 병력 수에서도 원담군을 압도했다. 세 부대의 병력이 3만 6천을 넘은 반면, 원담군은 유비군과 합해 봐야 2만 5천이 되지 않았다. 게다가 원담군은 군사를 나눠 각 영지를 지키는 바람에 힘을 집결해 적군의 공격에 대항하는 것이 불가능했다.

병력 수도 병력 수지만 원담군은 사기나 전술, 장수의 통솔력에서도 이미 열세에 처해 있었다. 서주군의 심리 전술에 일찌감치 사기가 크게 떨어진 데다 전황마저 불리하게 돌아가자 원담군은 더욱 싸울 마음을 잃어 속수무책으로 무너지는 부대가 속출했다. 심지어는 적군과 맞닥뜨리지도 않았는데 미리 영지를 탈출해 거수 교량과 부교로 달려가 강을 건너 도망치는 자가 적지 않았다.

그 와중에도 원희와 학소는 우영을 사수하며 서주군의 돌격을 두 차례나 막아냈다. 그러나 병사들은 쉬지 않고 몰려드는 적군의 공격에 전투력을 상실한 지 오래였다. 아장 두 명이 겁을 집어먹고 잇달아 진지를 버리고 달아나자, 그들 휘하의 장사들과 주변 대오에도 연쇄 반응이 일어나 사방으로 뿔뿔이 흩어져 버렸다.

서주군은 이 틈을 타 방비가 허술한 곳으로 침투해 막사와 치중에 연달아 불을 놓았다. 우영 방어 책임자인 원희가 독전대를 이끌고 도망치는 장사들의 목을 베며 싸움을 독려했지만 이미 무너진 둑을 보수하기에는 역부족이었다. 도망병이 하도 많아 독전대는 가련하게도 자기편 군사들의 발에 밟혀 무참히 희생되고 말았다.

이런 위기 상황에서 가장 어이없는 장본인은 바로 원담이었다. 그는 영지를 되찾으려 병력을 집결해 전력으로 반격에 나설지, 아니면 과감하게 관도 대영을 포기하고 거수를 건너 달아날지 결정을 내리지 못하고 그저 발만 동동 구르고 있을 뿐이었다.

무능력한 대장을 둔 대가는 참혹하기 짝이 없었다. 전투가 벌어진 지 채 반 시진도 되지 않아 원담군 중군 영지는 온통 불바다로 변했고, 각 영지에서도 화광이 하늘로 치솟았다. 서주군은 활활 타오르는 불길 속에서 종횡무진 적진을 누비며 닥치는 대로 적군을 죽이고 막사마다 불을 질렀다. 사방에서는 서주군의 공격을 피해 도망치는 원담군의 처연한 비명 소리가 울려 퍼졌고, 바닥에는 수를 헤아릴 수 없을 정도로 많은 원담군의 시체가 여기저기 나뒹굴었다.

第七章
관우의 비극

　유비는 태사자에게 쫓겨 좌영으로 들어가지 못하고 방향을 선회해 원담 쪽으로 도망쳤다. 그런데 원담이 아무런 대책도 강구하지 않는 것을 보고 다급히 건의했다.

　"기후, 관도 대영을 지키기 어려워졌습니다. 당장 거수로 철수해 우선 병력을 보존하는 것이 상책입니다."

　유비의 건의에 원담은 그제야 퍼뜩 정신을 차렸다. 그는 전주에게 후군을 맡으라고 명하고, 자신은 급히 거수 남쪽을 향해 달아났다. 다행히 이쪽 거수 일대는 물살이 느리고 얕은 데다 교량과 부교가 대량으로 설치돼 있어서 원담군이 신속하게 강을 건널 수 있었다.

거수를 건넌 후 놀란 가슴이 조금 진정된 원담은 유비의 제안에 따라 즉시 대장기를 내걸어 잔여 병력을 모으고 군대를 재정비하는 동시에 교량마다 군사를 배치해 적군이 추격해 오면 언제든지 다리를 허물 준비를 했다.

곧이어 원희와 학소, 팽안, 여광 등이 잇달아 거수를 건너 원담과 회합했는데, 후군을 책임진 전주만은 강을 건널 기미를 보이지 않았다. 이에 원담이 사람을 보내 알아보니, 전주는 이미 태사자와 교전 중에 사로잡혔다는 보고가 들어왔다.

강을 건너는 원담군 숫자가 점점 줄어드는 가운데, 서주군이 마침내 거수 북쪽 교량 근처까지 쇄도해 들어왔다. 이를 본 원담은 적군의 추격을 막기 위해 하는 수 없이 모든 교량을 부숴버리라고 명했다. 이로 인해 수많은 원담군이 거수 북쪽 기슭에 그대로 방치되었고, 원담이 대오를 점검해 보니 남은 군사라곤 채 만 명도 되지 않았다.

이토록 처참한 패배에 원담은 도응의 비열함을 큰소리로 꾸짖고는 가슴을 치며 발을 동동 굴렸다. 유비는 좋은 말로 원담을 위로한 후 말했다.

"기후, 거수는 강폭이 좁고 물이 얕아 적군이 금방 들이닥칠 겁니다. 아군이 어디로 갈지 속히 결정을 내려주십시오."

"먼저 하내로 갔다가 병주로 갈 것이오."

원담은 미리 계획이 서 있었던 듯 거침없이 대답하고 말을 이었다.

"병주에는 병마가 자못 많으니 진용을 재정비한 후 후일에 이 치욕을 반드시 씻고 말겠소."

"그럼 허도는 어찌합니까?"

"허도? 음, 그렇지. 허도가 있었지……."

유비의 갑작스러운 질문에 원담은 말을 얼버무렸다. 관도를 잃어 허도 등도 고립에 처하게 됐지만 거기에는 아직 수만 군사와 헌제, 그리고 와병 중인 원소가 있었다. 이대로 포기하기에는 너무 아까운 데다 천자와 병든 부친을 버렸다는 오명을 뒤집어쓸 게 빤했다.

유비가 결코 이 틈을 놓칠 리 없었다.

"비가 비록 불민하나 일지 군마를 빌려주시면 허도로 돌아가 신평, 잠벽과 함께 성을 지키겠습니다. 그때에 이르러 허도를 능히 지킬 만하면 전력을 다해 성을 지키며 기후가 권토중래하길 기다리고, 오래 지키기 어렵다면 신평, 잠벽과 함께 천자와 기후의 부친을 모시고 형주로 철수한 연후 이들을 병주로 돌려보내 드리겠습니다."

유비가 드디어 본색을 드러내자 원담은 실눈을 뜨고 유비를 노려보았다. 이때 곽도가 원담에게 귓속말로 몇 마디 한 뒤 원담이 곧 명을 내렸다.

"이렇게 합시다. 둘째와 계규는 3천 보병을 이끌고 현덕 공과 함께 허도로 남하해 상황에 따라 일을 처리하시오. 난 나머지 군사를 거느리고 병주로 가리다."

원희와 최염은 주저 없이 공수하고 명을 받았다. 유비도 이 정도면 자신의 계획이 성공했다는 듯 미소를 지으며 고개를 끄덕였다.

철수 계획이 정해지자 원담은 9천여 잔여 병력 중 3천 군사를 원희와 최염에게 떼어주었다. 그리고 그들에게 유비와 함께 허도로 남하해 신평, 잠벽과 회합한 뒤 상황에 따라 다음 행보를 결정하라고 명했다. 이어 자신은 나머지 병마를 이끌고 서쪽으로 철수해 먼저 형양(滎陽)으로 간 뒤 황하를 건너 회현(懷縣)에 주둔한 병주 대장 곽원(郭援), 단외와 회합하기로 했다.

또한 원담은 곽도의 사주로 원희와 최염을 따로 불러 허도를 지킬 수 있으면 지키고, 만약 지키기 어려워지면 허도를 포기하는데, 절대 군대와 천자, 원소를 데리고 형주로 가지 말고 사례로 철수하라고 신신당부했다. 그러면 자신이 별도로 군대를 보내 접응하겠다고 말했다.

원희와 최염이 단단히 명을 받고 나왔지만 유비는 이미 대책을 세워두고 있었다.

날이 밝아올 무렵, 원담과 원희 형제가 군대를 이끌고 각기

제 길을 갈 때 유비는 원희와 최염을 찾아가 자신이 후방을 맡아 목숨을 걸고 서주군의 추격을 막겠다고 청했다. 성격이 돈후한 원희는 이에 크게 감격해 유비의 호의를 받아들이고, 또 부장 한정(韓程)에게 군사 5백 명을 딸려 보내 유비를 돕도록 했다.

이리하여 원희는 선봉에서 앞길을 열고 최염은 중군에서 그 뒤를 바짝 따랐으며 유비와 한정은 후군에 위치해 전력으로 남쪽 허도를 향해 내달렸다. 이때 서주군은 점령한 전장을 정리하는 동시에 서둘러 부교를 세우고 추격을 준비했다. 도응은 허저와 창희를 불러 부교가 건설되는 대로 강을 건너 두 길로 각기 원담과 원희를 추살하라고 명했다. 하지만 부교가 창졸지간에 건설되기 어려웠기 때문에 원담과 원희의 대오는 다행히 철수하는 시간을 벌 수 있었다.

부리나케 남쪽으로 십여 리쯤 달렸을 때, 날은 이미 환하게 밝아 있었다. 그러나 후방에서는 적의 추격군이 보이지 않고, 길 양쪽에서도 시종 제갈량이 말한 복병이 나타나지 않자 유비는 불길한 마음을 지울 길이 없었다. 이에 제갈량에게 다가가 걱정된 빛을 띠고 물었다.

"공명, 도응의 복병이 왜 아직 보이지 않는 거요? 도응이 복병을 설치하지 않았다는 건 후방에서 전력을 다해 추격하겠다는 뜻을 테고, 혹여 우리를 이대로 놓아준다면 혼란을 틈타 허도의 군대를 형주로 옮기려던 계획이 물거품으로 돌아갈 공산이 크오."

한쪽 다리를 저는 데다 몽둥이찜질까지 당해 몸이 불편했던 제갈량은 마차에 앉아 자신만만하게 대답했다.

"염려 마십시오. 복병은 반드시 나타납니다. 도응은 원담이 하나나 병주로 가는 것보다 허도로 돌아가는 것을 심히 꺼리고 있습니다. 그 이유는 허도가 공격하기 까다로울 뿐 아니라 원상에게 거저 좋은 일만 시켜주기 때문이죠. 따라서 원담이 철수하는 형양 길목에는 복병이 없을지 몰라도 남쪽에는 복병을 설치해 둔 것이 틀림없습니다."

유비가 반신반의하며 고개를 끄덕거리자 제갈량이 낮은 목소리로 당부했다.

"전에 드린 말씀을 꼭 기억하십시오. 도응의 복병은 원희의 선봉과 중군을 주로 공격하고 후군은 아랑곳하지 않을 가능성이 높습니다. 아군이 왔던 길로 도망가도록 유인해 추격병과 협공할 요량인 것이죠. 따라서 우리는 몸을 사리지 말고 주저 없이 앞으로 나갔다가 기회를 엿봐 서남쪽으로 철수해야 합니다. 그곳은 지형이 아주 복잡해 추격병을 따돌리고 허도로 철수하는 데 유리합니다."

유비가 여전히 믿지 못하겠다는 표정을 지으며 한창 달아나고 있는데, 전방 숭산(嵩山) 여맥(餘脈)의 수풀 가운데서 갑자기

우레 같은 함성 소리가 울려 퍼지더니 서주 기병이 튀어나와 곧장 원회가 거느린 선봉대를 향해 돌격했다. 곧이어 서주 보병도 고함을 지르며 최염의 중군을 향해 달려들었다.

원회군은 하나같이 깜짝 놀라 재빨리 진용을 갖추고 기세등등하게 달려드는 서주군과 맞서 싸웠다. 그러나 기병 숫자만 5천이 넘는 서주군을 겨우 2천 보병으로 어찌 당해낼 수 있으랴. 원회군은 순식간에 서주군에게 포위되었고, 참패는 정해진 수순이나 다름없었다.

이 광경을 본 후군의 한정 대오는 손발을 벌벌 떨며 감히 구원에 나서지 못하고 아예 발길을 돌려 달아날 마음을 먹었다. 유비는 제갈량을 향해 탄복의 미소를 날린 뒤 검을 뽑아 들고 큰 소리로 외쳤다.

"전군은 들어라. 사태가 이 지경에 이르렀으니 오직 죽을 각오로 나를 따라 포위를 돌파하고 이공자를 구하러 가자!"

유비가 함성을 지르며 앞장서서 달려 나가자 관우와 장비도 군사를 이끌고 뒤를 따랐다. 달아날 태세를 갖추고 있던 뒤쪽의 한정 역시 어쩔 수 없이 군대를 지휘해 서주군에게 달려들었다. 그런데 유비는 군사들의 사기를 독려한 후 가만히 속력을 낮춰 대오 중간의 제갈량 곁으로 다가가고 선봉은 관우와 장비가 대신했다.

이는 이미 승패가 결정 난 싸움과 같았다. 정예로운 서주 복병 앞에 체력이 급감하고 사기가 크게 저하된 원담군은 전투가 시작되자마자 큰 혼란에 빠져 사람이 없는 곳을 찾아 달아나기에 급급했다. 관우와 장비가 아무리 용맹하다 하나 쉴 새 없이 몰려드는 적군을 당해낼 재간이 없었다. 이에 이들도 유비의 명령대로 서남쪽을 향해 꽁무니를 빼기 시작했다.

원래 서주군은 군자군이 남쪽에서 진을 치고 기다리다가 도망에 능한 유비를 처치할 계획이었다. 그러나 원희군 매복전을 책임진 서황과 국종은 가장 큰 공로를 군자군에게 빼앗기고 싶지 않았다. 이에 유비군을 발견하는 즉시 서황이 친히 뒤를 쫓아 유비 형제와 제갈량을 제거하기로 미리 입을 맞추었다.

하지만 유비군이 모두 원담군의 군복으로 갈아입은 탓에 서황과 국종은 유비의 종적을 찾기 어려웠다. 아무리 찾아도 유비의 모습이 보이지 않자 서황은 어쩔 수 없이 원래 계획대로 원담군이 허도로 돌아가는 길을 차단하고 북쪽으로 도망가도록 몰아 위쪽에서 내려오는 자기 군대와 협공하기로 했다.

그러던 중 관우와 장비 양대 맹장이 크게 활약하는 모습이 서황의 눈에 띄었다. 서황은 그제야 유비군의 위치를 알아채고 급히 기병을 거느리고서 유비 수색 작전에 나섰다. 하지만 유비군은 이미 서남쪽의 지형이 복잡한 곳으로 도망쳤고, 관우와 장비도 어느 샌가 종적을 감춰 버렸다. 모두 똑같은 군복을 입고 사방으로 뿔뿔이 흩어졌으니 서황의 대오가 난군 중에 유비의 종적을 찾기란 쉽지 않았다. 크게 분노한 서황은 전군에 원담군을 한 놈도 살려 보내지 말라는 엄명을 내렸다.

이렇게 되자 궁지에 몰린 원담군은 더욱 빠져나갈 길이 막막해져 서주군의 창칼에 속절없이 목숨을 잃고 말았다. 혼전 중에 원담군 장수 한정은 서황의 도끼에 그대로 몸이 두 동강 났고, 최염은 황급히 달아나다가 말에서 떨어지는 바람에 다리가 부러졌다. 하지만 다행히 최염의 유생 차림을 본 서주군은 그가 보통 신분이 아님을 직감하고 그 자리에서 그를 죽이지 않고 밧줄로 꽁꽁 묶어 국종에게 압송했다.

한편 선봉대를 이끌던 원희는 서주 기병의 기습을 만나 순식간에 대오가 궤멸되자 사력을 다해 포위를 뚫고 도망가려고 했다. 하지만 포위망이 너무 단단해 아무리 좌충우돌해도 활로가 보이지 않았고, 주변의 군사는 점점 줄어들기 시작했다. 더 이상 포위를 돌파할 가망이 없다고 여긴 원희는 말에서 내려 서주군에게 투항하려고 했다.

그런데 이때 어디서 날아왔는지 모를 유시(流矢) 하나가 그대로 원희의 인후를 관통해 버렸다. 가련한 원희는 마지막 비명조차 내지 못하고 그대로 전마에서 떨어져 목숨을 잃었다. 원래 원희를 사로잡으려 했던 서주 기병은 하는 수 없이 그의 시체를 잘 보존해 서황과 국종에게 바치고 공을 청했다. 이미 포로로 잡혀 있던 최염은 원희의 시체를 보고 슬픔이 북받쳐 땅에 머리를 찢으며 방성대곡했다.

전투가 거의 마무리되었지만 서주군은 유비 일행의 행방을 기어이 찾아내지 못했다. 이에 서황은 지휘권을 잠시 국종에게 맡긴 후 스스로 2천 기병을 거느리고서 유비를 찾아 남하했다.

서황의 기병대가 유비를 쫓아 남쪽으로 20리 정도 내달렸을 때는 이미 오시가 넘은 시각이었다. 이곳 개활지를 지키는 군자군은 여기까지 도망쳐온 원담군 패잔병을 보이는 족족 죽이는 동시에 수풀과 삼림이 울창하고 지형이 복잡한 서쪽 구릉 지대에 큰불을 놓아 누구도 접근하지 못하도록 막았다. 도기는 나머지 군자군을 이끌고 길 옆 토산 위에 올라 전장을 한눈에 굽어보며 남쪽으로 통하는 길을 엄격히 봉쇄했다.

이 광경을 지켜본 서황은 유비가 아직 이곳을 빠져나가지 못했다고 여겨 마음속으로 쾌재를 불렀다. 그는 재빨리 단기로 토산 위에 올라가 도기에게 전방의 전황을 알렸다. 그런데 도기는 실눈을 뜨고 서황을 째려보더니 음흉한 웃음을 짓고 말했다.

"공명 장군, 전황을 알리는 데 이렇게 많은 기병을 이끌고 올 필요까지 있었소이까? 혹시 나와 공로를 다투려는 의도가 있는 건 아닌지요?"

서황은 눈 하나 깜빡이지 않고 대꾸했다.

"그건 삼장군의 오해요. 난 그저 장군이 근접전을 싫어할까 걱정돼 도우려는 것뿐이었소. 유비를 잡는다면 공로는 당연히 장군 몫이지요."

"말씀은 고맙지만 사양하겠소이다. 이 일대는 지세가 드넓어 군자군이 능히 임무를 감당할 수 있으니 공명 장군은 잠시 쉬면서 기다리시지요. 도움이 필요하면 내 그때 사람을 보내 장군에게 구원을 청하리다."

도기의 단호한 대답에 서황은 할 말을 잃고 주저하다가 황급히 말을 돌렸다.

"참, 중명 선생은 어디 갔길래 보이지 않는 것이오?"

도기는 눈짓으로 길옆의 큰 나무를 가리키며 대답했다.

"저기 나무 아래서 지금 쉬고 있지 않소? 대체 어디에 쓸 데가 있다고 그를 데려가라고 했는지, 형님도 참……."

서황이 고개를 돌려 보니 양굉은 과연 고랑과 함께 나무 아래서 편안하게 더위를 식히고 있었다. 서황은 곧장 말 머리를 돌려 양굉이 있는 쪽으로 달려가 단잠에 빠져 있는 양굉을 흔들어 깨웠다. 양굉은 서황을 보자 반색하고 물었다.

"공명도 왔구려. 전과는 많이 올렸소? 유비는 잡은 것이오?"

서황이 대답했다.

"최염을 사로잡고 원희와 한정을 베었으며 정확히는 모르겠지만 적어도 2천 정도는 죽이거나 사로잡은 것 같소이다. 그런데 유비 형제와 제갈량을 아직 잡지 못해서 내 직접 기병을 이끌고 여기까지 오게 된 것이오."

그런데 양굉은 늘어지게 하품을 하면서 손을 내젓더니 게슴 츠레하게 눈을 뜨고 욕을 해대기 시작했다.

"다 쓸모없는 짓이오. 도기, 이 멍청한 놈이 여기 있는데 유비가 이리로 올 리 있겠소? 공명도 헛걸음을 한 셈이외다."

"그게 대체 무슨 말이오?"

서황이 어리둥절한 표정을 지으며 묻자 양굉이 활활 타오르는 서쪽 삼림을 가리키며 대답했다.

"도기, 저 바보가 저기에 불을 질렀기 때문이오. 장군도 입장을 바꿔서 한번 생각해 보시오. 저곳에 저렇게 연기가 자욱하면 이곳에 군사가 매복해 있을 것이 빤한데 누가 이리로 오겠느냐 말이오? 게다가 상대는 간악한 유비란 말이외다."

양굉의 설명을 들은 서황은 그제야 무슨 말인지 알아채고 무릎을 쳤다.

"아하, 그렇군요! 서쪽 숲에 불을 놓은 것은 지세가 복잡해 기병의 활동에 제약이 있는 곳으로 유비가 몰래 도망치지 못하도록 막는 효과가 있소. 하지만 그렇게 되면 유비에게 우리가 이곳에서 기다리고 있다고 알리는 셈이 되는구려. 그래서 유비가 감히 이리로 올 리 없다는 말이고요? 그럼 왜 삼장군에게 이사실을 알리지 않았소이까?"

양굉은 쓴웃음을 지으며 대꾸했다.

"세상 물정 모르는 풋내기가 제 잘난 줄 알고 나와 한마디 상의 없이 저지른 일이라오. 나도 불이 나고 나서야 이를 안지라 제지할 틈이 없었소이다. 그래서 멋대로 하도록 내버려 둔 것이오."

서황도 따라서 쓴웃음을 짓고는 한 가닥 희망을 가지고 물었다.

"그럼 중명 선생이 보기에 유비는 지금 어디에 있을 가능성이 높소?"

양굉은 망설임 없이 대답했다.

"분명 서쪽 어딘가에 있을 것이오. 동쪽은 지세가 탁 트여 쉽게 발각되기 때문에 유비가 아무리 대담하다 해도 이리로는 절대 도망갈 리 없소. 따라서 불이 난 산을 돌아 남쪽으로 달아났거나 아니면 불바다 북쪽의 안전한 곳에 숨어 있다가 날이 어두워진 틈을 타 도망치려 할 것이오."

이때 양굉 곁에 있던 고랑이 끼어들어 말했다.

"제가 만일 유비라면 날이 어두워지길 기다렸다가 도망치는 방법을 택하겠습니다. 초목이 무성한 곳을 찾아 땅을 파고 그 안에 들어가 몸을 숨기고 있으면 반드시 기회가 올 테니까요."

이 말에 서황은 골똘히 생각에 잠겨 있더니 회심의 미소를 짓고 말했다.

"중명 선생, 우리 함께 유비를 찾아 나서는 건 어떻겠소이까? 운 좋게 유비를 찾아낸다면 공평하게 공을 반으로 나누는 겁니다!"

하지만 양굉과 고랑은 서황의 말을 들은 체도 않고 먼 산만 바라보며 딴청을 피웠다. 험준한 산중에서 적을 찾아내는 것이 어디 말처럼 쉬운 일이겠는가. 말을 타고 오를 수 없는 데다 언덕을 몇 개나 넘어야 할지도 모르는데, 평생 안일함을 추구해 온 양굉이 이에 응할 리 만무했다.

하지만 서황은 다짜고짜 양굉을 잡아끌며 다그쳤다.

"자자, 갑시다. 옛정을 생각해서 이번 한 번만 부탁을 들어주시오. 만일 일만 성사된다면 내 평생 이 은혜를 잊지 않겠소이다."

양굉은 왜 괜히 사서 고생을 하냐는 듯 서황을 물끄러미 바라보았다. 그는 눈알을 이리저리 굴리다가 문득 좋은 생각이 떠올랐는지 다급히 말했다.

"공명, 내 그대를 돕지 않으려는 것이 아니외다. 이치로 말할 것 같으면 내가 도기, 이 머저리를 도울 필요는 없어도 그대는 꼭 도와야 하오. 하지만 다 부질없는 짓이라오. 지금 내가 가더라도 그대를 도울 수가 없단 말이오."

서황은 대체 무슨 소리를 하는지 몰라 멍한 표정으로 그 이유를 묻자 양굉이 다시 서쪽을 가리키며 장황하게 말을 늘어놓았다.

"자, 보시오. 여기서 서쪽 계락산(鷄洛山)까지 백여 리나 되는 길에 인적은 하나 없고 오로지 산림뿐이어서 수천수만 군사가 수색에 나서는 것은 그야말로 바다에서 바늘을 찾는 것과 같소이다. 따라서 그대가 아무리 많은 병사를 이끌고 가도 소용없는 짓이란 말이오. 게다가 지금 벌써 미시가 절반이 지나 세 시진만 있으면 날이 완전히 캄캄해지는데, 그 안에 얼마나 많은 곳을 수색할 수 있겠소?"

서황은 난처한 표정을 지으며 말했다.

"틀린 말은 아니지만 찾아보기도 전에 어찌 이를 안단 말이오?"

"내 얘기가 아직 끝나지 않았으니 너무 조급히 굴지 마시구려."

양굉은 손을 휘휘 젓고는 서황과 고랑을 가까이 불러 나지막한 목소리로 자신의 계획을 조곤조곤 이야기했다. 서황은 이를 모두 들은 후에도 여전히 고개를 갸우뚱하다가 조심스럽게 말을 꺼냈다.

"그게 가능하겠소? 유비처럼 간사한 자가 과연 속아 넘어갈지 의문이오?"

"충분히 가능합니다요!"

이때 고랑이 갑자기 손뼉을 치고 동조하며 말을 이었다.

"아무리 도망치는 데 능하다 해도 이 계책에는 속아 넘어갈 수밖에 없습니다. 그리고 소인에게 유비를 사로잡는 데 도움이 될 만한 방법이 하나 더 있습니다."

이어 고랑이 목소리를 낮춰 적을 잡을 계책을 털어놓자 양굉은 물론 서황까지 무릎을 치며 찬탄했다.

"그거 정말 좋은 생각이로다! 그래, 바닷속에서 바늘을 찾으러 나서느니 차라리 네 말처럼 수주대토(守株待兔)에 희망을 걸어보는 편이 훨씬 더 낫겠구나!"

*      *      *

"대체 무슨 꿍꿍이를 꾸미고 있는 거야?"

멀리 토산에서 마침 서황과 양굉 등이 박장대소하는 모습을 본 도기는 자신의 공을 가로채 유비를 사로잡으려는 생각은 꿈도 꾸지 말라며 코웃음을 쳤다. 이어 도기는 시선을 서북 방향에서 정북쪽으로 돌린 뒤 눈을 크게 뜨고 유비가 지나가기만을 기다렸다.

도기가 경솔하게 불을 지르라는 명을 내리긴 했지만 유비 일행은 이로 인해 뜻하지 않게 퇴로가 막히고 말았다. 불길이 갈수록 거세지고 불에 타는 면적도 계속 넓어지면서 유비는 두 가지 선택에 직면했다. 하나는 불길을 피해 계속 서쪽으로 수십 리를 돌아 남하하는 것이었고, 다른 하나는 사나운 불길을 피해 잠시 물러났다가 날이 캄캄해지고 불길이 사그라질 때를 기다려 다시 남쪽으로 길을 재촉하는 것이었다.

유비는 관우, 장비와 숙고한 끝에 제갈량의 다리가 불편한 데다 부상까지 입은 관계로 멀리 길을 돌아가기 어렵다는 판단 아래, 두 번째 방법을 취하기로 결정했다. 이에 조용히 3, 4리 정도 물러나 숲이 무성한 곳에 몸을 숨긴 채 날이 어두워지고 불이 꺼질 때까지 인내심 있게 기다렸다. 이때 유비의 대오는 유비 삼형제와 제갈량을 포함해 고작 여덟 명밖에 남지 않았다.

유비가 비록 마음의 준비를 하고 있었다지만 이렇게 처참하게 무너질 줄은 꿈에도 생각지 못했다. 신야에서 관도로 이끌고 온 4천여 군사는 거듭된 패전으로 계속 숫자가 줄어들어 관도에서 철수할 때는 겨우 2백 명밖에 남지 않았는데, 이마저도 서황 기병의 끈질긴 추격으로 죄 잃고 말았던 것이다.

물론 이 와중에도 유비는 전혀 낙담하거나 풀이 죽지 않았다. 두 아우가 자기 곁에 버티고 있는 상황에서 이곳을 빠져나가 허도성으로 들어가기만 하면 맹우의 이름을 빌려 허도성에 고립된 수만 원담군을 자기 수중에 편입시키고 새로이 맹위를 떨칠 기대감에 부풀어 있었다. 유비는 이런 희망을 가지고 끈기 있게 해가 지기만을 기다렸다.

마침내 날이 점점 어두워지고 어슴푸레하게 들리던 서주군의 수색 소리도 더 이상 들려오지 않았다. 그제야 유비는 몸을 숨기고 있던 풀숲을 나와 최대한 목소리를 낮춰 제갈량과 관우, 장비를 부른 뒤 야음을 틈타 이곳을 빠져나가자고 일렀다.

유비는 먼저 병사 두 명에게 높은 곳에 올라가 주변 상황을 자세히 정탐하라고 명했다. 잠시 후 이들이 돌아와 개활지의 군자군은 이미 자취를 감추었고, 기름불과 횃불도 전혀 보이지 않는다고 보고했다. 유비는 잠깐 주위를 둘러보고 조용히 말했다.

"이제 최대한 빨리 이곳을 빠져나간다. 당연히 큰길로 가서는 안 되고, 초목이 너무 우거진 곳으로 가서도 안 된다. 그랬다간 칠흑 같은 어둠속에서 대오가 끊어지기 십상이다. 두 명이 맨 앞에 서고 20보 간격을 두고 나머지 일행이 뒤를 따르는데, 불빛에 주의함은 물론 이상이 감지되면 즉시 뻐꾸기 소리로 신호를 보내라. 신호를 들으면 다들 즉각 몸을 숨긴다."

일행이 모두 이에 대답하고 병사 둘이 앞장서서 길을 열었다. 나머지 사람들은 돌아가며 제갈량을 업고서 지벅거리는 발걸음으로 남쪽을 향해 한 발짝씩 나아갔다. 이날은 마침 그믐이라 밤하늘에 별이 빛나면서도 달이 없어 유비 일행이 몸을 숨기기 편했을 뿐 아니라 별빛이 방향을 명확히 지시해 주었다. 이들은 북두성(北斗星)을 보고 정확히 남쪽을 찾아 길을 재촉했다.

유비 일행은 행여 적에게 들킬세라 숨소리마저 죽인 채 한 발 한 발 앞으로 나아갔다. 한참 동안 전진했지만 적병은 그림

자조차 보이지 않아 안심하고 있던 차에 홀연 전방에서 뻐꾹뻐
꾹하는 경고 소리가 들려왔다. 유비 등은 약속이나 한 듯 땅에
바짝 엎드려 천천히 앞을 향해 기어갔다.

그런데 알고 보니 이는 선봉에 선 병사가 잎과 가지가 다 타
버린 나무 몇 그루를 적의 보초병으로 오인해 잘못 보낸 신호
로 확인됐다. 유비는 그 병사의 등을 토닥이며 안심시킨 뒤 나
지막이 얘기했다.

"다들 걱정할 필요 없다. 군자군은 산속에서 작전 펼치는 것
을 가장 꺼린다. 따라서 불이 붙은 구간만 지나 남쪽의 초목이
무성한 지대로 접어들면 마음 놓고 길을 갈 수 있다. 자, 모두
조금만 더 힘을 내기로 하자!"

"주공, 서주군이 불이 난 곳 남쪽 숲 속에 매복해 있을 가능
성도 있잖습니까?"

병사 하나가 걱정이 돼 묻자 유비는 자신만만하게 대답했다.

"있어도 상관없다. 이 일대 지형이 아주 복잡하고 우리는 겨
우 여덟 명밖에 안 되는 소수라 설사 서주군의 매복이 있다 해
도 우리를 발견해 내기는 쉽지 않을 것이다. 하지만 한 가지는
꼭 명심하길 바란다. 불이 난 구역을 통과할 때는 반드시 허리
를 최대한 숙이고 전진해 적의 눈에 띄지 않도록 하라."

무리는 일제히 목소리를 낮춰 대답한 후 제갈량을 업은 병사
까지 허리를 깊이 숙이고 불에 타 벌판이 된 일대를 조심스럽게

지나갔다. 바람이 불어 풀이 조금만 흔들려도 그 자리에 엎드려 꼼짝 않고 있다가 위험하지 않다는 것을 확인한 뒤에야 앞으로 나아갔다.

하지만 이는 모두 유비의 지나친 기우에 불과했다. 날이 저물 때까지 유비를 찾아내지 못하자 말 위에 올라야만 능력을 발휘할 수 있는 군자군은 하는 수 없이 군사를 두 길로 나눠 위씨와 원릉, 두 성으로 남하했다. 이곳들은 유비가 숲에서 빠져나올 경우 가장 가까이 있는 성이었기 때문에 유비가 안으로 들어가지 못하도록 막기 위해서였다. 따라서 이 일대에는 사실 서주군이 하나도 없었다.

어찌 됐든 유비 일행은 불에 탄 지대를 무사히 빠져나와 남쪽 수풀이 우거진 곳 앞까지 이르렀다. 유비는 여전히 신중을 기해 대오에게 중지 명령을 내리고, 혹시 복병이 잠복해 있을까 염려돼 두 병사를 먼저 보내 숲 속에 돌을 던져보라고 했다. 몇 차례 시도 끝에 복병이 없다는 것이 확인되자, 유비는 그제야 무리를 이끌고 황급히 삼림 깊숙한 곳으로 모습을 감추었다.

가장 위험한 지대를 지나 상대적으로 안전한 곳으로 진입하자, 신경이 곤두서 있던 유비 일행의 긴장도 마침내 서서히 풀리기 시작했다. 기쁨과 안도의 웃음이 유비 형제의 얼굴에 드러났고, 긴장이 풀리면서 통증이 밀려오기 시작한 제갈량도 참기 힘든 모욕을 준 도옹에게 반드시 복수하고 말겠다며 두 주먹을 불끈 쥐었다.

그런데 서둘러 길을 재촉하던 이들은 긴장감 때문에 잊고 있었던 갈증이 갑자기 밀려오기 시작했다. 괴롭게 신음하는 유비 등은 이미 비어 버린 양가죽 물주머니를 쥐어짜면서 전에 먹었던 매실을 생각하며 입맛을 다셨고, 입에 침이 가득 고인 상태에서 주변에 혹시 물소리가 들리지 않는지 유심히 귀를 기울였다.

간절한 바람이 하늘에 통했는지, 남쪽으로 5리쯤 달려갔을 때 선두에 선 사병이 마침내 졸졸 흐르는 가느다란 물소리를 들었다. 유비 등이 크게 기뻐 한달음에 소리가 나는 쪽으로 가 보니 과연 동남쪽에 유량이 아주 적은 시내 하나가 보였다.

유비는 이번에도 신중하게 돌을 던져 시내 근방에 복병이 없는 것을 확인한 후에야 무리를 이끌고 물가로 가 타는 목마름을 해갈했다.

배가 부르도록 물을 벌컥벌컥 들이켜고, 휴대한 물주머니에도 물을 가득 채운 후 만족감에 유비와 제갈량이 서로 얼굴을 바라보며 웃고 있을 때, 관우가 갑자기 위쪽을 가리키며 속삭였다.

"형님, 상류 쪽에 불빛이 비치는 것 같습니다."

유비와 제갈량 등이 깜짝 놀라 급히 고개를 돌려보니 시내 상류 서북쪽으로 약 반 리 정도 떨어진 곳에 확실히 희미한 불빛이 흔들거리고 있었다. 유비는 덜컥 겁이 나 병사 하나에게 급히 나무 위로 올라가 그곳 상황을 살펴보라고 명했다. 곧이어

나무 위로 올라간 병사가 목소리를 죽여 보고했다.

"주공, 화톳불 한 무더기만 보일 뿐 횃불은 보이지 않습니다."

"화톳불 주변에는 사람이 얼마나 있느냐?"

유비의 다급한 질문에 그 병사가 대답했다.

"너무 멀어서 확실히 모르겠습니다. 말 같은데, 말 울음소리도 들리고……."

"말이라고?"

숲으로 들어오면서 타던 말을 버리고 온 유비는 마음이 살짝 동했다. 하지만 이내 생각을 다잡고 중얼거렸다.

"아니지… 이건 적의 유인 작전일지도 몰라. 우리가 곤경에서 벗어나면 가장 먼저 물을 찾으리란 사실을 알고, 일부러 물가에 매복을 설치해 우리를 유인하려는……."

이때 관우가 유비의 말을 끊고 물었다.

"형님, 저것이 매복이라면 어째서 적은 불을 피워 자신의 위치를 노출했을까요?"

"맞아, 매복이라면 적이 불을 피웠을 리 없겠지……."

유비는 다시 한 번 곰곰이 생각해 보고는 적이 매복을 설치했다면 분명 어두운 곳에서 조용히 기다리지, 저렇게 불을 피워 자신의 위치를 드러낼 리 없다고 결론 내렸다.

하지만 제갈량은 간곡한 목소리로 간했다.

"주공, 적의 '허즉실지, 실즉허지' 계략에 조심하셔야 합니다.

이 일대는 지세가 복잡하면서도 개활해 남하하는 모든 통로를 다 틀어막기는 불가능합니다. 그래서 적이 일부러 화톳불을 피우고, 그 주변에 매복을 설치해 우리를 유인하려는 것입니다. 따라서 이를 무시하고 곧장 남하하는 것이 상책입니다."

그러자 장비가 퉁명스러운 어조로 불만을 터뜨렸다.

"뭐 그리 허허실실이 많단 말이오? 어쨌든 바로 앞이니 내가 가서 보고 오리다. 만약 상황이 심상치 않으면 내 쥐도 새도 모르게 금방 돌아오겠소. 반대로 아무 위험도 없다면 전마를 끌고 와 형님이 타면 딱 맞겠구려."

이어 장비가 몸을 일으켜 앞으로 나가려는데 유비가 황급히 장비의 팔을 잡고 말했다.

"셋째는 조급하게 굴지 마라. 공명의 신기묘산은 따를 자가 없으니 신중을 기하기 위해 그냥 무시하고 가는 편이 좋겠구나."

장비가 콧방귀를 뀌고 경멸하듯 말을 내뱉었다.

"흥, 신기묘산이요? 그에게 정말 신기묘산이 있었다면 우리가 관도에게 그렇게 처참하게 패했겠소?"

제갈량은 풀이 죽어 고개를 푹 숙인 채 두 손만 바르르 떨고 있었다. 관우 역시 장비의 말에 맞장구를 쳤다.

"형님, 익덕의 말대로 그냥 한번 가서 상황을 살펴보는 게 뭐가 두렵겠소? 정말 매복이 있다면 곧바로 되돌아오면 될 것 아니오? 게다가 자고로 허하게 보여 적을 유인하는 계략은 있어도 실하게 보여 적을 유인한 적은 없었소이다."

아우들의 반발에 유비도 어쩔 수가 없었다. 그는 잠시 생각에 잠겨 있다가 분부를 내렸다.

"그럼 운장이 사람 둘을 데리고 가서 상황을 살피고 오너라. 하지만 매복이 있을지 모르니 반드시 조심해야 한다. 우리는 여기서 소식을 기다리겠다."

관우는 예, 하고 명을 받은 후 병사 둘을 데리고 상류 쪽으로 향했다. 물론 관우도 무턱대고 길을 나선 것이 아니라 어두운 곳을 골라 조심스럽게 발걸음을 옮겼고, 물소리를 이용해 발자국 소리를 감추며 살금살금 앞으로 나아갔다. 반 리 정도의 거리는 얼마 멀지 않아 관우 등은 금방 화톳불 가까운 곳까지 다가갔다.

풀숲에 숨어 화톳불 주위를 유심히 살피던 관우의 얼굴에 문득 웃음이 드러났다. 화톳불 옆에는 전마 두 필과 함께 겨우 네 사람이 불가에 누워 잠을 자고 있었다. 또 은은한 고기 향이 나는 것이 아마도 사냥감을 투구에 넣고 불 위에서 끓이고 있는 듯했다. 바닥에 누워 자고 있는 사람을 자세히 살펴보던 관우의 얼굴은 더욱 활짝 피었다. 알고 보니 저들은 붉은색 군복을 입은 원담의 사병이 아닌가! 저들은 요행히 관도 전장에서 이곳까지 도망친 원담군 패잔병이 틀림없었다.

관우는 너무 기쁜 나머지 자리에서 벌떡 일어나 저들에게 다가가며 두 병사에게 작은 소리로 당부했다.

"저들을 절대 놀래서는 안 된다. 먼저 자기편임을 알리고, 혹시 저들이 놀라 소리를 지를지도 모르니 저들의 입을 막아라. 너희들이 각자 하나씩 막고, 내가 둘을 처리하겠다."

유비군 병사 둘은 고개를 끄덕여 대답하고 관우를 따라 화톳불 옆으로 살금살금 걸어갔다. 이들은 각자 한 명씩 원담군 뒤에 섰고, 관우도 원담군 두 명 가운데에 위치를 잡았다. 관우는 신호를 보낸 후 재빨리 두 팔을 벌려 원담군 병사 둘의 머리를 안고 입을 막았다. 유비군 병사 둘도 동시에 각각 원담군 병사의 머리를 감싼 뒤 목소리를 낮춰 말했다.

"쉿! 우리는 같은 편이다!"

그런데 손에 원담군 병사의 머리가 닿았을 때 관우는 뭔가 이질적인 감촉을 느꼈다. 두 손의 촉감이 약간 까끌까끌해 꼭 풀 더미를 만지는 기분이 들었기 때문이다. 이에 이를 자세히 들여다보던 관우는 갑자기 혼비백산이 돼 비명을 질러댔다.

"적의 계략이다! 계략에 떨어졌다! 이건 허수아비다!"

슝슝슝! 슝슝슝!

아무리 소리를 질러댔지만 이미 때는 늦고 말았다. 시내 맞은 편에서 허공을 가르는 화살 소리가 시냇물과 화음을 이루며 불빛에 모습이 노출된 관우 등을 향해 사정없이 날아들었다. 관우 등은 순식간에 쏟아지는 화살에 미처 몸을 피할 겨를이 없었다.

관우는 채 열 발도 되지 않는 화살을 맞았지만 그중 한 발이 갑옷으로 가리지 않은 명치에 그대로 적중해 몸을 뚫고 나가고 말았다. 일세의 맹장 관운장은 보잘것없는 무리의 속임수에 떨어져 그 자리에서 비명횡사했다.

대춧빛처럼 얼굴이 붉고 풍채가 늠름하며 미염공(美髥公)이라 불릴 만큼 아름다운 수염을 가진 관우는 결국 뜻을 펼치지 못한 채 비운의 운명을 맞이했다.

반 리 밖에서 숨죽이고 기다리던 유비와 장비는 정적을 깨는 소리에 놀라 당장 자리를 박차고 일어나 위로 달려가려고 했다. 이때 제갈량이 유비를 꼭 붙들고서 눈물로 하소연했다.

"주공, 위에 매복이 있습니다. 지금 가시면 헛되이 목숨만 잃을 뿐입니다! 제발 발걸음을 멈추십시오!"

이어 제갈량은 친병 사일과 하나 남은 병사에게 장비를 단단히 붙들고 절대 놓아주지 말라고 소리쳤다.

유비 일행의 이런 행동은 적에게 발각될 가능성이 아주 높았다. 하지만 관우를 습격하는 데 성공한 서주군이 기쁨에 겨워 징을 크게 울린 덕에 유비와 장비의 몸부림치고 울부짖는 소리는 그 안에 묻혀 버렸다.

방금 전까지만 해도 고요하기 그지없던 시내 근처 곳곳에서

북과 징 소리가 울려 퍼지고, 마치 땅에서 솟아난 듯 횃불을 든 무리가 여기저기서 튀어나왔다. 곧이어 서주 사병의 환호성이 희미하게 들려왔다.

"우리가 관우를 잡았어! 긴 수염 도적놈을 죽였다고! 무시무시한 청룡언월도를 휘두르던 그 놈 말이야!"

"하하하! 하하하! 하하하……."

하늘을 진동하는 광소가 동쪽에서 울리더니 용렬하면서도 거만하기 짝이 없는 목소리가 캄캄한 숲 속에 메아리쳤다.

"본 대인의 생각이 그대로 들어맞았구나! 과연 이리로 물을 마시러 오고, 본 대인이 설치한 전마 유인책에 걸려들었어! 공명, 유비와 제갈량이 아직 이 근처에 있을 것이니 횃불을 들고 얼른 수색에 나서시오!"

"대인, 전마와 허수아비는 소인이 낸 계책입니다요!"

"중명 선생의 재주는 과연 명불허전이오. 이 황이 다시 한 번 진심으로 탄복했소이다!"

이런 역겨운 소리에 유비와 장비 등은 눈물을 주르륵 흘리면서도 어찌해 볼 도리가 없었다. 무슨 일이 있어도 이곳에서 살아남아 둘째를 위해 복수하는 것이 최선의 방법이었다. 이에 이들은 눈물범벅이 된 얼굴로 야음과 시끄러운 소리를 틈타 신속히 왔던 길을 되돌아갔다.

천신만고 끝에 관우를 제거했다는 소식이 전해지자, 도웅은 함지박만큼 입이 벌어져 드디어 유비의 한쪽 팔을 잘라냈다며 크게 기뻐했다. 물론 유비와 장비, 제갈량을 놓쳤다는 아쉬움이 들긴 했지만 말이다.

아침에 관우의 수급을 받은 데 이어 오후에 또 한 가지 희소식이 노숙으로부터 전해졌다. 곡아 일대에 도사리고 있던 유요가 얼마 전 돌연 병사하고 장자 유기가 그 자리를 계승했는데, 강동 대족(大族) 번능이 이에 불복하면서 둘 간의 갈등이 심화되었다. 이후 유기는 허소의 건의를 받아들여 번능을 구금하고 그의 병권을 박탈하고자 했다. 하지만 정보가 새나가는 바람에 번능이 선수를 쳐 반란을 일으켜 허소를 죽이고 유기를 곡아에서 쫓아내 버렸다. 궁지에 몰린 유기는 어쩔 수 없이 광릉태수 장광에게 투항했다.

노숙은 이 소식을 듣고 재빨리 신정령으로 진격해 번능의 주력군을 위협하는 한편 남쪽 과주(瓜州)로 수군을 출동시켜 장광의 광릉군과 접응해 곡아로 쳐들어갔다. 장광의 부장 오돈은 유기의 안내를 받아 순조롭게 곡아로 진격했고, 유요 부자에게 충성하는 일부 군사들까지 가세함으로써 전혀 힘들이지 않고 곡아를 접수했다. 번능은 사방에서 서주군의 포위 공격을 받자

남쪽으로 달아나 허공에게 몸을 의탁하려고 했다. 하지만 도중에 주태를 만나 죽임을 당하고 나머지 군사는 모두 주태에게 항복했다. 수년간 서주군을 괴롭혔던 유요 세력은 이를 기화로 완전히 소멸되었다.

이밖에도 강남에서는 두 가지 낭보가 더 전해졌다. 하나는 서주 세력이 날로 팽창하자 이를 두려워한 회계태수 왕랑이 우번(虞飜)의 건의를 받아들여 노숙에게 사신을 보내 신복하겠다고 알려왔다. 도응은 이 소식을 듣고 크게 기뻐 노숙에게 회신을 보내 왕랑에게 중상을 내리고 그대로 회계태수를 역임하라고 명했다.

또 하나는, 예전 합비 전쟁 당시 조성의 화살에 한쪽 눈을 잃고 포로로 잡힌 등당이 상처가 완치된 후 풀려나 고향인 부파(富坡)에서 은거했다. 한편 손분, 오경 일가가 원술에게 참살된 후, 손권과 친분이 두터웠던 원술군 아장 여몽은 혹시 이들과 연루될까 두려워 기회를 엿봐 부파로 도망쳤다. 그런데 죽은 줄로만 알았던 매부 등당이 고향에서 은둔하고 있는 걸 보고 자신의 처지를 모두 털어놓았다. 이에 등당이 도응의 어짊을 입에 마르도록 칭찬하자 여몽은 등당에게 출사를 종용하고 함께 백여 기를 이끌고서 장소에게 투항했다.

하루 사이에 몇 가지 기쁜 소식이 전해져 도응의 기분이 한껏 고조돼 있던 차에, 다음 날 또 한 가지 낭보가 서주 군중으로 날아들었다. 장패는 도응의 명을 받고 원상이 허락한 나머지 토지를 접수하러 평원으로 출격했다. 그런데 평원을 지키던 청주별가 왕수는 원씨에 대한 충성심이 강해 장패의 토지 할양 요구를 단호히 거부했다. 그러나 성을 지키는 군사가 워낙 적은 데다 원상마저 구원병 파견을 거절해 열흘여 만에 장패군에게 무너지고 말았다. 결국 왕수가 포로로 잡힘으로써 청주 전역까지 마침내 도응의 수중으로 들어왔다.

좋은 소식이 있으면 당연히 나쁜 소식이 있듯, 자기 군대의 잇단 승리에 도응이 득의망형(得意忘形)하고 있을 때, 여남에서 웅크리고 있던 조조가 원담 주력군이 관도로 북상한 틈을 타 마지막 남은 병마를 집결해 사례, 관중으로 달아날 준비를 하고 있다는 소식이 전해졌다. 관중에 주둔 중인 종요, 위충의 부대와 회합해 재기를 도모하려는 조조는 현재 서평(西平)까지 이르렀다. 다만 형주군 장수 유반이 섭현에 주둔해 있는 관계로 유표와 줄곧 관계가 나빴던 조조는 감히 이를 뚫고 지나가지 못한 채 서평에 잠시 발이 묶여 있었다.

이 소식에 도응의 얼굴에서는 웃음기가 사라지고 정색한 표정을 지었다. 조조가 만약 관중으로 들어간다면 서쪽의 마등과 장로, 유장 등과 연합해 다시 세력을 모으게 될 뿐 아니라 원담이 있는 병주까지 노릴 가능성까지 있었다. 마음이 다급해진 도응은 즉각 모사들을 불러 모아 곧장 허도로 출병해 연주 남부의 원담 세력을 뿌리 뽑고 조조를 여남 땅에 고립시키는 문제에 대해 논의했다.

허도 출병에 대해서는 모사들도 아무런 이견이 없었다. 이번 관도 전투에서 군사력 소모가 크지 않았고, 또 허도는 군사 및 정치적으로 중요한 성지이기에 반대하지 않았으나 조조를 여남 땅에 가두는 것에 대해서는 고개를 갸웃거렸다.

먼저 유엽이 고개를 절레절레 흔들며 진언했다.

"주공, 시간이나 노정상 조조가 달아나는 길을 막기란 불가능합니다. 조조의 대오는 이미 나흘 전에 서평에 당도해 벌써 유반이 방어하는 섭현을 뚫고 지나갔을지도 모릅니다. 설사 조조가 경거망동하지 못한다 해도 관도에서 허도까지 2백 리가 넘은 길이요, 또 허도에서 섭현까지도 2백 리에 가까운 먼 길이라 아군이 그곳에 도착할 때쯤이면 조조는 이미 빠져나갔을 가능성이 높습니다."

시의도 유엽의 말을 거들며 경고했다.

"시간문제뿐 아니라 의외의 사태를 부를 가능성도 있습니다. 유표가 원담에게 원군을 파견하고도 섭현에서 꼼짝하지 않는 건 강 건너 불구경을 하다가 기회를 봐 증원을 결정하기 위해서입니다. 그리고 또 한 가지는, 요해지인 섭현을 지키며 혹시 모를 아군의 남양 공격에 대비하려는 목적도 있습니다. 그런데 만약 우리가 조조를 막는다며 군대를 파견했다가 유반과 분쟁이 발생한다면 서주와 형주 간의 전면전으로 확대될 위험이 있습니다."

도응으로서는 형주군과 전면전이 발생한다 해도 두려울 바 없었지만 이 틈을 타 조조는 물론 유비까지 어부지리를 얻지 않을까 걱정이 되었다. 게다가 지금은 원담, 원상 형제가 반복한 틈을 타 북쪽 전선에 역량을 집중해야 하는 시기라 형주에 신경을 쓸 여력이 많지 않았다.

여기까지 생각이 미치자 도응은 실망한 빛이 가득해 절로 한숨을 내쉬었다.

"그렇다면 빤히 눈뜬 채 조조가 빠져나가는 걸 지켜봐야 한단 말이오? 조조가 관중으로 들어간다면 마등, 장로, 유장, 원담 중에 누가 그의 상대가 되겠소? 그가 다시 재기해 우리와 맞서게 되면… 휴, 생각만 해도 골치가 아프구려."

가후를 포함해 모사들 모두 조조의 여남 탈출을 막기 어렵다고 여기고 있을 때, 순심이 돌연 입을 열었다.

"주공, 제후 하나를 빼먹으셨습니다. 조조가 관중, 사례로 도망친다면 사례와 경계를 마주한 유표도 똑같이 곤란을 겪게 됩니다."

도응은 왜 갑자기 유표 얘기를 꺼내는지 몰라 의아한 눈빛으로 순심을 바라보며 물었다.

"우약, 그것이 이번 일과 무슨 관련이 있는 거요?"

"자양과 자우의 말이 모두 일리가 있습니다만… 왜 유반의 힘을 빌려 조조의 길을 막는 방법은 고려하지 않으십니까?"

도응은 잠시 멍한 표정을 짓더니 중얼거렸다.

"그것이 가능하겠소? 유반은 원담을 도와 우리와 싸우러 왔는데 도리어 우리를 위해 조조의 길을 막는다고?"

이때 가후의 눈이 반짝거리며 큰 소리로 외쳤다.

"충분히 가능합니다! 유반은 지금 우리와 명목상 적이지만 조조와는 실질적인 적대 관계이죠. 따라서 형주군은 아군보다 조조를 더 적대시할 가능성이 높습니다. 우리가 일부러 일을 크게 확대해 호랑이를 산으로 돌려보내는 이치로 설득한다면 조조의 도주로를 막는 것이 전혀 불가능하지도 않습니다."

이 얘기를 듣고 도응도 처음에는 몹시 기뻐했지만 이내 씁쓸한 웃음을 지으며 말했다.

"그것이 가능하다 한들 시간적으로 이미 늦었다고 하지 않았소? 허도에서 형주까지의 거리는 더욱 멀어 우리 사자가 유표를 설득하는 동안에 조조는 벌써 낙양성에 도착해 있겠구려."

순심이 차분하게 대답했다.

"먼저 유반에게 조조를 막게 한 연후 유표를 설득하는 데 나서면 그만입니다. 금은보화를 가지고 일단 유반에게 가 여러 차례 형주 영토를 침범한 조조에게 보복할 절호의 기회가 왔다고 설득한 뒤 사신이 이어 유표에게 달려가 양호유환(養虎遺患)의 이치로 깨우친다면 유표도 아군과 손잡고 조조 소멸에 나설 것입니다."

"음, 유반이 과연 우리의 회유에 넘어갈까?"

도응은 걱정스러운 투로 중얼거리고는 곁에 있는 유엽에게 물었다.

"유반에 대한 정보가 있으면 뭐든 말해보시오. 형주에서 어느 정도 위치에 있소?"

유엽이 대답했다.

"지위가 그리 높지 않아서 수집한 정보가 많진 않습니다. 유표의 조카라는 것 외에 재물을 탐하는지 여부는 잘 모릅니다. 하지만 그가 우리를 적대시하는 채모나 황조의 파벌이 아니란 것만은 확실합니다. 그렇지 않다면 유표의 조카 신분으로 아직까지 겨우 기도위라는 직책에 머물고 있을 리 없습니다."

도응은 그나마 다행이라는 듯 고개를 끄덕거리고 말했다.

"성공을 보장하긴 어렵겠지만 어쨌든 한 가닥 희망이 있으니 최선을 다해봅시다. 즉시 사신에게 많은 선물을 가지고 가 유반이 조조의 길을 막도록 설득하게 하시오. 여러분이 보기에 누구를 사신으로 보내는 것이 좋겠소?"

최고의 사신이라면 물을 것도 없이 양굉이었다. 하지만 이번에는 유반뿐만 아니라 형주로 가 유표를 만나야 했기에 채모 형제와 원소와 다름없는 그를 보내기에는 부적합했다. 이에 모사들은 잠시 논의를 거친 후 한목소리로 아뢰었다.

"주공, 장간을 사신으로 보내는 것이 좋겠습니다. 자익은 구강의 명사이자 사람에게 자못 명망이 높아 허명을 좋아하는 유표의 구미에 딱 맞습니다."

도웅도 흔쾌히 이에 동의를 표하고 말했다.

"좋소. 속히 자익을 이리로 불러오시오. 이번 임무에는 임기응변으로 처리해야 할 일이 많아 내 직접 대비책을 일러줘야겠소."

＊　　　＊　　　＊

"에취! 에취!"

수백 리 떨어진 섭현 성중에서는 들창코에 얼굴이 까맣고 추악한 문관 하나가 연달아 기침을 하더니 비스듬히 누워 책상 위에 산더미처럼 쌓인 공문서는 아랑곳하지 않고 술잔을 기울이고 있었다.

"유 장군께서 오셨습니다."

이때 문 밖에서 하인의 커다란 고함 소리가 울려 퍼졌지만 못생긴 문관은 전혀 일어날 기미를 보이지 않고 계속 술만 들이켰다. 곧이어 섭현을 총괄하는 유표의 조카 유반이 성큼성큼 방 안으로 걸어 들어왔다. 그런데 못생긴 문관은 자리에 그대로 누워 술을 마시며 유반을 쳐다보지 않고, 더욱이 부하의 예를 갖추지도 않았다. 그런데도 유반은 전혀 화를 내지 않고 그저 쓴웃음을 지으며 고개를 절레절레 흔들 뿐이었다. 그러고는 자신이 못생긴 문관 앞자리에 자리를 잡고 앉아 물었다.

"과연 선생의 말이 딱 맞더구려. 조조가 다시 사신을 보내 아군에게 길을 열어달라고 애걸했소."

"이번에는 장군에게 뭘 보내왔습니까?"

못생긴 문관이 미소를 지으며 묻자 유반이 대답했다.

"금과 은 각각 백 근에 옥벽(玉璧)과 옥두(玉斗) 각 세 쌍, 비둘기 알 크기만 한 명주 30알, 여기에 미녀 열 명까지 보내왔소."

못생긴 문관은 피식 웃고 오른 다리를 왼 다리에 포개며 말했다.

"정말 값나가는 물건들이로군요. 하지만 제게 계책을 물으러 왔다면 제 대답은 받지 말고 그대로 돌려보내라는 말씀을 드립니다. 절대 길을 양보하지 말고 초소 방어를 강화해 병력을 배로 늘리십시오."

유반은 화들짝 놀라 물었다.

"더 큰 것을 얻기 위해 일부러 놓아주라는 말이오? 조조가 이번에 지출한 돈도 결코 만만치가 않소."

하지만 못생긴 문관은 여전히 자리에 누워 다리를 덜덜 떨며 대답했다.

"제 예측이 틀리지 않다면 조조는 분명 장군에게 원하는 것은 무엇이든 줄 테니 제발 길만 열어달라고 간청할 것입니다."

유반은 웃음을 짓고 물었다.

"그럼 길을 열어주는 조건으로 뭘 요구해야 되겠소?"

"글쎄요. 딱히 생각해 둔 바는 없습니다. 하지만 지금은 길을 열어줄 때가 아닙니다. 조금 더 기다렸다가 조조가 우리에게 무릎을 꿇을 때 다시 생각해도 늦지 않습니다."

"조조가 우리에게 무릎을 꿇는다고요? 선생, 더 이상 장난 마시고 명확히 대답 좀 해주시오."

"당연히 도응이 관도를 공파하고 허도로 쳐들어왔을 때입니다."

못생긴 문관은 마침내 거만한 웃음을 거두고 자리에 바로앉아 정색한 얼굴로 대답했다.

"원담은 도응의 적수가 아닙니다. 현덕 공과 제갈공명이 힘써 돕는다지만 둘 사이의 세력 차가 너무 커 일개인의 지모로는 결코 만회할 수 없습니다. 게다가 도응과 가후의 지모는 절대 공명의 아래에 있지 않습니다. 따라서 장군은 조조의 퇴로를 완벽히 틀어막으면서 도응이 허도로 쳐들어올 때까지 편안히 기다리면 그만입니다. 그때가 되면 금은보화는 물론 조조의 부인을 요구해도 당장 내놓지 않고는 못 배기겠지요."

그제야 유반은 얼굴을 활짝 펴고 호탕하게 웃음을 터뜨린 뒤 못생긴 문관에게 공수하고 말했다.

"선생의 가르침에 그저 감사할 따름입니다. 이번에 선생을 참군으로 삼은 것은 반의 평생의 복입니다."

못생긴 문관은 하품을 하며 대답했다.

"감사는 제가 아니라 제갈현 대인에게 해야지요. 그가 유 사군에게 절 천거하지 않고, 또 벼슬길로 인도하지 않았다면 제가 어찌 장군을 만날 기회가 있었겠습니까?"

그러더니 그는 다시 웃음을 짓고 한마디 더 덧붙였다.

"참, 장군에게 미리 축하드릴 일이 있습니다. 도웅도 곧 우리에게 사신을 보내 조조의 퇴로를 막아달라고 간청하러 올 것입니다. 일거양득의 기회를 얻었으니 당연히 경하드려야지요."

『전공 삼국지』 14권에 계속…

# 초대형 24시 만화방

## 신간 100%, 샤워실, 흡연실, 수면실(침대석), 커플석, 세탁기 완비

### ▪ 강북 노원역점 ▪

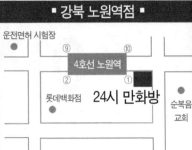

서울 노원구 상계동 340-6 노원역 1번 출구 앞 3층
02) 951-8324 (화용빌딩 3층)

### ▪ 일산 정발산역점 ▪

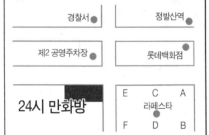

라페스타 T동 건너편 먹자골목 내 객잔건물 5층
031) 914-1957

### ▪ 일산 화정역점 ▪

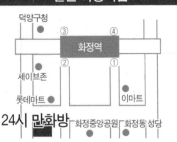

경기도 고양시 덕양구 화정동 984번지 서일빌딩 7층
031) 979-4874 (서일사우나 건물 7층)

### ▪ 부천 역곡역점 ▪

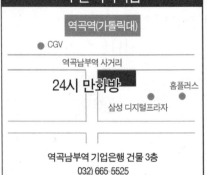

역곡남부역 기업은행 건물 3층
032) 665 5525

### ▪ 부평역점 ▪

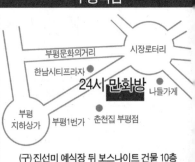

(구) 진선미 예식장 뒤 보스나이트 건물 10층
032) 522-2871

허담 新무협 판타지 소설
FANTASTIC ORIENTAL HEROES

신력을 타고났으나 그것은 축복이 아닌 저주였다.

『십자성 - 전왕의 검』

남과 다르기에 계속된 도망자의 삶.
거듭된 도망의 끝은 북방 이민족의 땅이었다.
야만자의 땅에서 적풍은 마침내 검을 드는데……!

"다시는 숨어 살지 않겠다!"

쫓기지 않고 군림하리라!
절대마지 십자성을 거느린
적풍의 압도적인 무림행이 시작된다!

이민섭 新무협 판타지 소설

EPIC ORIENTAL HEROES

역천마신

逆天魔神

사술을 경계하라!

『역천마신』

소림의 인정을 받지 못한 비운의 제자 백문현.
무림맹과 마교의 음모로 무림 공적으로 몰린
그에게 찾아온 선택의 기회.

"사술, 이것을 받아들인다면 인세에 다시없을 악귀가 될 것이네."

복수를 위해 영혼을 걸고 시전한 사술이 이끈 곳은
제남의 망나니 단진천의 몸.

"무림맹 그리고 마교, 그 두 곳을 박살 낼 것이다."

이제 그의 행보에 전 무림이 긴장한다!

Book Publishing CHUNGEORAM

유행이 아닌 자유추구
WWW.chungeoram.com

검자 新무협 판타지 소설
FANTASTIC ORIENTAL HEROES

목탁

해적으로 바다를 누비던 청년,
절해고도에 표류해… 절대고수를 만나다!

"목탁은 중생을 구제하는
좋은 이름일세"

더 이상 조무래기 해적은 없다!
거칠지만 다정하고, 가슴속 뜨거운 것을 품은

목탁의 호호탕탕 강호행에
무림이 요동친다!

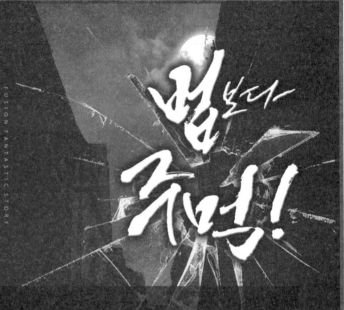

사락함대 장편소설

FUSION FANTASTIC STORY

# 법보다 주먹!

**2016년 대한민국을 뒤흔들 거대한 폭풍이 온다!**

## 『법보다 주먹!』

깡으로, 악으로 밤의 세계를 살아가던 박동철.
그는 어느 날 싱크홀에 빠진다.

정신을 차린 박동철의 시야에 들어온 건 고등학교 교실.
그리고 그에게 걸려온 의문의 ARS는 그를 새로운 인생으로 이끄는데……

빈익빈 부익부가 팽배한 세상, 썩어버린 세상을 타파하라!

### 법이 안 된다면 주먹으로!
### 대한민국을 뒤바꿀 검사 박동철의 전설이 시작된다!

# 연기의 신

FUSION FANTASTIC STORY

서산화 장편소설

GOD OF ACTING

PRODUCTION
DIRECTOR
CAMERA
DATE | SCENE | TAKE

무대, 영화, 방송…
모든 '연기'의 중심에 서다!

## 『연기의 신』

목소리를 잃고 마임 배우로 활동하던 이도원은
계획된 살인 사건에 휘말려 비참한 죽음을 맞이한다.
그런 그에게 주어진 특별한 기회, 타임 슬립.

### "저는 당신의 가면 속 심연을 끌어내는 배우입니다."

이제 그의 연기가 관객을 지배한다!
20년 전으로 되돌아가 완전한 배우로서의
삶을 꿈꾸는 이도원의 일대기!

Book Publishing CHUNGEORAM

유행이 아닌 자유추구 -
WWW.chungeoram.com